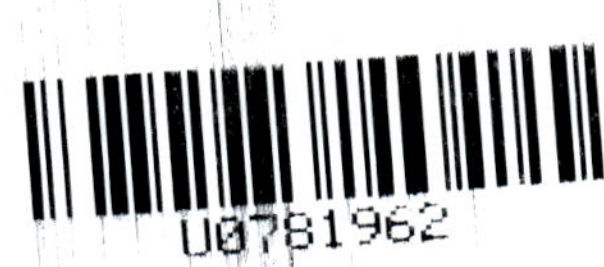

在寂静的正午太阳光下，一步一步地上去，过古松、望仙等亭，人为花气所醉，浑浑然似在做梦。只见微风所惹起的松涛，和采花的蜂蝶的鸣声，时要把午梦惊醒，此外则山静似太古，不识今是何世，也不晓得自己的身子，究竟到了什么地方。

由于饮酒和夜读疲倦，今天早上出现了动身旅行以来第一次迟起现象。大约九点钟才懒洋洋赶到车站，所幸每天开往齐云山的那班直达车尚未出发，不然的话，这时间上的耽误可就大了。待在候车室肮脏的长椅上、背诵孟浩然的《春晓》诗“春眠不觉晓，处处闻啼鸟。夜来风雨声，花落知多少”固然风雅，同时也能为自己的睡懒觉做些辩护和解嘲，但毕竟出来已这么多天，这次上齐云又是临时决定增加的行程，再要说自己有这样的闲情，那就不免有点矫饰了。

山区日照稀疏，车窗玻璃在浓阴映射下宛似碧玉，间或出现的春阳的光点斑驳陆离，给人非常奇特的感觉。视线内但见流泉涤尘，山鸟相呼，典型的世外桃源风光。尽管如此，我还是尽可能闭着眼睛，让自己的思维处于一种半醒半寐的状态之中。因为车子一路上所经过的那些村镇如兰田、渔亭、岩脚等，虽然山水奇秀，但一想到最初接触这些地名是在曾国藩行军打仗的一册战地日记里，就不免让人感到沮丧。

1991 年 5 月 7 日，齐云山

十八

在松风浩荡的白岳之巅读聂鲁达的诗，读李白的或金斯伯格的诗，想象中是应该很浪漫的事情。我想适合在此阅读的还有苏轼、惠特曼、毛泽东、陈维崧(迦陵)、切斯瓦夫·米沃什、莱蒙托夫和桑德堡。但事实上我仅仅只爬到一半超过一点的地方，就因体力不支而退缩了，而且两手空空，别说是诗集，就是连本普通的书也没有。出于省力和懒惰的恶习，上山前我把行李全都寄存在了山脚下的一家路边饭店。风韵犹存的老板娘和她鬓边簪有野花的女儿，加上饭菜可口，服务殷勤，店堂内外洋溢着一种让人情不自禁的春意，我不知别人是否也有这样的感受？至少我是感受到了。我还注意到她那已略有几条鱼尾纹的眼睛，可以同时与几个喝酒的男人说话。这里除了女性本能的特点以外，还必须有一定时间的都市生活的训练。我开始饶有兴趣地猜测她的身份：一位在本地落户的上海籍的下放青年，或者响应政府号召先富起来的有几分姿色的山区女孩，满怀理想抛家出走，去大都市实现她的富裕之梦，最终在冰冷的大理石台阶和歧视的目光下惊醒，回到贫穷然而充满人情味的家园。而身边这位叫作小凤的女儿，也许正是为这种缥缈幻想所付出的代价。她可能是一次纯真而又愚蠢的爱情的产物，也有可能是出于财富目的某次私通的苦果。总而言之，当这一切都结束后，她从梦中醒来，回到农村。但先前那种“四亩好地一头牛。老婆(丈夫)孩子热炕头”的小康生活，显然已无法使她适应。尽管就内心而言，她对都市文明的憎恶现在已经超出了对它的热爱，但这仍然不影响她无可挽救地成为前者敌意的崇拜者。星期天，她会怀念公园的草坪、杂技和动物展览，而到了晚上，由于时常断电。她会在昏黄的油灯下支颐凝思，神魂颠倒地想念灯火通明的剧院、舞厅和电影院。在这种情况下，开一家小饭馆，送旧迎新，也许是这位善良而不甘寂寞的女人打发日子的最好形式了。无论从谋生手段、经济效益、怀旧心理等方面来看，都不失为一种最佳选择。尽管对于她老实巴交的丈夫来说，这可能是灾难性的，同时对她刚上初一的俊俏女儿也不无危险。但那又怎么样呢？谁又能阻止我们的心去做它想做的事情？尤其是当我们的手里握有一定权力的时候。

我开始缓慢地下山，这主要是因为体力不支，另外原因是心里还一直在为刚才偶尔想到的问题困扰。我回忆起去年住院出来后写的那首《西楚霸王》，近百行的篇幅，议论和叙事相结合的方式，追忆公元前 2 世纪的一位杰出将领项羽。包括他的思想、性情、服饰与战术。当然诗里也讨论了敏感的权力问题以及应当如何正确地运用。在其中的一段我写道：

我说出了我对权力的畏惧。
我想我是对的。
如何给猛禽的翅膀以律法的疆域。
给鲲的亮鳍以适度的网绳。
是我夙夜匪懈的忧思。
现在项庄的剑已经逼近了事物的实质。
亚父的玉佩也接连举了三下。

而你袒腹大嚼，在玉石的缺口上彰显自己。

以绝对的自信、超乎常人的力量。

于是你被隔在鸿沟一边岌岌可危。

为什么权力总和过分的自信连在一起？就像爱情这盏美酒的杯底总是积淀着仇恨。

这首诗发表后，一位朋友曾说在里面隐约看到某些人物的影子。我承认了这一点，尽管当初写作时，主观上并无这种在我看来多少显得有些幼稚的念头。历史也许就由这样无数次的重复所形成，从人物、山川、习俗、衣食住行到国家的形式。所谓“长江后浪推前浪”这句老话，就该这样去理解的吧，波浪的节律以及两岸风景也许今古有异，但它们在本质上却不可能有什么改变。就像郁达夫当年登山时身边有一大帮当地名士相陪，而我萧然一身，拄杖独游。但一个人在一座山中感慨造物神奇，自然无穷，人生有限这样的基本思想，并不因此有什么变化。我想着想着，顺势就在山道边的石凳上坐了下来。啊，这样的精神旅游实在令人疲倦，我不想再继续玩下去了，让我赶紧回到世俗红尘中去吧，让我赶紧回到松风崖色、鸟语泉声的旖旎风光，或山脚下老板娘和她女儿温暖的餐桌边去吧！

1991 年 5 月 8 日，齐云山

十九

今天进入旅行的第十六天，可在心理时间（柏格森语）中我已历经千年。一生中，我承认自己很少有单身旅行的勇气，更别说一个人出来转了这么多天。惊奇与兴奋，当然还有难免夹杂着的担忧甚至害怕。一个以衣食无愁不用上班为人生最大梦想的小人物，肩不能挑，手稍能写，每天有千把字的成果就很满足。而且住的是简陋房子，周边常有盗窃事件发生，有一次半夜里门还咯咯响过，幸好后来没事。我想如果现在我返回湖州，会不会像那个与我姓氏有关的神话里的樵夫，因在山中贪看别人下棋，回到家里一看，发现一切都早已变了样儿。

一种具有普遍意义的现象，很难让人闭起眼睛，装作什么也没看见。在我们所生存的这个越来越趋于技术化、功利化的时代，世界上的一切，看来每时每刻都在发生着微妙的变化。山水、城市、家庭、心灵、政治信仰乃至国家性质。航天飞机会在和平的天空突然爆炸，而信誓旦旦的恋人最终却有可能成为仇敌。真的，如果火焰鲜艳夺目，它的下面可能是一片辽阔的水域。如果你昨天遇见一个僧侣，他今天或许已经成为一名暴力鼓吹者。

当我面对着现实强光无声的逼视与触摸时，我承认有些畏惧，不知该怎么办才好。只能尽可能地转过身子，不让自己去看这“威严的发光体”。我的朋友昌柏松另外有个表述，他曾形象地把这称作“时间的轮盘”，并坚信自己无论现在、将来，都是在这轮盘之外生存的。我想，也只有像他那样内心充实、博大的人，才有可能在复杂的物质世界变化面前无所畏惧，保持从容与坚定。

生命到底给我们带来了什么？一想到这问题的空虚与谵

妄，想到以往年代的无数哲人高士为此苦苦思索，绞尽脑汁，白发三千丈，欲辩已忘言，禁不住让人悲从中来。在不少同时代作家的著作中，我都读到将生命旅程等同于现实旅程的比拟。一样的飘忽，一样的短暂而茫然。今天，当我作为一名旅游者在皖南的山水间穿行时，这种感触尤为深切。

1991 年 5 月 8 日，记于祁门途中

二十

我精疲力竭在颇具现代情调的祁门宾馆主楼报到，参加由安徽省文联与诗歌报月刊社联合主办的第二届祁门诗会。我旅行的现实目的，现在终于已经暴露无遗，事实上它也已经没有时间能容许我再继续隐瞒——以参加诗会之机，行游山玩水之实，这就是这些梦呓式文字的全部背景。一个笑容纯朴、身材魁梧的女服务员客气地迎上来为我拿包，并将我领进分配给我的房间。我安好行李，拉上窗帘，锁紧房门，并不忘把请勿打扰的牌子翻过来挂好，然后在浴缸里放满了水，将身体的、包括思想的零件毫不留情地全部拆开。半个多月的旅程，让我整个人像一根老式钟表上的指针那样疲惫地转个不停，现在一切终于暂告结束了，我躺在那里一动不动，抽了一根烟，又抽了第二根，直到水有点冷了才迷迷糊糊爬起来，把浴缸里的水放掉，又把自己的身体努力从浴缸里搬到了床上。轻轻叹了口气，闭上眼睛，除了睡觉我现在已不能做任何事情。

1991 年 5 月 8 日记于祁门，1991 年 6 月改定

买菜札记

1991年1月下旬，也就是我那几首吟咏日常生活的近作在辽宁省的某报刊登出来的一个月后，收到署名小炊的读者来信。这是对我生活能力的有效质疑，这位其真实身份可能与烹调业相关的诗歌爱好者在信中并不掩饰这一点，他说："我一直关注你在《诗人柯平的日常生活》总题下发表的诗作，我知道你会《修门》《吹笛》《听雨》《喂养鸭子》，还懂得《作客》《会客》的艺术，但不知道你还精于买菜，你能否告诉我选购鲫鱼的方法，以及诗歌与鲫鱼的关系。"这封信收到仅一周，我因陷入无休止的世俗事务，如结婚、搬迁、过年、为母亲做寿之类，其间又两次外出参加文学活动。这些热闹事儿足足持续了近两个月。昨天早上因买了菱角，翻出袁枚的菜谱来看，在里面又找出了那封信。重读之下，感慨良多。应该说这些问题其实并不难以作答，而我至今仍然保持沉默只是出于内心的某种隐痛。

诗歌与鲫鱼，那是一个从天上到地上的过程，我经历这个过程所花费的时间是三年。也就是说，当年心高气傲、轻视物质和世俗力量的书生意气，这些年来已被鲢鱼、青鱼、泥鳅，女人手指一样细小的黄鳝，以及掺水的牛肉、肥膘猪肉、美籍中国鸭、冰冻三黄鸡等家畜动物所食尽。现在我走进市场可以像走进作家协会一样自然，潇洒。有时甚至觉得漫不经心拎着塑料袋站在货摊前，跟一位小贩讨论豆角的保存方法，比跟作家讨论作品的主旋律更觉兴致勃勃。“异化”或者“超脱”，我不知道使用哪一种概念来界定我目前的这种状况更为确切。所知道的仅仅是：每天早上妻子一上班——大约七点十五分，我就轻车简服拎起购物袋直奔附近的菜场，在菠菜、青菜、西红柿、豆角、草菇、豆制品，包括上述提到的那些劣质肉类之间徘徊一小时，回来放下这些后马上就能拿起笔来写，这种天衣无缝的转折，是我近年来最踌躇满志也最黯然神伤的一件事情。

我有一个古怪的念头，如果考证出中国历史上文人买菜的始作俑者，肯定是相当有意思，其惊世骇俗的程度至少不会低于鲁迅的大椽对第一个食螃蟹者的赞美。但我最终还是放弃了努力，原因除了怕冒讥讽时世的嫌疑外，主要困难还在于资料的匮乏。因为一向以清高自命的中国文人即使穷到家里揭不开锅的地步，恐怕也是不肯往自己吟风弄月、弹琴品箫的空空妙手里塞进一只菜篮或一束薪火的。更要命的是，就算偶有心灰意懒的才子破戒，也羞于在其作品里留下痕迹。就我读过的述事甚详的大量清代笔记而言，它的广泛性几乎可与百科全书匹敌，却仍然很难找到这方面的事例。为郁达夫先生神仰的黄仲则算得上是清代文人中最潦倒的一个了，但他尽管“全家都在风声里，九月衣裳未剪裁”，却依然雅兴不减：“独立市桥人不识，一星如月看多时”——饿着肚皮在精神世界仰望。龚自珍虽然自称“著书都为稻粱谋”，但也只是说着好玩或风雅而已。相反，有关他买古董、赌钱、搞女人、挥金如土的记载，倒是看到不少。考虑到这些事实，我想我们是否可把文人与菜场，或按那位小伙同志的说法看作是诗歌与鲤鱼血缘关系的开始，假设是在社会主义革命以后——至少是辫子革命以后。我相信只有暴力才能改变一切。革命是伟大的，它的力量除了在国家的废墟上显现，同样还显现在心灵和文字上。甚至一件长衫和一只菜篮也无一例外地将沐浴它的光辉。

这是划时代的变化，未来的文学批评家们也许并不会真正认识到一只菜篮子对文学进程的意义——那种由表及里，或从天上到地下的变化。设想在中国文人所擅习的书剑琴箫，扁舟玉樽之间放上一只菜篮，那该是多么生动、美妙的一幅图景。生活的严峻和真实，精神高度与朴素日常，这一切全都有了。我相信大众文学就是在作家手里拎上菜篮子以后才产生的，我更相信深刻伟大的作品，真正意义上的现实主义——而不是如白居易讽喻诗和陆游咏志诗那样的，也只有在具有这种本事以后，写出来的东西才摆得上桌面。生于辛亥革命前一百多年的曹雪芹尽管没有留下买菜做饭的记录，但他落魄京师，举家赊粥的凄凉境遇，与我强调的菜篮子的意义，估计也只有不到一个萝卜的距离。

现在我的思想从买菜突然想到种菜，二者虽然只有一字之差，其含义恐相去甚远。在古人的观念中，买菜是卑贱、羞辱，壮夫不为的俗事，种菜却深沉、含蓄，以退为进，居货囤奇，甚至远较种花还要来得潇洒，像高濂这样的雅人还专门写过一本《遵生八笺》来教你怎么玩。因为中国古代的政治制度可以使人一步登天，布衣拜相，那么，还有什么比以荷担灌园之身，一跃而为一人之下万人之上更完美壮观呢？在国家的典籍里，我们可以找到很多这方面的例子。通常的画面是皇帝的辚辚车马声势浩荡开进了水涯山间，黄罗宝盖与茅舍纸窗相互辉映，如同高手比拼内力，而一位戴笠荷锄的老者——现实世界的隐形人——自称山野村夫，装聋作哑，长揖不起，必须恭请再四以后才勉强肯答应出山，辅佐君王打理天下。有趣的是在我开列的古代种菜者的名单上有一位并非雅人，而是拳打镇关西、大闹五台山的叛乱僧人鲁智深，他在开封府相国寺后面的菜园里是以真实的面孔出现的，因此他不可能跟你讲经论道，留下的作品也只能是倒拔起的杨柳树，和野猪林里两个半死不活的不公的公差。

在更现实的层面上，菜地作为自然和家园的象征，这些字眼连同其含义有一种桂冠式的光芒，这对玩惯不做官就归隐把戏的古代文人不失为是最好的安身之所，不然又能让他们怎么样，难道真能天天在家里安心读书写字？于是就有了陶潜、陈抟、林复、钱选、王冕，以及以“灌叟”“耕夫”等自号的一大批上山下乡的人物，但都是会吃的多，会干的少，种菜或许都不会，更遑论买了。其中陶渊明的隐居生活具有天人合一的成分，据他著述中的农事活动推测，应该是种过菜的。钱舜举的瓜蔬作品栩栩如生，似乎拿过来就能放在锅子里炒，没有长期生活实践很难想象。此外还有喜欢玩吏隐的那些，身在官位也种菜，但我怀疑这些人在很大程度上可能都是自我吹嘘，其中名气越大的自然也吹得越大，陆游说自己是“闭门种菜英雄老”，黄山谷也不赖，自称“舍后亦有三二亩闲地种菜植果”。杨诚斋甚至梦中都想着种菜，还说自己种的萝卜特别大，号称“从教芦菔专车大，早觉蔓菁扑鼻香”。

我注意到自己手拎菜篮子在古代已逗留过久，且口出狂言，但这绝非因为自己学会了买菜做饭才自觉有权这样做。仅仅出于内省与教赎的目的，我在精神世界旅行，与神仰的先哲们相遇，并审视他们的服饰、起居、思想和行为。我对作家生活中形象新的认识，使我有理由在唐突古人以后，还不至于诚惶诚恐。给我力量和勇气的是已故国家领袖毛泽东的教导：“要深入生活”，和我精神上的老师罗伯特·勃莱的诗歌格言：“过普通人的生活。”令人遗憾的是，这种焕发朴素光芒的真理尚未能为一般艺术家所接受。在当代的报纸和影视里，我们仍然可以看到煮饭必焦的画家和炒鸡蛋放入一大把盐之类的作家形象。更为危险的是，这种生活能力的匮乏者，在新闻作品里却往往得到了颂赞，以至公众眼睛里的文人除了会写文章，在其他领域则愚不可及，不是疯子就是笨蛋。

可以再谈谈 11 世纪的苏东坡吗？这位铁绰铜琶式的人物，也许是古代文人中难得的例外之一。他除了会气功导引，兴修水利外，还发明了一种煎茶之术，大致的方法是汲取河流中间部分的水，用宜兴产的瓦罐文火烹煮，据传其味大佳。当然在居所有一个菜园也是大腕文人的配套设施，就像明星都要化妆一样，不可避免。在写给好友杨元素的信中他说：“近于城中葺一荒园，手种菜果以自娱。”至于他发明的猪肉的吃法，则因有更复杂的个人身世背景和政治因素在，被说得有些过于神乎其神了，今天在杭州西湖边的酒楼里，如果你愿意花上一二十块钱，依然可以品尝到这种以他的名字命名的猪肉，就味道而言肯定比不过他儿子的发明即以芋头为材料的玉糁羹。而且李笠翁对此很不以为然，认为这容易让人误解主料用的是他自己的肉。外国的作家中精于美食者同样也不少，我从读过的文章了解到海明威一次生日的情况，在那次历时二十四小时的狂欢中，宴席上除烤制的品种数不清的肉类和蕈类外，还有美妙的、难得一尝的中国菜和野味，当然这一切是否出自他自己的手艺则不得而知。

在从文学或政治角度阐述了菜篮子的意义以后，现在必须迅速回到这篇文字的本旨，从日常生活的角度继续我的叙述吧！我已经不能像回忆第一次恋爱那样清晰记起第一次买菜的情景，这说明精神与物质在心灵高度的占有上终究还是存在着区别。一个大致的开始时间是 1986 年秋天，但当时只是那种仿佛演员深入生活或体察民情的市长式的浅尝辄止，在严格意义上说只能称之为作秀。真正的深入是在去年初夏，这是婚姻带来的重大革命之一。应该说只是从那时起，我的诗歌才和肉类、水产品、汗牛充栋的蔬菜、秤杆的秘密与市侩之识发生了关系。当然我是尽可能在市场的上空来观察市场的，甚至讨价还价的时候，还能差强人意地做到身心两用。一次值得记叙的经历是去年 10 月，国庆节的早晨，辣椒和西红柿喜庆的光辉里，一个只有三棵白菜大小的乡下姑娘一面吆喝一面迅速分解手边的半个猪身，头是头，脚是脚，排骨腿肉、瘦肋肥膘，白刃闪处，所向披靡。这种精彩的工作技能，简直就是庄子笔下那个提刀而立顾盼自雄的古代庖丁的现实翻版。当她被告知眼前这位目瞪口呆的先生要割两斤做肉饼用，用手在猪腿上比画了一下，提刀，吸气，下腕，过秤，秤杆上翘，分量刚好不多不少，随手拾起肉往我购物袋一扔，然后抿嘴一笑。这一连串动作的娴熟、优美，气度从容无与伦比。这一瞬间我想起我为之奋斗半生的文学，简洁生动的语言，完美的结构，恰到好处的长度和某种超现实的意蕴。我开始懂得事物在达到极限时往往具有惊人的一致，而我们每个人的身上都潜藏着认识，逼近这种极限有必需的能力，无论他是菜农、培养菌类的农艺师或养鸡的妇人。我在付款时拒绝摊主按惯例所主动抹去的零头，在我的内心，那几角钱是为我观赏一次艺术并顿悟生活付出的微不足道的代价。

然而应该承认的是，这种潇洒、豪爽只是偶然性的产物，作为一个生活的卑微者更多时候我斤斤计较，掰去青菜外面的叶子，察看鱼鳃，叉开指缝挑拣螺蛳，像澡堂大师傅绞毛巾那样绞干咸菜，以便分量上能显得轻一些。每当我买菜的手上出现这些动作，我都会记起一位导师级的人物——卖葱老妇人的教诲，而这些经验只是她传授给我的购物秘诀的一部分。两人的结识可以说极富传奇性，发生在一次类似《镜花缘》里君子国式的交易活动中。当时我付了钱，她叫我自己拿，这种残酷场面真是对我从小就被灌输的共产主义理想的重大考验。内心斗争良久后，终于鼓足勇气、小心翼翼拿了三根，而花白头发下面笑容可掬的她看了我一眼，怜悯地在菜篮里又添上了一根。这就是我们友情的开始和基础。在以后的交易中我们不由自主地拼命讨好对方，现在发展到我每次买菜只要有空闲时间，都爱到她葱摊上去坐上一会儿，递她一根我爱抽的英国牌子“黑猫”香烟，聊聊天气生意什么的，临走前扔下五分硬币，按所需程度想拿多少就拿多少。而她则唠唠叨叨地告诉我有关市场的深奥学问，除前述知识外，还包括螃蟹的挑选方法、虾的种类以及甲鱼的最佳食用季节。这些珍贵的经验由于囊中羞涩，至今缺乏大胆的有勇气的实践，这是我每次想起便不免长吁短叹的一件憾事。

我们对生活的认识——包括菜场的认识——总是在半明半暗似懂非懂之间轮回。任何有关人生问题的至理名言，甚至伟人的至理名言，在我看来也常常只是徒具其表而已，如同地摊上出售的那些什么“除锈剂”“牙痛灵”一类的货色，这就是市场的哲学。鹅胃里塞满胰子，土豆裹上黄泥就是皮蛋，牛肉以每公斤二百克的比例用注射器掺水，洋鸡蛋小个儿的挑出来冒充笨鸡蛋，而如果嫌黄鳝长起来太慢，只需将避孕药碾碎撒入水池就成了。通过这些痛苦然而有效的锻炼，现在我想自己已经能够识别那些虚假的东西，包括某些人和某些艺术作品，这也是买菜带来的精神革命。

而且买菜的益处还远不止于此，那种书迷心目中的巨大乐趣，“踏破铁鞋无处觅，得来全不费工夫”“蓦然回首，那人却在，灯火阑珊处”的形而上境界，同样也能在形而下的市场展示它的精义。我曾经有过为买一只草鸡而跑遍城市仅有的三个市场的经历，但遇上的都是那种外国血统的混血鸡，让人大为扫兴。而就在我垂头丧气而归的途中，一位乡下老头拎着一竹篮子鸡沿街叫卖，趋近一看，正是我向往的真正民族风格的。这时内心的喜悦，实在不亚于郑振铎当年在北京的琉璃厂觅到宋代孤本。还有一种喜悦纯粹是功利性的，在比较、鉴别、锲而不舍和坚定的信念下终于买到价廉物美称心如意的东西。这是空闲的产物，需要付出相当的耐心与时间，但由于能得到妻子的褒奖和邻居们发自内心的惊叹，在大多情况下我还是乐此不疲。

如果把货物比作菜场这架唯物主义机器——比如说计算机——的硬件的话，那么价格问题就是它的软件。一个国家经济政策的成功与否，对作为菜场精锐部队的家庭主妇们来说，其实只是鲫鱼的时价，它的力量有时甚至比轰炸机、生化武器、战斧式巡航导弹还要来得强大。记得许多第三世界国家的政府，可以说都是因物价问题失控而倒台的。当我现在每天在菜摊为价格跟面慈心狠的小贩打交道，偶尔也会想到这些，更多时候则就事论事。通常使用的方法是这样的，先表示自己其实不是很需要，然后再挑剔货物的薄弱之处，再以杜撰的邻近摊位的价格来诱使降价。当这些我摆葱摊的经济学老师传授的绝招都不能奏效后，唯一的补救方法只有尽可能让他过秤时秤尾翘得高一些，同时别忘了算账时坚决要求抹去金额的零头。有意思的是这些权宜之计在大多情况下都是很管用的，仿佛在买主与卖主之间天生就具有一种法律意味上的默契。当然，这方面最让我佩服的是张爱玲在香港大学就读时的锡兰朋友炎樱，她使用一种褒扬货物的更深沉的方法，同样也能达到抹去零头的目的。"她把皮包的内容兜底倒出来，说：你看，没有了，真的全在这儿了。还多下二十块钱，我们还要吃茶去呢。专为吃茶来的，原没想到要买东西，后来看到你们这儿的货色实在好……"这里我还要提到张爱玲对待菜场的观点，这位前清遗老的后裔似乎更多的是从浪漫主义和绘画的角度来观察现实中的菜场的，让我们来欣赏她早期作品《公寓生活记趣》里的一段出色描写：

> 看不到田野里的茄子，到菜场上去看看也好——那么复杂的，油润的紫色，新绿的豌豆，热艳的辣椒，金黄的面筋，像太阳里的肥皂泡。把菠菜洗过了，倒在油锅里，每每有一两片碎叶子粘在篾篓底上，抖也抖不下来，迎着亮，翠生生的枝叶在竹片编成的方格上招展着，使人联想到篱上的豌豆花。

这是发自内心的动人的喜悦，在40年代的沪居生活中，张爱玲慢慢从懂得怎样领略日常生活的美，到不嫌弃卖菜老头唾沫濡湿的网袋拎手，进而发展到喜欢从里弄口发炉子的滚滚浓烟中走过，可以看作是中国知识分子对日常生活的态度从观赏到加入的一个过程。

我已经谈了过多的购物知识和市场的情景，但我还想谈谈我对品种选择的认识。从美学的观点出发，我向来偏爱新鲜、气味好闻的蔬菜和豆制品，加上一定数量的肉类。我对河鱼的理解是与其大，不如活，对海洋鱼类则采取一种敬而远之的态度，因此每年春夏之间大量涌入厨房的是莴苣、豌豆、豆角、黄瓜、鸡毛菜、西红柿、鲤鱼、鲫鱼、豆腐、豆干、鸡蛋、牛肉和小包装的鸡翅。我对气味的苛求使得那些极富特色的食品从我的菜单上被无情地划去了，如丝瓜、海带、皮蛋和咸鱼。去年我在病中偶然得到一份美国科学组织提供的健康菜谱，该国政府曾号召它的臣民将它贴在家里的冰箱上，期望能像座右铭一样对人生起到警示与训诫的作用。我虽不至于盲目效仿，但在实际购买行为中，说一点不受到影响也是不可能的。在这份据称可以有效防癌的菜谱上，猪肉遭到无情的排斥，奶油和蛋类的处境也好不了多少，蔬菜水果则被提到至高无上的地位。

我们生活的目的是理想和健康，考虑到每天买回来的食物直接影响到生命的质量与长度，我必须放弃诗人的观点，尽可能学会从科学，而不是理想的角度去选购。今年元旦以来，萝卜、红辣椒和红薯开始浩浩荡荡进入我的生活，另外的一个努力则是尽可能省下烟钱去买苹果和酸橙。在未来的生活计划中，夏天我准备改变一下习惯，多吃西瓜和南瓜，冬天大量购进圆白菜和芹菜，加上一定数量的玉米。而在肉类方面，无论从经济或营养角度考虑，羊肉都是令人满意的一种选择。

从买菜扯到文学，又扯到经济学与健康，牵强而无节制的篇章，可以说是我散漫文风的一个典型。这篇计划写二十页的随笔现在写到了近三十页，可是我还想探讨一下买菜行为中的心理问题。它通常表现在双方有关价格的商榷上。我注意到几乎所有的购买者都试图压价。“菠菜多少一斤?”“八毛。”“这么贵?”“六毛卖不卖?”在报章杂志我不止一次读到作家对此种所谓小市民心态的感喟，而我的观点则恰恰相反。在我的理解中，购物者对价格的压抑，并非真的计较蝇头微利，而更多的只是出于一种自我保护的需要。也就是说，它的本意只是一种防御，而不是进攻，谁又能担保那些笑眯眯的狡黠的商贩，不以高出实际货值几倍的价目在糊弄你呢？也许，在买菜者的心理中，只有纹丝不动的，无论使出什么手段都无法压下去的价格，才是可靠的和值得信赖的。因此，讨价还价问题在某种意义上只是“醉翁之意不在酒”，或将它理解成是并无实际语义，不过如同“您早”“走好”之类的礼节性用语就行了。我看到的那次菠菜交易最终仍以八毛一斤成交，这是对我所持观点的一个佐证。

买菜心理问题的另一重点是比较，这方面的情景与爱情有些相似。我曾有过一次为买河鲫走过四个货摊，最后在第五个货摊上称心如意成交的经历。另一次刚好相反，记得是在南京，住在韩东家里，下午突然想到要去买菜，在他家附近的瑞金路菜场里流连忘返，我们当时打算采购新鲜的莴笋，不幸的是走遍所有摊位均不理想，最后悲惨地发现，相比之下还是第一个菜摊上的成色略为像样些。这种迫不得已的交易真是对自尊心的莫大打击，尤其是摊主眼部的白色与嘴角明显可以察觉到的得意之情。但有什么办法呢？为了晚餐的完美，即使心高气傲的我们也只能唯唯诺诺，仿佛爱情国度里的浪子折腾多年，梦醒以后又回到初恋情人的身边。羞惭、负疚、无限的惆怅。

叙述在日常生活的朴素光芒里不知不觉地继续，我还想说些什么？在菜场的中心，这杂乱、奇妙、生命力旺盛的卑微者的舞台，我想自己看到的和想到的一切都已说出。同时也相信这篇混乱程度不亚于菜场本身的文章已给大多读者带来了疲倦，希望能像结束一次购买行为那样立刻结束它。但因自己目前尚不具备像李白那样抽刀断水的能力，因此必须依照传统起承转合的方法回到文章开头。在最初的叙述中，我提到有位叫小炊的读者，鲫鱼与诗歌问题的提出者，事实上正是他的来信触发了我的写作契机，但在啰里啰唆写了这么多后，发觉自己最终可能什么也没有告诉他，这在我是尤其要表示歉意的。尽管如此，我还是希望他能够看到——包括我的梦想、现状、家庭情况、文学观以及生活中卑微的形象。并执着地相信生活永远比书本更丰富，而体验比观察更重要，这情景如同我在与此同名的那首诗——即来信提到的——里所描绘的。在那首短诗的前半部分，我写了处身市场的现实感受，后半部分由于带有一定程度的亮色与爱国之情，正好可以用来做此文的结尾：

我走向一个老实巴交的农民，买下他的草鸡
顺便再买一点豆腐，一根蒜，一根葱
我花光了我的钱
我把精神藏在内心，把物质捧在手上
歌曲在我胸口涌动
我爱的一切都在开始之中
我的在青菜萝卜间怡然自乐的祖国呀
我为你歌唱　今天我吃鸡

1991 年 2 月写于湖州，一年后改

乐清县

下午两点，我们尘土满面的公共汽车的车头由温岭县插入了乐清县。这是类似精彩小说里才有的那种戏剧性转折。我看见因旅途倦怠和秋色而懒洋洋的游客像被什么惊动似的坐起来，把他们的脸贴在逐渐幽暗下来的车窗玻璃上。“雁荡!”有人低声叫了出来，又有人拼命掏出相机、望远镜之类的旅行器械。车窗玻璃更暗了……山岩、僧墙、枫舍、流泉，落叶上稍纵即逝的秋天，我仿佛是唐诗中或者更早的魏晋时期的人物，只是因为某种不可解释的命运被黜放于当代，这种自我解嘲的心情在车过虹桥镇时抵达了高潮。

乐清县是为浪漫主义的游记作家所忽略的一座县城。这里街道宽阔，人烟稠密，到处是琳琅满目的商品和新建的浙南风格的白墙青瓦的房屋。从任何一个雕花木窗朝里看，你都能看到围着堆满新鲜海货的餐桌正在快啖豪饮的当地居民。当然你也能看到家庭工厂里每天工作十二个小时的丈夫、妻子、女儿和祖母。他们扑在那些印制名片或缝纫衣服的机器上汗流浃背，仿佛对付的不是一堆钢铁而是自己的命运。那些白天街头肩扛大包小包招呼人力车夫的个体商贩到了夜晚你肯定无法认出——西装革履，珠光宝气，频频出入于现代文明的社交场所，用几百元人民币的黑市价抢购一位流行歌星演唱会的入场券。这不是危言耸听，而是登在当地报纸上的真实消息。

然而，这些并不影响我想用诗歌的精神记叙这座县城的欲望——事实上我已经这样做了——我还想继续这样做。比如我对广场上那个玩进口摩托的矮个小伙子的投契就超过一个骑马的北方汉子，即使他胯下的是一匹乌骓或传说中古代大宛国的名驹汗血。还有一些冒险经历也是我一生中所未有：在贸易市场买了两双纸板做的皮鞋，结识了一位全省闻名的乡土诗人，和在灯红酒绿的个体餐馆视死如归地吃了一个血淋淋的毛蚶。

我在这里谈论与雁荡无关的现实风景并不意味着对这座浙江最大的名山的忽视，相反，我只是企图从更高的意义上来认识它。事实上自我进入乐清县所辖区域那一瞬间起，我就被迫处于不安、压抑，以及对自身渺小的痛感之中。这些来自内心深处的变化尽管不妨碍我饮酒、采访、谈笑风生，但在精神上却像有什么东西在沉重地压迫着我。我看见身体周围的雁荡山有一种庄严、博大的光芒——我还能使用什么词汇来描述它呢？这种光芒我们只能在佛像、经典著作和伟人身上才有幸见到。在我个人的经验中，这是第三次。第一次是在北京西山卧佛寺，还有一次是 1984 年，那年春天我被上海市的著名杂志《萌芽》授予当年度的文学奖，安排在黄山桃源宾馆写作。将近有半个月的时间，我一直是窗外人字瀑的忠实观赏者，而不敢妄生“会当凌绝顶，一览众山小”的英雄梦想。

这里已经涉及我对“崇高”与“伟大”的理解，在我看来知识所赋予一个人最大也是最终的益处，就是让他懂得天地之大和已身大小，并由此产生对自然及伟大事物的敬畏与感悟。正是在这个意义上，陶渊明悠然而见南山，罗伯特·勃莱训诫他的朋友们和他自己，要“热爱大自然”，还有一位杰出诗人，年轻的查海生，声明“我的死与任何人无关”，然后卧倒在一条寒冷的列车轨道上，终年 26 岁。

现在还是让我回到那个秋天下午的乐清县城里去吧！我发觉我对当地人的脸型已经产生了兴趣。我在街上随意乱走，仔细观察那些小业主和饭馆老板，他们大多呈国字形脸，皮肤黝黑，轮廓分明，嘴角有海浪与现实的严峻痕迹，粗犷，精明，这个特征就连喜欢戴海绵乳罩以至显得胸脯高耸的女孩子们也不例外。这使我产生了一定程度的困惑，我不知道他们用身体的哪一部分来安放他们的雁荡山，而这种困惑对我自己或许同样适用，以至那天晚上在饭店酒酣耳热之际当丹华兄问我第二天上不上雁荡时，我竟有一种在一个高贵女人面前自惭形秽的强烈感觉。

与饮食连接着的是睡眠，这是我平生第一次在距离群山和海洋都那么近的地方睡觉。县委招待所硬板床上的七个多小时可以说有一半都是在神游中度过的。雁荡就在我的窗外，浩荡的松风，万古不变的山月，僧舍尖顶上的庄严气象。高险的大龙湫瀑布依稀有李白诗中的浪漫感慨。灵岩寺。天柱峰。三折瀑。我仿佛自己就是那个在观音洞的337磴石阶上坐修的僧人善孜。一切就在我的身体周围，山岩的毓秀，神灵的舞蹈，似乎只要我伸出手，我就能触摸到我想触摸的东西。但我血液里的秘密主人——一个隐秘声音——命令我不能这样做。于是我坐起来读书，那是一本30年代作家写的论述鸟与文学关系的专著，在其中的章节中我读到有关雁荡的文字——大雁的习性与节气。雁字，雁哨，艰难而悲壮的旅程，朝飞寒山暮宿江苇，殉情的孤雁，以及13世纪诗人元好问的一首词。这首杰作的开头部分依稀记得是："问世间，情为何物，直教生死相许？天南地北双飞客，老翅几回寒暑。"我感慨人生的秘密就是丧亡与轮回。这些阅读在某种程度上加深了我对雁荡山高度的认识，我深浸在宇宙人生、天地万物的遐想之中，直到灯光和街头酒吧里不时传来的爵士乐将我拉回。

一辆简陋的人力车拉着一个昏昏沉沉的抒情诗人，这是次日早晨乐清郊外的一个景象。我要去的地方叫沐箫寺，是先秦神话中的箫史骑鹤弄箫、白日成仙的原始场所。它与它所处的箫台山其实可以算作是雁荡的一个小小支脉，典雅，玲珑，这是乐清人的又一骄傲，一家杂志和一些当地产品都以此命名。我坐在寺前的古枫下看飞鸟如同落叶凋谢，只有在这样有限高度的山中我才宽爱而自在，它肯定与我心灵的容量具有某种比例。我想象自己内省罗盘上的运动之光，按照这样的速度，我可以在十年或者十五年后从容登上雁荡天柱峰。如果我能找到一种探测深度的方法，这样的时间计划也许还可提前。

乐清县永远有它值得夸耀的理由——财富与大自然。它那多如过江之鲫的小商品市场与山中的森严古寺相映成趣，显示两种文化之间的生动汇合。运输工具、机械、思想与政府机器不停地运转，组成一个与它的历史与未来都不尽相同的现实世界。这里有企业家、诗人、酒吧女、一掷万金的赌徒、教育赞助者、全世界闻名的毛发再生精的发明家，全都在喧嚣的、山和海洋合抱的这片乐土上安居乐业。即使你是一个颓废者，也能在这生存的热情光辉里产生简洁的冲动。

我离开乐清县是在我到达它的第三天的下午。雁荡山在秋日午后的阳光里显得更加巍峨挺拔，令人不可逼视。车站两侧的货摊上，口音犹如外国语言的妇女在向行人兜售海鲜与洋烟。我同行的记者朋友心不在焉地与一个卖假胸的女人调情。而我想着韩愈的两句诗："南山与秋色，气势两相高。"我用自己崇仰的古人诗句与雁荡辞行，并想象他日重来的情景……车子开动了。

山影在车窗上大片大片退去，另一种山影却永驻心间。在我与乐清县短暂交往的最后瞬间，我看见酒店门口一群人在围听胡琴演奏。从乐师的服饰、口音和曲调里可依稀辨认这是当地的民间艺术家。他的声音里有一种永恒的折光。我听不懂他的吟唱，但他的表情、思想、骄矜的程度我感觉到了。我相信这些都是因为雁荡——他的信仰、社稷和源泉。在以后很长一段时间内，我一直记起这位胡琴师发亮的眼神，他歌吟时嘴唇的奇妙颤动，和在他声音里闪烁的幻灭无常的物质所不具有的那种光芒。

在自然提供的尘世的魔力中，那些单纯的旅游者找到了工作闲暇的乐趣。而在诗歌与精神的世界，雁荡山犹如宝石藏于尘土之中，它的光辉可以使时间停止，空间消失，死亡与生存都失去原有的意义，因为这一切我不能不时时想起乐清县。

1991 年 2 月写于湖州，记四年前游踪

期堂巷口的老杂货店

1956 年 3 月 21 日，位于湖州南街期堂巷的一个廊柱倾圮，墙壁斑驳的门洞又一次被所谓新生的喜悦照亮——我出生了。这样的喜悦在这个旧时代遗存下来的破院子里至少已经有过三次。由于剖宫产那时还被目为资产阶级妇女自私自利本质暴露的铁证遭受非议，因此我母亲生我可说是吃了不少苦头的。在我出生后的几天内，她一直因发烧而处于某种半昏迷状态中。根据外婆后来不无夸耀的回忆，当初还多亏了她头脑清醒，临危不惧，及时去期堂巷口的老杂货店抓来两包稀奇古怪的药草煎汤喝了下去，母亲的病体才慢慢得以复原。因此可以这样说：期堂巷口的老杂货店在我来到这个世界的伊始，就和我发生了某种神秘的难以回避也难以解释的联系。

自上小学时候起，我这人就不务正业，胆大包天，这是亲友包括周围邻居对我的一致看法。这自然也是家里实在太小，没个人自由空间的缘故。记得当时自己最喜欢做的事就是一个人突然上街，并且会在迷路以后主动找到岗亭上的警察叔叔。当然，不是因为我在马路边拾到一分钱，而是以不容商量的口吻命令他将我立即送回家去。这种对军队力量的崇敬与依赖使我至今仍然引以为荣，要知道那时我非但没有学过毛主席有关“枪杆子里出政权”的著名论断，甚至连玩具手枪也因家境贫寒而无缘见识。

有趣的是，我和在以后生活里被证明对我产生过重大影响的期堂巷口老杂货店里的杨老板，就结识于这样的一次冒险行动之中。一个下雨的冬天的中午，在又一次贸然上街找不到家后，我如法炮制爬上市中心骆驼桥的交通亭。当时我对这些红领章白制服的警察先生的投契之情实在为一般人所难以想象，它意味着不但可乘摩托车威风凛凛回家，还有可口的糖果饼干之类可供享用。然而不幸的是我那次遇上的是一个刚从外省调来此地的家伙，不大听得懂我的吴侬软语，在我的热情陈诉没有起到意料中的效果后，不得已只好采用了哭这样一种多少显得有些窝囊的形式。

这时杨老板刚好路过这座全市最大同时几乎也是唯一的交通岗亭，他说，我认识这个孩子，把他交给我吧。在我留下的有关他的最初印象中，杨老板除了说话细声细气略带女腔外，那就是他的身体非常之高，当他把我放上肩头，有一种前所未有的凌空出世之感，仿佛外公前几天刚教会我背诵的杜诗“会当凌绝顶，一览众山小”。当然，这是事后回忆，是晚上回家后躺在床上才慢慢联想起来的，那时可没空想这些东西，只顾忙着东张西望看热闹还来不及。说出来不好意思，记得当我骑在他的肩头招摇过市时，还利用这对我明显有利的地形做了一件可耻的事，就是趁与一个卖冰糖葫芦的山东老汉擦身而过时，在他那宛如古代兵器似的货扎上抓过一根吃了起来，而后者非但没有发觉，甚至还回过头来笑眯眯地朝我做鬼脸。唉！这令人神往的童年岁月！

就在我和杨老板偶然结识的大约一星期后，我庄严地接受外婆的命令拖一瓶子到他店里去打酱油，这使我有机会较为全面地观察了一番杂货店的店容以及人员配置情况。这里有一点似乎需要补充说明，那就是这家杂货店的企业性质与杨老板的真实身份，虽然邻近街坊对他都喜欢以老板相呼，而实际上他只是该店的一个普通营业员。当然杂货店不用说也肯定是一家社会主义企业。要知道这里叙述的毕竟是60年代中期的事情，当时旧的资本主义改造早已结束，而不管姓社姓资的改革开放运动还要等到二十年后才有可能轰轰烈烈开始。因此，在那个历史阶段如果谁要找出一家私营企业来，其艰难程度绝对不会亚于民谚所说的“三条腿的蛤蟆”之类。至于为什么对他会作如是呼，经我年龄稍长后向期堂巷的老一辈人打听，才知道全是因为他父亲的缘故。也就是说，杨老板其实是对他父亲的尊称，包括店原来也是他的，但由于思想没有改造好，大年三十吃老鼠药死了。也许是因为一直以来叫顺了嘴的缘故吧，这个在当时并不显得有什么荣耀的称呼，从此就落在了他的儿子头上，尽管后者只是一个每月拿三十来元工资的小营业员，也是店里唯一的一个男人。另外两名是年龄、容貌均殊异其趣的女性：杨娟红与炮弹头。前者二十来岁光景，一张眉目不清的胖脸加上一个高大丰满的身子，看上去威武雄壮，似乎生来就是革命女性的样子。说起来她的父亲也确是当地一名相当级别的南下干部，出于反修防修的百年大计才不惜让女儿下基层锻炼。而后者则出身书香门第，虽已年过三十，但白白净净，颇具风韵，我当时对此的评价是长得和我妈一样好看。不用说，炮弹头的称呼只是对她身体某一部位的艺术形容，她的真实姓名叫张盼盼。几年以后我读苏东坡的词偶然发现其中有一首的吟咏对象与此同名，虽一为歌妓之类的青楼女子，一为社会主义商店的先进生产者，但其绰约的体态、柔婉的性情，除年龄有些差别外，其他应该说均有几分相像。

详细描绘一下杂货店的结构与经营范围也很有意思，说实在的，这家商店被称作杂货店，其实却拥有两楼两底油漆一新的门面，外加一个栽有凤尾花和葡萄架的后园，应该说还是颇有几分气派的。下面两间全部用作店面，楼上一间囤货，一间供值班人员休憩之用。为了方便群众，服务群众，朝期堂巷一侧的园子边门还设计了一个机栝灵巧的小小的窗洞，月明星稀或刮风下雨之夜，凡有急需者均可于此购物购药。当年使我母亲化险为夷的两大包草药想必就是从这个小洞里递出来的吧？我想。至于说到它的经营范围，那就更称得上博大精深了。虽达不到眼下水产公司卖玩具，食品商店出手新潮家私的开放程度，但它灵活、周全，吃穿住用一干日常用品应有尽有，从小学生的铅笔橡皮什么的到科学种田的农药，从妇女的雪花膏到供奉死人的香烛，一个杂字真可谓是做到了家。正因为如此，它被期堂巷以及周围一带的居住者视为生活福音堂，甚至在整条古老的南街上也名气很大。只有一点总是别扭，一般人都喜欢管它叫杨老板的杂货店，而不叫杨主任的杂货店，这在童年时代曾不止一次引起我的好奇。我曾就此请教过我的颇通诗书，担任小学校长的外公：老板与主任哪一个大？外公的回答多少有些模棱两可，他说，以前是老板大，现在是主任大，以后究竟谁大则不得而知。

我打酱油那天刚巧是我的八岁生日，也就是 1963 年 3 月 21 日的早晨。我拖着那只比我身体小不了多少的老式洋瓶——据说原先是美孚公司装煤油的——兴冲冲走进店门。连蹦带跳，春风满面，因这毕竟是我的一生中第一次干像打酱油这样有关国计民生的大事。当时可能来得略为早了一些，期堂巷口的这家著名的老杂货店门板还没有卸尽，我走进店堂大叫了一声杨老板，依稀闻得跟后园毗邻的那个楼梯角落里传出窸窸窣窣的声音，还有夹杂在这中间的女人的轻轻喘气声。过了好一会儿，杨老板气宇轩昂走出来，说了句，是你啊。对于这件事，当初我有两点颇感意外：一是我原以为杨老板会跟我亲亲热热说上一会儿话，然而他没有。第二是外婆对我打酱油的成绩由衷地大加赞赏，并在吃中饭时通告大家说：我们家阿建（我小名）打来的酱油真满（从瓶子的刻度上来看，比以往明显高出一大截），以后你们都让他去打。

我十岁的时候已经能够背诵五十来首古诗，当时在期堂巷以及周围一带与我堪可匹敌的只有杨老板的女儿杨小青。那时史无前例的无产阶级“文化大革命”已经开始，我们一起在巷口的一只煤球炉里焚烧扑克、洋片和小人书。火光熊熊，青烟袅袅，我脱口说出一句应景诗来:“大漠孤烟直。”杨小青在一旁听了，立即对道:“长河落日圆。”我不甘示弱，想了一会儿，又念出一句来:“浪淘尽，千古风流人物。”她似乎为我的诗才慑服了，过了好长时间，才歪着脑袋问我:“另外的可不可以?”在我宽容大度地默许以后，她十分可爱地笑了，随即轻轻念出一句:“恨古人不见吾狂耳。”这句当时我很陌生，因为外公似乎还没有教过我，因此内心对她的本事也十分佩服。直到几年后我才知道，这是与苏东坡齐名，世称“苏辛”中的辛弃疾《贺新郎》一词里的句子，也是相当有名的，而且它的意思与其时全国上下大破“四旧”的革命情景也十分相宜。

杨老板可以说是我的成年朋友中唯一相信我日后会出人头地的人。然而1982年当我在北京的《诗刊》杂志上发表我的成名之作时，他离开这个世界已有十几个年头，据说也是自杀死的，选择的方式与他的父亲几乎一模一样——用绍兴黄酒吞服老鼠药，说不定就是他父亲吃剩的那一包吧，我当时曾这样胡思乱想。至于死的原因也相当简单，他与店里一名女营业员通奸，年长日久后被女方丈夫发觉，设计捉拿在杂货店楼上那张值班用的老式雕花木床上。说起来这原先也是他们家的财产，因此似乎也可以说，他不是在单位，而是在自己家的床上被人捉拿的。也许是羞于见人，也许是慑于对方的正义与权势，总之第二天一大早就发现他死在楼梯口的地板上，手里拿着一盒火柴。上级公司革命委员会的保卫干部们对这个古怪的姿势颇觉疑惑，弄不清他当时到底是想纵火烧店，还是打算死前再抽一根烟？由于找不到进一步的证据，只好姑且存疑了事。60年代全国已经开始提倡革命化的殡葬仪式，再说他是畏罪自杀的，家里成分又不好，因此尸体发现当天就被拉去火化了，骨灰就保存在距市区三公里的湖州火葬场内。尽管如此，他的女儿小青还是设法买通该场一名工人偷偷拣出了一块头骨，葬在山明水秀的道场山下她亲戚家的一个菜园里。我曾在一个清明的下午陪同她去祭奠过一次，朴素的墓石，瑟瑟抖动的荒草，斜阳，昏鸦，纸钱——这人间的至痛！

我对杨老板的怀念既出于街坊之谊，更多的恐怕还是一己的私情。当我长大以后认真回忆，他不但是我童年及少年时期一位颇受尊敬的长者，同时也是我性教育的最先启蒙者。现在仔细回想起来，我八岁生日那天早晨进店门打酱油时所听到与看到的一切，大约是我最早接触到的与性有关的情节。只是那时我年纪还小，除了很想知道楼梯隐秘处窃窃私笑的阿姨是谁以外，还不足以引起更多的绮思艳想。后来的一次发生在几年以后，依稀记得是20世纪60年代末期的一个年头岁尾吧，虽说居民会干部逐家挨户通知要过一个革命化的春节，但期堂巷口老杂货店里那几天的生意依然十分火爆。尤其是除夕那天下午，店门口购货者的队伍更是排列得颇为壮观。这时猛听得人群中一位中年女军人愤怒而又不失威严地大声喝道："你们看，我不看！"大家都被吓了一跳，熙熙攘攘的队伍顷刻出现了某种短暂的宁静，连柜台内的杨老板也似乎受了惊吓，手里拿着倒了一半的漏具与斗勺，哆哆嗦嗦，不识庐山真面目的样子。那时全国人民学解放军，军人在老百姓中威望很高，于是一律服从命令听从指挥，循声寻看，只见女军人怒形于色，目不斜视，一手示意，一手紧紧抓住抵在她臀部上的一个黏糊糊的油瓶的瓶颈，而油瓶主人是个挤在她身后的可怜的小伙子，惊慌地待在那里不知所措。人群中有些见过世面的马上就懂了，当场就有很多人笑出声来。杂货店对面摆鞋摊的丁二拐子更是狗胆包天，只见他学着那女军人的声音，也大声喝道："解放军阿姨你自己看，我们不看。"也许是这位时刻保持高度革命警惕性的女性这时自己也觉得有些不对劲了，犹豫半晌以后，终于大着胆子朝后看了一眼，脸顿时红得像杂货店楼上早晨挂出来的那面用于庆祝节日的鲜艳的红旗。我当时真可说是如堕五里雾中，一连串的问题在我脑中打转，首先，那女军人到底要大家去看什么？而且她何以叫大家看，她自己却不看？其次，大家看了以后何以要怪模怪样大笑？再其次，丁二拐子又何以要那女的自己去看？尤为可疑的是，那女的何以看了以后脸红这样？甚至连东西都不买了，匆匆挤出人群就逃掉了？这些疑问直到那天晚上我陪杨老板在店里值班闲聊时才稍稍得到了一些解答。那年我已经十三岁了，用杨老板的话来说，是到了"也该跟你说这些事"的年龄了。但他忸怩半晌以后其实也没跟我说什么，只反复强调，我和他是男的，小青，那个解放军，还有杨娟红、炮弹头她们是女的，男的跟女的是不一样的。是不一样的啊！他这样说，语调中似乎很有些伤感。

也许正是因为这不一样他才跟那营业员阿姨要好的吧？这是我在十四岁那年，也就是他死后不久那个冬天早晨所突然悟到的，这个伟大的发现当时很令我自鸣得意了一阵。至于究竟是跟店里哪个阿姨要好，则始终讳莫如深，这也是那段时间里期堂巷民间媒体扭住不放的一个焦点所在。以至有一天晚上附近一帮小伙子兴致勃勃挤在丁二拐子鞋店的楼上，想集众人之智，弄清楚杨老板的相好到底是杨主任还是炮弹头。会议后来甚至还荒唐地为此进行了表决，之中以猜测是炮弹头这一派在人数上占绝对优势，并一致认为是她先勾引杨老板的。我那时虽因年龄不够，只被允许列席，而没有表决权利，内心却也倾向于这一派。然而猜测终归只是猜测，由于那个时期事情遑论大小一律都是要以阶级斗争为纲的，因此尽管内心对杨老板死了炮弹头没有遭到惩罚这一点深感愤怒，倒也不敢拿她怎么样，最多不过买烟打酒的时候朝她狠狠瞪上一眼，算是替杨老板形而上地申了冤报了仇。

然而仅仅几周以后，事情就出现了戏剧性的转折，身体健壮，工作出色的杨娟红突然被调走了，据称是其父离休，必须将她一同带回老家江苏云云。尽管这种说法在理论上可以成立，但期堂巷的民间新闻媒体却觉得这里头大有文章，于是集中火力穷追猛打，甚至还有到她家附近去打听消息的，以至炮弹头这一派在一段时间内明显落了下风。最后终因缺乏真正有说服力的证据，再说她那张脸也让见过的人，最后只能是不了了之。与此同时另一个反常现象是，出事后一直精神萎靡，衣饰不修的炮弹头从那以后又恢复了原先花枝招展的徐娘风韵，见人眉目飞扬，春风骀荡。在我再度奉命进店打酱油时，非但斟得满满，甚至还给我吃了一颗当时视为珍品的上海产的大白兔软糖。以至我捧着那个模样古怪的瓶子回到家中，又一次得到外婆的赞赏与表扬：我们家（阿建）打的酱油真满，以后你们都叫他去打。

杨小青是在我小学毕业那年进店顶职的，她比我大三岁，无产阶级“文化大革命”取得辉煌胜利，人造卫星东方红一号上天的1970年，她刚满十八岁。出生封建没落家庭，双亲亡故这一不幸事实虽让她时不时地顾影自怜，显得郁郁寡欢，但并不影响她清水出芙蓉似的容貌。据老街坊们回忆，她长得很像她患咯血症——一种林黛玉式的疾病，现名肺结核——死去的母亲。当时似乎还没有“三围”“曲线美”之类的新潮用语，而且其时我虽已情窦初开，对女人的知识在严格意义上说还是相当浅薄的。因此对于杨小青，我的印象仅仅是她长得比炮弹头张盼盼还要好看，而且又比她年轻。另外她们两人夏天穿短袖衫倚在柜台上嗑瓜子聊天，胸脯同样高耸刺眼，仿佛有关张的那个不无夸张的绰号，对杨同样也十分适用。在这样青春与肉感的氛围里，那个领导她们的新调来的女主任就更显得单薄而瘦小了。她喜欢一年四季除夏天外都穿一件蓝色双排扣的列宁装，配之以短发，军裤，解放鞋，北京话和一米五几的个头儿，整个像一个处于发育阶段的初中男生的形象。尽管她的内心并不像她的容貌那样呆板，待人热情，周到，和和气气的，但期堂巷的业余语言大师们很快也给她起了一个隐喻性很强的绰号，叫田螺姑娘。有趣的是，她对这一称呼中隐含的不无调侃之意的性内容全然无知，非但不生气，反而相当地喜爱。当时我就想，这肯定是我们伟大祖国优秀的民间文学长期熏陶的结果，因为在那一类的天花乱坠的故事里，田螺姑娘与仙女几乎是同一个意思——因此她才不以为然，欣然受之的吧！

我进入湖州第一中学高中部那年杨小青刚好学徒转正，当时由于已略通情事，彼此间已变得不大好意思讲话了，这是70年代中国青年的一大情感特征，但我还是吃到了她因庆贺此事而分发的一种玻璃纸的糖果。就在那年夏天，天气炎热得令人难以承受，一位在街道房管处工作的朋友利用职务之便替我们家楼上的睡房开了一个简易小窗。几天后的一个夜晚，我在窗前闲眺纳凉时，意外发现下面杂货店后园的花木掩映中有沐浴的女人背影，这是我有生以来第一次完整地看见女人的裸体，但我始终没分辨出这个女人究竟是谁，这里既有距离和夜色的关系，夏天茂盛的树叶也产生了较大的障碍。第二天放学后我进店随便打听了一下昨晚值班者的名字，当被告知是杨小青时，我实在是有些血管偾张、情不自禁了。记得那时我已读过郁达夫那本书名《沉沦》的小说，此后的好长一段时间内，杨小青的裸体背影一直出现在我的睡梦或者白日梦中，爱情还是情欲，我实在不知该怎样界定。总之，那一段出现在我青春期的短暂骚乱，对帮助我后来走上文学道路起到了推动作用。因为我当时的一个伟大发明是：每逢情绪亢奋不安，就立刻趴在灯前背诵马雅可夫斯基的诗篇，还有我那时喜欢的马列著作，有时是《法兰西内战》，有时是《道德化的批判与批判化的道德》，直到困扰我心神的异性裸体被彻底驱赶出去后才敢上床睡觉。

有一点似乎必须补叙一下，那就是在我内心发生深刻变化的那段时间里，期堂巷口老杂货店内的人事也发生了规模不小的变化。先是据说炮弹头到楼上仓库去取货时看到一个白衣白裤的人影，这在期堂巷乃至整条南街立刻引起了轰动。丁二拐子推测是杨老板的阴魂，但炮弹头坚决地否定了。于是好事者又推测是老杨老板，也就是杨老板的父亲。又有一说是传闻中的药仙。不知该是彭祖还是神农，总之，很热闹了一阵，直到公安部门打算作为阶级斗争新动向来抓时才一个个闭上了鸟嘴。此事过后不久，杂货店的行政首脑田螺姑娘因发明了一项能闭上眼睛抓药，分量不差分毫的神技而出了大名，事迹登载在省一级的报纸上，并被立即提拔到公司担任了业务部门的领导。新调来的杂货店主任自然又是女的，年纪不大，长得也不难看，不过与前任作风大相径庭，称得上是个心狠手辣，深藏不露的女人。这是我母亲经过痛苦的实践检验出来的真理。她去店里买过几次烧菜用的食糖，而且就是在她手里买的，盛入平日常用的标有刻度的罐子时，每次都发觉会短上一截。另外煎鱼时直觉到，尽管放了不少酱油，但鱼的色香味依然达不到往常的深度，她的判断是酱油里被人为地掺了水，这一点在与左邻右舍的交流中亦得到了证实。当时轰轰烈烈的无产阶级“文化大革命”已经结束，政府正打算重聚人心，有所作为，对公众舆论的态度相对也比较宽容和重视。于是有人给有关领导部门写了一封信，对社会主义企业的经营目的以及在新形势下如何更好地为人民服务谈了一些个人的看法。这种自发民主产生的积极成果是：不到半个月时间，杂货店的门前很快贴出了一张告示之类的东西，在其所保证的九条提高服务质量的措施中，第一条就是不作弊不掺假，不克扣斤两。

然而更让人兴奋与刮目相看的事情似乎还在后头，一个星期以后，有人进店去买东西，意外地发现女主任已经不见了，取而代之的是一个文质彬彬的年轻小伙子，长头发，扫地裤（这是期堂巷资深人士对其时风行社会的喇叭裤的戏谑称呼），深度的眼镜，打酱油的手戴着棉纱手套，总之，是个引人注目的家伙。我好几次发现炮弹头张盼盼看他时的目光有些异样，只弄不清这是一个普通职工对上级领导的敬畏，还是人老珠黄的女人对年轻男子所容易产生的好感。当时她大约已有四十来岁，不过看上去要比实际年龄小一些，烫了头发，抹了脂粉，高耸的胸脯足以与任何一位年轻姑娘媲美。几年以后我开始写诗，当我偶然读到一个江苏朋友曹剑有关乳房的吟咏，记得有一句叫作“从薄尼龙衫下不客气地挺立起现代美学”，感觉写得风趣而别致，心里自有一番会心与感慨。虽然他描绘的是某年春天一次上海之行的浪漫观感，而我所做的现实注释却是期堂巷口老杂货店里的一个叫炮弹头张盼盼的女人。

杨小青嫁的第一个丈夫是个军官，结婚当年就死在炮火连天的对越自卫战争的战场上。那时她因思想解放运动、服饰革命、化妆业生产发达等诸如此类新事物的兴起，已变得漂亮非凡，一个一点也不夸张的事实是：1978 年至 1980 年期堂巷口老杂货店连续三年因营业额突飞猛进被评为先进企业的根源，与其归功于新来的主任领导有方，还不如说是因为杨小青的动人姿色来得更确切一些，这是更为内在的原因。事实上不少人喜欢上那里买东西都是冲着她去的，甚至远在北街、太和坊、牛舌头、三元洞府、玉皇殿的人也会骑自行车赶到这儿来。除了为一睹芳容，并期待侥幸获得美人青睐，还能有什么别的更合理的解释呢？当然，党的经济政策的开放在这里头也起了相当大的作用。可以这样说，在我所认识的女人中，杨小青迄今为止仍然是最漂亮也最出色的一位。她有一双孩童的眼睛和一个时装模特儿的身体，仅此两点就足以令任何一个见过她的男人神魂颠倒，俯首称臣。1979年初夏那个细雨绵绵的早晨，当部队来的同志将噩耗带到她所工作的这家春意盎然的老杂货店时，她当场就晕了过去。我挤在店里一边同情她命运的不幸，一边在内心钦佩一千两百年前的诗人白居易的诗句“梨花一枝春带雨”状物的准确与优雅。然而不过几天以后的深夜，当我看一部当时轰动湖州的墨西哥电影《叶塞尼亚》散场时看见了她，她穿戴得像个电影演员，身体倚在一个我不认识的高大小伙子肩头，两人有说有笑，沿朝阳巷向青年公园——现改名莲花庄——方向慢慢而去。

这个女人身上有一种危险的不驯服的东西，这一点我想我早在数年以前，甚至在那个炎热的夏夜窥见她肉体以前就发现了。她虽然生有一副古典式的柔婉哀怨的容貌，骨子里却奔放、大胆，易于动情，而且做事情往往缺乏理性，这里头可能跟她父亲基因和家庭教育方式有直接关系。那一年，我和她一起去道场山下扫墓，这是迄今为止我们两人之间仅有的一次单独交往。在几乎没有任何征兆的情况下她突然用手捧着我的脸，并在上面亲了一下，就在她父亲纸钱纷飞，青烟袅绕的坟头。我当时被弄得目瞪口呆。要知道那年代我才念小学六年级，而她的年龄也不过刚满十七岁。这使我自少年时候起就对她存有几分敬畏之心。现在仔细想来，尽管这个女人长期以来一直在我内心占有位置，但我对她的逃避往往大于亲近。尤其是在我迷恋她肉体的那些青春岁月里，虽然每天都有与她见面的机会，事实上却在有意无意躲避着她，宁愿在深夜的枕边为她辗转反侧、神魂颠倒。这种怪诞的、不合情理的感情现象，其深层原因我想大概就源于此吧！

是的，我不大喜欢女人主动，无论是铭心刻骨的热恋还是在一般的异性交往中均持此态度。你想想，如果你和一个女人在一起时她总是占据着支配地位，那该是多么令人畏惧、令人扫兴的一幅图景。

我最后一次见到杨小青时在1983年的初秋，那一天我也是一大早到店里去买东西，具体物品记不清了，估计不是牙刷牙膏就是饼干什么的。这是一个典型的阴雨绵绵的南方早晨，期堂巷口老杂货店的店板刚刚卸下，或许是下雨的关系，里面空荡荡的没有顾客，甚至连营业员也没见到。我招呼了一声，跟后园毗邻那个楼梯角落传来一阵熟悉的窸窸窣窣的声音。一刹那，我有一种噩梦重临的感觉。说真的，当时那声音对我感官的刺激之大，以至一段时间内连手脚都微微有些麻木。过了好一会儿，杨小青整顿衣衫娉娉婷婷走出来，紧接着出来的是也换好了上班衣服的炮弹头张盼盼。我长长地舒出了一口气，阴影迅速移动，消逝——从杂货店斑驳的天花板上也从我虚惊了一场的脸上。

就在那天深夜，我们期堂巷的旧宅楼房不幸意外失火。事情发生以后，由于政府一时间内无法妥善安置，全身烧伤的母亲和我只好各自寄居在亲友家中。有关那段时间的生活我曾在其他作品里也写到过。在等待了大约二十个月后，我们在市区西郊的红丰新村终于分到了一套房子。新的生活开始了，期堂巷作为一生中的一个阶段在身后已经结束，包括它的老杂货店、鞋摊、米饼铺、雨中光滑的青石板路，巷尾的一座改作建筑公司的破庙，以及我那一大帮打弹子捉螃蟹的少年朋友。然而我怎么也没有想到，在我怀疑杨小青重蹈她父亲覆辙的那个虚惊了一场的早晨，已经是我最后一次见到她以及她的杂货店了。因为就在我们全家寄人篱下，惶惶不可终日的那段时间里，改造南街，重建湖州的市政工程开展得热火朝天，期堂巷口的老杂货店无一例外地被命令与周围的住家一同拆迁。这听起来颇有些令人伤感，但当时无论杂货店的年轻营业员还是附近的居民一律都是兴高采烈，因为前者可以借此摆脱两个杨老板留下的深长阴影，后者意味着可以有不用花钱的新式房子住。这些事情是有一天我偶然在街头碰到丁二拐子时他告诉我的，就连他现在也已是一家乡镇皮革制品公司的技术处处长了。我们在马路边卖饮料的凉棚下亲亲热热抽了一回烟。分手时我略略站了一会儿，目送他的背影在人海里歪歪斜斜消失，并庄严地挥了挥手，那样子就像是在跟一个过去的时代告别。

还有一件事。1985 年我给当地一家叫作《水乡文学》的杂志做诗歌编辑时，有一天收到一件投来的诗稿，署名是小青。这在一霎间使我产生一种惊涛拍岸又柔情似水的复杂感觉，说真的，我当时几乎相信作者就是我的童年伙伴杨小青，但诗里柔婉、纯情的抒情形象，与她过去留给我的印象又有较大区别。不管怎么样，收到后我还是立即给作者去了一封信，详细讨论了修改稿件的种种细节。尽管信是以编辑部名义发的，但信封背面我用铅笔写下了期堂巷三个淡淡的小字，并尽量显得像是有意无意的样子。然而事情的发展完全出乎我意料，作者既没有回信，以后也再不见有稿子寄来，这使我始终弄不清她到底是不是我认识的那一个人。那些日子我一直想着期堂巷，想着期堂巷口的老杂货店，想着我与她在期堂巷的煤球炉边一起大声朗诵过的诗句“浪淘尽，千古风流人物”。是的，大浪淘沙，逝者如斯，时间之河已经带走了昨日的一切，而我们所能做的也许永远只能是伤感与叹喟。

期堂巷口老杂货店门就这样在我身后猝然地，同时也是永远地关上了，这以后我没有听到过有关它的任何事，也没有遇见过店里的任何人。然而有一点可以肯定，这样深刻、伤感而又清晰的印象——我对于它的——相信一定出自某种休戚与共、铭心刻骨的情愫，而绝非仅仅对少年时代生活心血来潮时所做的浮光掠影。无论它的柜台、货架、秤杆、算盘、老式吊钟、放草药的一只只整齐的小抽屉、花木扶疏的后园，还是一只打酱油的斗勺或者一包吃了一半的老鼠药。既然是这样，我为什么不像描绘一个大理石的英雄雕像基座那样描绘它呢？只要我在生活和斗争中逐渐变得麻木不仁的心一想起它就怦怦直跳，或黯然神伤，那么，为什么不呢？就像罗大佑在都市文明的灯红酒绿中回忆他的鹿港小镇，或像罗伯特·勃莱怀念他父亲远在美国西部明尼苏达乡下的农场。在此意义上甚至可以说，每个人的内心都有类似这样一家老杂货店，存放他的时间与秘密。他可以随时打开来看看，在怀旧的光芒中沉湎一会儿，也可以终其一生也不去惊扰它。这情景正像我崇敬的诗人斯蒂文斯在《雪中人》一诗中描写过的那个有名的深刻的意象："他自己是乌有 / 因此看到 / 不存在的乌有和存在的乌有。"事情也许就是这样的简单。

1992 年冬

西塞山本事

西塞山在唐诗中的位置以及思想、文化上的意义，正如药酒在魏晋时期文学中的位置，可以称得上是“风流千古”。作为中国文人出世归隐生活的一个象征——也许应当说是头脑清醒的中国文人出世归隐生活的象征，西塞山并不孤立，剡溪、洞庭、太湖、富春江边的钓台，这些水边的意象在精神上与它有着继承的关系。陆地上的意象则有终南、庐山、鹿门，甚至陋巷、鞋店和铁匠铺。前者是颜回所居之所，后者是道家大师庄周和晋朝的贤士嵇康生平从事的职业。应当指明的是这些袖袍宽宽的大贤对尘世的遗弃有些是真诚的，真正出自心灵，有些则搔首踌躇，模棱两可。如王维在辋川山庄的松风涧雨中度过的那些日子，总使人不免将之与南阳山中的诸葛孔明结合起来观察，有一种欲擒故纵、待价而沽的嫌疑，但愿我这样说不至于唐突古人。

西塞山除了上述的真实光辉和高度外，另一动人之处在于它的神秘。这座因唐代中期一首文人词而闻名于世的山峰到了唐末竟然神奇地消失，这真是充满神话色彩的描述。而正是这种神话色彩，使得它在宋代又神奇地出现，而且一下子又出现了两座。一座在浙江湖州，另一座却远在作为三国周郎赤壁所在地的湖北武昌，并由此引起了一场长达千年之久的讼案。有资料表明以下这些学者文人都与这场讼案或多或少发生过一些关系：苏轼、黄庭坚、吴曾、叶梦得、倪思、胡震亨、夏承焘、朱东润，还有已故的山东大学教授林庚、冯沅君夫妇。这些名字为落实西塞山的具体位置曾做出了种种努力，然而最终未能取得一致的看法。与大江东去的武昌相比，其在湖州的可能性也许更大一些。诚然，词中那些具体风土与意象：桃花流水、蓑衣笠帽、白鹭、鳜鱼、斜风细雨所蕴含的文化上的特征大有非湖州莫属的倾向，然而好胜争斗的楚人一点也不肯放弃将他们的郡志与一位名人连在一起的良好愿望。90 年代初，由于武昌方面刊载在《人民日报》海外版上的一篇缺乏学术精神的文章，使这场旷日持久的古代讼案再次进入了高潮。

提到西塞山不提它生命的赋予者张志和是难以想象的。这位生于 8 世纪的诗人的一生极富传奇色彩。大约在他十六岁的时候，由于当时的皇帝——安史之乱后登基的李亨痛感动荡中人才的匮乏，采用了面试这样一种较为开明的人才选拔制度，使才华横溢的张志和得以明经擢第，以文字侍候于君王左右。不幸的是他父亲的猝亡使他认识了生命的飘忽和不可知，按照《新唐书》中的说法是“无复宦情”。总之，当时二十余岁的张志和从此开始了他的隐士生涯。先是自号“烟波钓徒”，浪迹著书，尔后便在会稽东部隐居，而且一住就是十年。一篇出自他朋友颜真卿手笔的传记不无夸张地描述了他当时的生活状况：身披一块未经剪裁的大布，食果子和粗粮，居于不削树皮的大木搭成的屋棚。夜间写作，白天则臣服里长——相当于今天的居委会主任一类干部指使，执畚就役，从事疏浚河道的工作。会稽就是现在的绍兴，是盛产侠士、高人、乌篷船和师爷的地方。一百年前那里又出了一代文豪周氏兄弟和女侠秋瑾。东湖位于绍兴城郊三里，是山水幽绝的人间净土。1986 年一位面容肃穆的青年曾在那里俯仰缅怀，他的悲哀在于他找寻不到半点先贤的遗踪，甚至在当地的郡志里也无半点记载。后来他登上临水的木楼喝酒，倚窗看山，买舟玩月，算是完成了一段怀古佳话。不过，那种混迹于游人中的巨大的孤独之感和幽思，是小小的乌篷船怎么也载不起的。

我对西塞山的兴趣起自 1980 年，尽管当初在工厂里只是每月拿二十五元工资的一名工人，我还是在贫困的生活中保留了某种精神思考的习惯。当时的情况是这样的：在漫不经心的阅读中偶然发现一条史料，在 772 年，也就是以忠烈及一手好字闻名于世的唐代书法家颜真卿在湖州担任刺史期间，曾由身边一位好友，即为后世标榜为茶圣的陆羽前往会稽邀请张志和访湖。奇怪的是这位性情乖僻的家伙居然愉快地接受了这一邀请。这使我产生一种想法，那就是他们可能是京华故识，甚至有着相当不错的交情。与知府大人的相见地点是在府署前的骆驼桥下。当好客的主人请贵客到宾馆下榻，令人意外的事情发生了，作为客人的一方竟然拒绝登岸。以下一段文字是张志和当时答话的原始记录："愿浮家泛宅，往来苕霅间（苕霅系湖州水名），野夫之幸也。"

这次著名的对话以后，张志和便在湖州寄情山水、萍踪不定。没有资料表明他的居住时间有多久，比较可靠的推测是一至二年，至少774年左右颜真卿离任前撰《浪迹先生玄真子张志和碑铭》时，文章中的主角似乎已经离开了湖州，致使这位敦厚的刺史大人痛感"忽焉去我，思德滋深"。客居期间有关他的记载有以下这些：写作包括"西塞山前白鹭飞，桃花流水鳜鱼肥。青箬笠，绿蓑衣，斜风细雨不须归"在内的《渔歌子》五首，并在当地掀起一个以此为主题的诗歌运动。以荷叶为衣，向他崇敬的屈原以及楚辞表示致敬。出席过市府的两次宴会，其中一次喝得开心之际醉中泼墨为席间众人画像题诗。应颜真卿之请放舟太湖画《洞庭三山图》。前四种出自府志，而后一种是通过当时的名僧皎然一首诗《观玄真子为真卿画洞庭三山歌》间接了解到的。

西塞山不是现实意义的山，张志和也不是尘世中的人物。这位中国道家文化的代表仅就服饰而言就是一位愤世嫉俗之徒，其激烈程度比之20世纪西方的嬉皮士有过之而无不及，而性情之乖僻更是同时少见，可以一连几天不说话，也可以像鱼一样只喝水不吃东西。他对现实世界的遗弃也是由里及表的，这在热衷贡举取官的唐代称得上是一大奇迹。在此我不想以比他稍大的王、孟以及略晚一些的寒郊瘦岛来比较。即以唐代三大诗人为例，又何尝不都是功名的绝对臣服者。李白被赐金还山，白居易晚年尚贪恋官位不休，而杜甫一生为求得一官半职“朝扣富儿门，暮随肥马尘”，进三大礼赋，颂赞官僚，麻鞋朝天子，历尽千辛万苦而功名之心不绝。这些分析在很大程度上加强了我对这位精神圣徒的推崇，而正是这种崇敬之心使我在工作之余以与爱情相当的狂热投入了对西塞山地望的复杂的考证。

一个诗人而从事于一项旷日持久的考据工作——查阅资料、辨析传闻、学习摄影、抄书、卡片的保存与分类、向各大图书馆投寄请求帮助的信件、实地寻访，这显然勉为其难。何况我原先于此并无半点实际经验。现在想来，我当时一切从原始做起的方法看来还是相当准确的，将这项历时半年的冒险的大部分时间都花在了阅读和踏勘上。张志和，这位脾气古怪的人物一生仅留下九首短诗，这对所有打算研究他的后人的打击无疑具有毁灭性。我的方法是从他为数不多的朋友入手，如颜真卿、韦诣、皎然、耿讳。仔细阅读他们的全集，尽可能发现与之有关的些微线索。西塞山是友善的，我的匹夫之勇最终有了结果，那就是我从事写作以来唯一的一篇论文《张志和词中西塞山考辨》。1984 年，由一位长者——杭州《西湖》杂志的主编董校昌先生推荐，这篇文章发表在同年北京出版的《文史知识》第一期上。

在湖州市中心骆驼桥下船，经过西门水闸、霅水桥、严家坟、塘口这样一些地方，沿霅溪一直行驶到潘店附近，再通过钓鱼湾行三四里进入古凡常湖。湖边山水清幽，桃花素静，我考证文章中的西塞山于此独秀。但时间的湮没早已使它草木凋敝，甚至山中的一些古代建筑，如牌楼、石阶、亭阁，以及墓前的石刻人兽等也残迹斑斑，所剩无几，令人大起铜驼荆棘之慨。应该说明的是这些历史遗迹与张志和无关，而只是明初一位官僚，自号“西塞翁”的工部尚书严震直陵前的装饰。这位附庸风雅的洪武朝的权臣显然因官场倾轧从而向往隐士生活的清闲潇洒。他是西塞人氏，遗嘱上表明死后要移葬于此。一位与他有特殊因缘的人——清代道光朝江西督学署使吴孝铭曾于墓前题咏“名贤逸兴常垂钓，胜国忠魂可接邻”，这是我考证文字中的关键和重要论据之一。至今我尚能清晰回忆起当初找到被砌入山下公社机埠的镌有这一对联的石柱时的狂喜之情。是的，我们的工作需要报偿，哪怕是再平凡再普通的工作，这是人类生存下去的力量与奥秘所在。

这里有两个特殊人物要进入我的叙述。西塞山所在的凡常湖——今名凡洋湖村村干部方培林，是一个相当腼腆之人。在我认识他那年，他大约三十岁。西塞山的场景问题与他的责任田里的粮食是两个世界，仅仅出于待客之道，他先后七次陪我寻访踏勘，差不多找遍了全村所有的羊棚、猪圈、民房和机埠。记得我当时的落脚之地就是他家土改时分得的一张雕花大床，兼作资料柜、写作台、餐桌和眠具。夜半时分拥着缎子花被入睡，总疑心床柱的斑驳油漆散发出一种与地主小老婆有关的气息。而头顶水乡特有的豹脚蚊的频频袭击较之越战时美国人的轰炸机还要凶猛。这些调侃是为了用以说明对先贤的崇敬使我如何克服考证过程中的种种困境。这当然也离不开朋友们的帮助，在一家电台任职的 Y 女士就是这其中的一位。她的业余爱好之一就是摄影，一架老式的国产方框相机的镜头成了我寻访西塞山的最真实的眼睛。啊！那些山中的可值纪念的岁月，古典情趣的景观，善良质朴的农人。也许美好事物的价值就在于它的来之不易。我在不到六个月的时间内体验了王国维先生论述过的艺术必须经历的三个阶段：从最初的“昨夜西风凋碧树，独上高楼，望尽天涯路”，到中间的“衣带渐宽终不悔，为伊消得人憔悴”，直到一个下午微茫雨丝中我“蓦然回首，那人却在，灯火阑珊处”。西塞山，精神的意象，冥冥之中的神物、古典的斯芬克司，你终于在唐朝的斜风细雨中与我有缘相识。我和Y女士扔掉手里的饮料，孩子一样蹦跳，在最后一刻我终于想起她已是有夫之妇才没有拥抱她。

西塞山目前仍是不为公众所知的一个秘密所在。在我的文章发表以后，来自湖北黄石的两个人找到我，介绍信上的落款是市地方志办公室。那次我因要立即动身去外地参加一个笔会而没能陪伴同去，只为他们画了张详细的路线图以及告知到后可以找谁。在我复杂的内心世界希望有更多的人去西塞山留下游踪和怀古幽思，又希望他们永远也找不到。这是科学救国的时代，一个古代诗人在何处留下他的诗篇对一个国家又算得了什么？西塞山是我的，是我心灵的蓑衣箬笠下的个人秘密，是一个卑微的生活者一生中情动于衷的一次奇遇。

从纯粹地理的角度来观察西塞山也许并无奇特之处。对于农人、渔夫、山民以及贩夫走卒，甚至有志于发展经济、振兴家乡的地方干部，西塞山都是令人沮丧的一个理由。它资源匮乏，交通不便，要知道它只是一座高度不到七十米的小山，全部的出产也只有文化，宗教以及不值钱的诗文，并且在物欲的巨大齿轮间沦没已久。即使是那些热爱它并神仰它的人，也往往知其名而不谋其面。要是谁从严子陵钓台、杜甫草堂，或湖州市内的赵孟频莲花庄乘兴前来，我想这恐怕不是好事，因为他的虔诚之心将在得到和失去之间承受考验，并迫使自己做出迷惘的然而也是严峻的选择。

这正是我以下要谈到的一个观点，西塞山不等于辋川山庄弹琴长啸的王维，甚至也不等于钓台上的子陵先生。虽然一种形式上的相似使得他们面目颇难辨别，但就本质或曰内在精神而言彼此仍然相去甚远，这可以用一个退职颐养天年的官员与一个一生淡泊者的区别加以比方。说到底，这是物质与精神的区别。据我看来，王维的归隐仅因宦途失意和出于对当时政治格局的某种不满，而张志和的无复宦情则是对生命短暂、人生无常的本质认识。我们已经知道这种认识的起因是他父亲的猝亡。“人生苦短，白日苦暗。”“生年不满百，常怀千岁忧。昼短复夜长，何不秉烛游。”这里的“昼”和“夜”也许可以看作两个不同的世界，而烛无疑是一种含有“信念”“力量”“支柱”一类含义的意象。我们可以假设当初他从千里之外的长安回家奔丧，伏在父亲灵前恸哭那一刻，他血液中的秘密主人——宏大的道家哲学——唤醒了他。他对生命、知识、服饰饮食有了新的认识与新的感悟。在这以后的十年，可以想象他的心境并不平静。他仿佛在寻找什么，企图穷尽什么。完成于这段时间内的哲学著作《玄真子》十二卷显然可以告诉我们一些他心灵的隐秘，但这部令人神往的大书没有能够流传下来（今存本不可信）。现在可以大致确定的是，到了762年——唐代宗宝应元年，他博大的思想开始澄清，于是他在当时另一贤士，他的兄长张鹤龄的劝说下到绍兴东湖隐居。我在前面已经提到，这种隐居是对茹毛饮血的史前生活的刻意仿效，不带半点文明的印记。还有一个小故事可以用来说明他当时思想上所达到的高度。根据颜真卿的回忆，陆羽去绍兴东湖与他见面时曾问及平时与哪些朋友交往，得到的回答是令人吃惊的。“以日月为灯，天地为室，与四海诸公未尝少别，有何往来？”

在西塞山，张志和找到了他一直以来梦寐以求的那种东西——孤独与大气。这里远离唐代中期繁华喧动的笙歌楼台，也不等同于会稽东部的闹中取静。纯粹的自然景观。烟波迷离的凡常湖上，桃花流水，鳜鱼白鹭，加上陌头的桑姑，水边的钓叟渔娃，寺院的钟声，俨然陶潜《桃花源记》里所描述的理想生活的一个绝佳的现实版本。当时年约四十岁的张志和显然十分满足自己的人生选择。白天他在烟雨中垂钓吟咏，夜晚宿于芦花深处，抱月而眠。这种浪漫的描绘其实来自他本人的自述：“霅溪湾里钓鱼翁，舴艋为家西复东。江上雪，浦边风，笑著荷衣不叹穷。”“松江蟹舍主人欢，菰饭莼羹亦共餐。枫叶落，荻花干，醉宿渔舟不觉寒。”此为他题为“渔歌子”组词中的第三首与第四首。

这是一个被巨大的孤独彻底征服心灵的男人。一个例子可以用来证明这种孤独，这种对人世的遗弃到了何等乖僻、不近人情的程度。栖贤山和西塞山是湖州地域邻近的两座名山，在唐大历八年（783）的栖贤山顶的一座寺院里，差不多集中了一大半的江南名士：皎然、陆羽、颜真卿、女道士同时也是唐代四大女诗人之一的李冶、“大历十才子”中的耿讳等。他们聚合在那里已有好些日子，参与编纂一部空前绝后的典籍《韵海镜源》，其中不少人是张志和的故交或旧识。令人不解的是他始终与他们保持了相当的距离。这个判断源自对《颜鲁公文集》的重新阅读。顺便提一句，这位以忠烈闻名的湖州刺史大人喜欢玩一种有趣的诗歌游戏——联句，具体的方法是由一人先吟一联，然后其他人依原韵再继续创作下去，并须将诗意扩展推进。在他数以十计的此类文字游戏中，参加者的名单长得可以从山上排到山下，这中间有僧人、酒鬼、幕僚、道士、歌伎、白衣寒士、浪子和现职官员，但没有烟波钓徒张志和。也许我可以把这看作偶然现象，但他初来湖州之际与颜真卿那番著名的对话使我最终排除了这种可能。

我在这里描述的到底是一位隐士还是一种生存方式，我分辨不清了，也许在精神深处它们是相通的。考虑到隐士在中国历史上出现的特殊政治背景更该作如是说。尽管外国文人中也有，例如19世纪隐居在英国北部湖边的华兹华斯与柯勒律治、法国的耶麦、美国的摩温和在此之前隐于太平洋沿岸卡梅尔小镇上的诗人杰克逊。但在我看来这些工业文明的逃离者比之一位一千二百年前的中国古人则有着明显差别，不仅是时间，而且在高度的占有上张志和也走在了他们的前面。用“逃避”“超越”“独善其身”等概念来界定他显然不胜其力，他的一切已脱离了尘世的范畴。他不需要这个世界，因为他的蓑衣笠帽下面有一个完整的自己的世界。就像他在一首神秘诗歌《空洞歌》里所说的："无自而然，自然之元；无造而化，造化之端。廓然悫然，其形團。反而之视，绝而之思，可以观。"

我突然有一种对他形象揣测的强烈冲动。迄今为止我们已大致了解了他的习性、思想、服饰与起居，而有关肖像图绘部分却因某种历史缺憾一向罕为世知。当然我无法想象他的仙风道骨和鹤发童颜，如同我们在影视以及《高士传》一类文献中所见闻的。与其这样，我宁愿想象他矮小、消瘦，具有普通人的弱点和动人之处，御野服，执麈尾，睥睨四顾，疲倦的眼睛里火焰的余烬，于开合之间可依稀辨认出精神的遐外之思。我承认这种描绘并无任何文字依据，仅仅出于直觉，一个诗人对另一个诗人人格力量统治下的容颜的大胆猜测。

西塞山是张志和恬淡人生的生动象征，也是人与自然相互寻找并相互感化交融的典型事例。在外人看来这种结合纯属天成，其实却有着更深的背景。这里请允许我介绍他的父亲张朝真，这是一位谦谦长者与著作家，喜好药石、长生之术，尽一生努力为《易经》作注。而他的哥哥张鹤龄更是一位虔诚的道家弟子。在这种浓重的宗教气息中长大的张志和即使对功名官爵也有着与常人相同的兴趣，但他对生命以及灵魂的认识比之他的同时代人却要深刻得多。现在还不清楚他十六岁那年以什么得到了肃宗的宠爱，也不清楚他突然离开湖州的日期以及为何要匆匆而去，甚至不向主人辞行。厚道的颜真卿当时正为他新制了一只舴艋舟——作为友情的表记——以至从此无所归属，使这位好客的刺史大人不免大大扫兴。

这以后其身影便从中国文学史上消失。唯一透露他一点信息的是一首题为“上巳日忆江南禊事”的短诗，根据诗中的意象和情绪可以肯定他后来到过黄河中游一带，我的个人推测是又回到了帝都长安。这真是“大隐隐于市”了。在那里，他回忆在湖州时的诗酒生涯，字里行间流动着明静而纯真的光芒。

西塞山在所有与名人有关的山中不是最高的，我对它的特殊兴趣也仅仅因为它的真实。不幸的是，西塞山像所有山峰一样，也有自己似乎永难摆脱的内在阴影。但它的阴影只是消极人生的自然折光，是对人无法支配自己命运这一永久事实的深深畏惧。而这种精神思考远不是王维、孟浩然、白居易等山中林下搔首弄姿的人物所能望其项背。就王维而言，他虽然歌咏“独坐幽篁里，弹琴复长啸。深林人不知，明月来相照”，其真正目的却是要让数百里外帝都宫廷里的君王及他的旧日同僚们听到，让他们惊羡：“王维这家伙如此闲适，真让人神往啊！”而张志和的意义就在于心灵与行为的统一，这方面的高度我以为只有东篱醉酒、倒屣迎客，悠然见南山的五柳先生陶渊明差近似之。

然而西塞山在中国文学上的光辉并没有给它周围的居住者带来什么。当外省的文人因无缘识荆而恨恨不休时，当地的青年却卷起铺盖，或在自行车后架上载上鱼篓朝城市涌去，去寻找梦境中的宫殿、富裕、文明和公共娱乐。对他们来说，物质永远是第一性的。这不是张志和的悲哀，这是时代的悲哀。也许有一天他们会回来，在烟雨冥冥中回想消磨在尘世中的时间和生命，他们会崇仰一位古代伟人，尽管他们也许永远也不可能真正认识他。

独船墩是位于凡常湖正中的一个幽绝去处，它的取名肯定具有某种人物背景和事态寓意。在我心目中它当然与张志和有关。现在我回想起当初拿到登载我论文的杂志的那个下午，我坐在那里，一边遥想先贤当年一边把文章焚祭撒在水面：

春天的渔夫隐藏真相的蓑衣箬笠
落满冬天厚厚的雪
我注意到他著作里的白鹭用翅膀——而不是脚——感知世界
用沉默说出真理

是什么剥削我们脸上的光芒
一些虚荣的文字，功名，一顶冠冕
一个蔑视自己的人　已经看到大理石的伤口
于是他用流水的方式起居　用桃花的嘴唇饮食

寄居于鳜鱼的生活，舴艋舟隔开废墟与官殿
尘土中微末的修道者啊
他在西塞山前找到精神的终极
在斜风细雨中　著书垂钓　长啸短吟　计算里程与天日

这是一个诗人采用过的方式

一个智性生命　以朝靴为酒具
使谵妄的后来者饮到心灵想饮的酒
他和那桃花、流水、鳜鱼
以及西塞山是同一种事物

就是那天下午，我承认自己以往对生活的认识浅薄无比。我把西塞山和它的创造者看作自己精神上的老师。这样的老师后来又有了一位，那就是现今隐居在明尼苏达州乡下他父亲农场里的美国当代诗人罗伯特·勃莱。这位耶鲁大学的前教授，美国新超现实主义诗歌的领袖人物，却在他事业与文学的巅峰时刻辞谢功名与繁华。我想象他饱受工业文明洗礼的沧桑眉目间的深邃与单纯。直到前不久他的中国朋友——重庆的青年翻译家董继平来湖州，给我带来了他亲笔题赠的照片，使我再次有理由为自己猜测的大胆与准确而自鸣得意。

结束一篇文章比开始动手写它肯定要复杂得多，也困难得多。当叙述到了终极，心灵中的人生积郁——按照古典的说法是“块垒”——一倾而尽，我将再次被迫回到现实之内，在齿轮和粮食中，日复一日地生活。西塞山对我来说始终是与神物意义相近的一种存在。由于有关部门的官僚主义，惰性和自以为是，在长达几十年的时间内，让它成为旅游胜地这一良愿看来已几近于空，但文学上和精神上的意义却长存于世。作为中国文学史上最高的山峰之一，和古代知识分子人格精神的象征，它的超凡脱俗、幽私以及神秘的感召力，使我在世俗的光芒中想象了许多年后：一个舴艋舟的驾驭者，往来苕霅之间，他终于从现实的居住中解脱出来，泊舟山前，垂钓船头，与西塞山朝夕相依，在斜风细雨中感悟微妙的人生——寻找到永恒的安宁。

1990 年 9 月病中作，十年后改定

浙南寄友人书

一

到平阳之前，一向不知道雁荡有南北之分，更不知道南雁的风景就毓秀与深度而言竟然还在北雁之上，如当地有关部门注重宣传开发，对乐清县的旅游财政收入恐怕是一个不小的打击，这一念头是我昨天在融汇成南雁十景之一的会文书院的斜廊上散步时产生的。说来有趣，这处保存完好的宋代书院又是朱熹的遗迹。这已经是我今年所遇的第四处了。此公一生诲人不倦，估计是今天的什么讲师团报告团一类人物，对此素在朋友圈里以愤世嫉俗著称的你想必一定也有同感吧！

至于说到南雁的总体印象，我还是想如上次那样以杜甫的诗来取譬。北雁仿佛舞剑器的公孙大娘，而南雁就像《佳人》一诗中日暮倚修竹的幽居空谷的美人。一动一静，一入世一背时，这中间的境际遭遇阴晴圆缺，实在是令人不由得要大大感喟一番的。

二

我们的车子是大约上午八点离开瑞安市的，还是我上回跟你说起过的那辆破吉普车。先是沿着温厦公路急速行驶了一阵，然后突然拐入左边一带柳荫之中。与机耕路平行的是明澈的溪流，人家临水，鸡犬相闻，令人恍如置身于王维的辋川。瑞安文联的冰晶就是在这样恬静的古典氛围里，给我背诵了朱自清先生描写当地风景的著名散文《绿》的片段。

说话间早到了此行的目的地——号称浙南奇景的仙岩梅雨潭。拾级而上，转过几处坡岭，空气渐觉湿润起来，再往前，一潭俨然眼前。说实在的，这曾经令我伏在中学课桌上神魂颠倒的梅雨潭似乎也瞧不出有什么奇异之处。面积不大，水也不深，说到它的最大特点“绿”，与我昔年所见剡溪秋水，南京玄武湖，暮春时节的杭州富春江，也是一时难分媸妍。何况你也知道，我这人对风景名胜一向不大感兴趣。我总觉得风景作为一种自然的真实呈现，只有在为一定的心境与情绪感受并与之融合时才具有审美价值。比如西湖的船女怎么也不会像北方旅人那样把手浸在水里，口中发出浪漫主义的欢呼；泰山观日台上的游客如让人掏了钱包，即使日出再辉煌，再轰轰烈烈，想必也只是兴味索然。

在此意义上说，一处景物如因某人文章或某身居要津者赞语闻名于世，多半不大靠得住，因为它必然已受到个人好恶、心绪、审美、性格文化等等的影响。陶公的桃花源，李白的天姥山，今人若去一游，大概多半也会觉得不过如此。我少年时代曾仰慕扬州风月，“天下三分明月夜，两分无赖是扬州”，数年前曾腰缠一百大洋去游了一回，结果大大扫兴。所谓盛名之下，其实难副，岂独人，我想风景也然吧！

好在我这次去仙岩也并非只为仰慕浙南山水，而是出于对朱自清人格的敬重才冒雨一游的。粗粗看罢，在潭边一古亭小憩，想象朱先生当年身穿灰布棉袍，背负双手，徘徊吟咏情景，历历在目。而潭水不认识朱自清先生，水依旧碧绿，潭外的人事早已几变颜色了。

三

洞头罕见古迹，印象中似乎是这趟旅行中最没“文化”的地方，心情于是一下变得轻松起来，仿佛一个人好不容易从灯红酒绿的宴席间脱身，来到隔壁窗明几净的茶坊品茗静思。说真的，这些年来世风大变，全国上下各行各业都抢着吃文化饭，连里弄口卖肉包子的，公园里管厕所的都打出了“饮食文化”“厕所文化”的招牌，我们这些一辈子读书写作，侍弄文字的，反倒一下子变得没文化了。对此不管你怎么看，反正我是有些耿耿于怀的，以至在当天晚间写作的一首短诗里，我放弃了比喻，仅以一种纯粹写实的风格描述我眼中的洞头县：

沙滩金黄　屋檐灰褐
色彩的不同状态
正沿着新修的混凝土公路
进入到县城
寺庙在打钟
在兵营我又听到巴哈的小号悠扬

兵营是我下榻的一家小小的私人旅社，顾名思义，想来是清政府当年扎驻边防部队之所。现在是和平年代，因此我见到的也只是旅店老板两个如花似玉的女儿。都说海岛女孩体态特别妖娆，这次算是验明了正身。其中那个小的念高三，学校也有文学社，而且刚巧读过我年前发表在北京《儿童文学》上的那两首写少女情怀的诗，自然另眼相看，每天拉我们和她们一桌子吃饭，还去海边捡贝壳游泳什么的。对虾石斑鱼可餐，秀色亦可餐。这自然又是没“文化”的好处，试想在开放区大都市，你能找到这样率真自然、不拘形役的女孩？想起你以前常说的“文化即矫情”一语，觉得是有道理。

四

天上飘着丝丝小雨，路面潮湿、干净，空气中浓烈的海腥味与菊花的清香混合出一种奇特的气息，让长途客车里昏昏欲睡的旅客闻着又刺鼻又来劲。怎么说呢，一种野性的生机勃勃的美。这是乐清的初秋，到处是卖花蛤、走私服装和假胸的杂乱的摊位。还有洋烟，一包三星万宝路才卖五元不到，而一旦运到数百里外的杭州，就可卖到七元。如此丰厚而又唾手可得的利润，想来就是走私烟久禁不绝的诸多因素中的一个最关键的原因吧！

我来这是为了看一个农民诗人，这行前记得就跟你说起过。他曾是一个虔诚的土地的膜拜者，既问耕耘，也问收获。有一天当他发现这个方法同样也可以适用于文学，于是就开始练习写作，发表过几百首诗，甚至还在一次全国诗赛中夺魁，免费出版了一本诗集。这足可夸耀的成绩使他有理由坐在县文联副主席的位子上当仁不让。在所有有关他的传闻逸事中，有一个故事曾特别引起了我的兴趣。那是在几年前的一次笔会上，与会者们发现他突然失踪了一天，然后又回来了。当问起原因，才知是自费坐飞机去了另一个城市。没有什么特别的理由，只是为了体验一下坐飞机的感觉。按照他事后对此的解释，是“自己没有翅膀，只好借用一双翅膀”。这种事情自然很对传媒的胃口，于是乎曾轰轰烈烈热闹过一番。现在事情虽然过去已经三年多，他当时那番朴素的话语却依然让我感动莫名。

一个渴望翅膀的农民当然不是一个简单的农民，何况他又是一个诗人。在诗歌中，翅膀象征着高度和对尘世的超越。即使你是一名所谓的现实主义诗人，起码也该对生活作超低空飞行，而不是一头扎倒在里面。然而不幸的是，这些年来我们一直想飞，却总是飞不起来。艺术积累的不足决定着我们翅膀的长度，平庸的思想与视野又限制了我们飞行的高度。甚至这还不算什么，在诗歌的天空中，我看见大多数的神奇飞行者，他们肋下扇动的只是类似神话中伊卡洛斯那样的蜡烛油制成的翅膀，而且飞得越高的，这对翅膀的可疑程度就越大。我这么说当然也包括了我自己在内。这是相当令人尴尬的一件事情，然而这又是“事实”。

想象中，我们的农民诗人西装革履，头发光亮，坐在国产运七飞机前排的舷窗口的姿势，与拉格洛夫骑鹅历险的姿势肯定有着本质上的区别。但那又怎么样呢？一个如艾青所形容的土地的歌者，当他主动想到应该换一种角度来观察他的国家和人民，并将这个愿望变成了事实，这本身难道不就是一件令人高兴的事情？至于他当时从上往下看到了什么，心里是如何想的，以及这次冒险对他个人写作风格和思想的意义，正是我这次乐清之行的真正目的所在——一次蓄谋已久的突然造访——在叙旧与闲聊中，进入到他的内心。你不会又要说我是混入诗人队伍里的克格勃了吧？

五

温州还是如去年来时一样，是一个由电器、皮鞋、海绵胸罩、菲亚特汽车，加上开放政策与浙南人的精明组成的奇特世界。在此逗留三天，除了看过一个朋友，回来路上在江心屿坐过一会儿外，什么地方也没去。我建议你下个月来时像我这样整天在旅馆里闲聊、读书、感受气氛，什么地方也别去。无钱寸步难行，而有钱又怕被灯火繁华中“做些没本钱买卖”的朋友不告而借。我隔壁房间那位山东客人兜里的一千块钱昨晚就是这样在五马路的餐馆里不翼而飞的。是的，温州就是这样一个叫人又爱又怕的地方。

没到过温州你一定要到一到，到了温州你一定要思想开放而行迹谨慎，把钱藏在内衣口袋里，再用别针别牢，或者像郁达夫当年那样分藏在两只鞋子里，可保万无一失。这些缺乏诗意的话不管你是否爱听，我还是要向你再啰唆一遍。

1994 年写于杭州　酒后忆七年前事

逝水流过新市镇

A面第一首

小火轮上的整个上午都在嘈杂与烦闷中懒洋洋度过的。我不断地喝茶、吸烟、往嘴里塞零食。抓起书，扔下书，又抓起书。左边靠窗位置上的两位青年农民的打赌声越来越响，所下的赔注也已经从一根外烟上升到一张新鲜羊皮。我不经意地向邻座打听，被告知是两位中的一位固执地认为：将一只喝空的可乐空罐扔出窗外，十五秒钟内它就会漂得影踪俱无，而另一位则坚持认为需要二十到二十五秒钟。

他们开始站起来，笑着推搡着朝船头走去。他们终于来到了堆满鱼和菜担的甲板上。我产生一种跟出去看看的冲动，但最终还是决定留在船舱里。我漫不经心地翻着手中的昆德拉的一本小说《生命中不能承受之轻》——这是我的日常生活姿势——注意力却全都集中在船舱外面。只听一个沙哑的孩子气的声音在喊:“开始!”然后是好长一段时间的沉默。甲板上寂然无声，甚至船舱内的旅客也全都停止了说话，相互望着，脸上呈露出面临大事时才有的那种兴奋与紧张惶惑的神情。这使我禁不住也激动了起来。我开始朝外走去。这时猛听得原先听到过的那个沙哑声音惊天动地般叫了起来:“我赢了，十五秒！我赢了，十五秒!”

我颓然坐倒在木靠椅上，嘴唇像被什么东西触动了一下，那种感觉与爱人临别前的轻吻自然不同。这是一种淡淡的、若有所失的苦涩滋味。我陷入了莫可名状的情绪的困扰之中。这时汽笛嗡嗡嗡响了，船缓缓靠了岸，我被无边的扁担箩筐和脚穿崭新皮鞋的农民推挤着不由自主朝前走去。那种鸡飞人喊、争先恐后的凶险场景，即使是在我挤出人群，靠在码头对面的一堵贴满花花绿绿的伪劣广告的墙下休息时，还免不了有些心有余悸。

B面第一首

我看见自己既兴奋又紧张地站在破旧然而整洁的轮船码头。我此行的目的是赴约——和一帮没见过面但同样爱好诗歌的朋友。在此之前我们通了将近一年的信，相互吹捧，你敬我爱。这种类似文字游戏的热情将友谊迅速推向了高峰，以至不见上一次面似乎彼此都已经活不下去。于是我们郑重决定在这一天——1982 年 1 月 1 日举行会面仪式。先是打算发扬光大革命传统，在名闻中外的南湖的红船上聚会。后来由于对是否能保证全体顺利登船这一点没有把握，只好忍痛割爱，改在了这风光如画的江南小镇。

我们没有见过面，这一点我前面已经说过。要命的是甚至连彼此的照片也都从来没有见到过，根本不知道对方长什么样儿，这无疑给这次也许具有历史意义的会面——起码在当初我们是这么想的——增加了一定的难度。经过周密计划，我们决定让三位当地的诗歌朋友在码头迎接，手里拿一本当月出版的《诗刊》作为暗号。接到一位来宾后，即可分出一人陪同前往旅馆休息，其余两人则仍在码头迎接。再接到一位后，再分出一人前往旅馆，而这时先前陪客而去的那位差不多也就可以返回了。小镇区区巴掌大小，这样的时间大约已经足够。

这个万无一失的计划的制订者就是此刻正在码头上焦急徘徊的我。也许是缪斯注定要给我们这些轻易、狂热，随随便便爱上她的家伙来点儿磨难，尽管从一下船开始我就睁大眼睛，不敢有丝毫闪失，却怎么也找不到那本具有特殊意义的刊物。我仔细观察人群中那些不同肤色，不同年龄与性别的手，甚至已经发现了一只捡起地上的香蕉皮扔进垃圾箱的好心老奶奶的手，和一只闹哄哄水果摊边插入别人口袋的女人的手，可就是没有我想找的。这时候的那种左顾右盼、惶惑无主的心情，想来跟辛稼轩词中那位“众里寻他千百度”的宋朝女子应该有几分相像吧？正当我垂头丧气，几乎放弃了努力，想找处地方先坐下来，蓦然回首之际，我看到码头对面的一堵矮墙下有个人在东张西望。那是一个头发蓬乱、脸色苍白的矮个儿小伙子。他的一只手臂插在衣兜里，而另一只高高举起的瘦弱手臂上拼命挥动的，正是我们事先预定的秘密联络暗号——一本刚刚出版的当月的《诗刊》。当时冬日温暖的阳光正好照在刊物的封面上，一种淡淡的金色。这是多么生动、圣洁的人生场景啊！我眼眶微湿，心神激荡，孩子般大叫着奔了过去。

A面第二首

我在街头胡乱走着，漫无目的。说真的，甚至连我自己也不知道这次起一大早坐四个小时的船到这来干什么。这座以蚕桑、兽皮和一家卖冻羊肉的百年老店而闻名全省的水乡小镇究竟有什么在吸引我呢？它的勤劳而又狡黠的农民？它的清秋河上如画的七十余座小桥？它的觉海古寺、住宅新楼？街头的流行歌曲和清澈水面上夜晚的评弹声？还是镇东的小胡同里，那棵乾隆皇帝下江南时系过马缰的歪脖子柳树？

B面第二首

我看见自己弯腰钻进柳树边的一个桐漆泛黑的古式门洞，穿过一个方形天井，再穿过几条阴森森的廊道。黑暗的路面与偶从墙壁裂处隐约透出的光亮，使我怀疑自己是一部推理小说里的犯罪者或警官。然后一切豁然开朗，我发觉自己已经来到了一间布置成书斋模样的屋子。墙上挂着真假难辨的名人字画，床上堆满了书，和一台小型的日本盒式放音机（当时通称录音机）。中间一张差不多与柳树同样古老的红木圆桌围坐了七八个拘谨纯洁的诗歌爱好者。当然这是比较谦虚的称谓，在大多情况下，尤其是在不大懂文学的人面前，我们通常是不吝以青年诗人自诩的。由于彼此还需要一些时间来消除陌生与惶惑，比如说要学会适应对方的形象、声音和语调，另外还必须努力将诗中的人与现实中的人分离开来等等。因此大家说话很少，只互相吸烟喝茶、交换着阅读各自带来的手稿，并提些尽量不刺伤别人，同时又能显示自己才智的温文尔雅的意见。

这种装出来的绅士风度大约持续到晚饭时分才结束。宽大的桌面上的诗稿已被撤去，取而代之的是大碗小碗的酒菜。昏黄的灯光下，杯觥交错，笑语喧哗，大有宋人“草草杯盘供笑语，昏昏灯火话平生”的深邃意境。为了进一步将气氛推向高潮，有人提出了划拳的建议，但很快被另外的人否决了——为了雅人与俗人之分。又有人建议行酒令，并具体规定了以花字为符，但行了不到一圈就已告罄，翻来翻去的就这么几个，什么“去年花里逢君别”，什么“一日看尽长安花”。即使是面皮通红、脑汁绞尽，也无法再有所突破。然而尽管如此，还是没有人肯承认自己才学疏浅，只一个劲说：“太没意思了，太没意思了。”“不来了，不来了。”

那天晚上我第一次在众人面前喝得酩酊大醉，就对着这么一帮天南海北走拢来的素昧平生的人，我唠唠叨叨讲起了我的初恋，讲起了幼失父爱的种种苦痛。卑贱的出身。贫困的家境。工厂领导的歧视以及买不起自行车的苦恼。二十多年来的人生的种种委屈，似乎都想在这个幼稚而神秘的夜晚一倾而尽。到后来我朦朦胧胧觉察到已经不大有人在听我说什么了，桌子对面的几位开始用扑克牌相互算命，另外有两个人在为北岛与舒婷孰优孰劣吵得不可开交。其中一人显然是舒婷的盲目崇拜者，并懂得政治与公众力量对中国文学的意义。只听得他高喊一句："赞成舒婷第一的站到这边来。"于是我迷迷糊糊走过去站到了舒婷的一边，但我很快就改变了立场，因为当时我事实上已经醉得站不住脚了，以致不得不由人架扶着来到床上。再以后，我就什么也不知道了。

A面第三首

我又一次来到那个也许对于我的一生都至关重要的古典情调的门洞，但等待我的只是一把锈蚀的铜锁，邻人告知是去县城进货了。即使是孤陋寡闻如我，也知道这个特定的商业词语暗示此间主人的兴趣可能已经从文学转到了其他领域。由于一下子尚不能适应无限失望的心情，便独自在倾圮的门扉前站了好一会儿。同样的黑黑的走廊，同样的垂柳矮檐，同样挂在门前的一串火焰似的红红的辣椒干。五年前的良辰美景、赏心乐事历历在目，我依稀还能记起他们中间一些人的名字：史欣、闻波、李向宇、张明儿、伊甸……门庭如昨，人事已非。我呆立在天色暗淡下来的小天井里感慨万千，直到踮起脚、从老式花格的玻璃窗向内窥视，看到那只我熟悉的红木圆桌及床头枕边依然堆满了书，内心才觉得好受了一些。

现在我又回到了熙熙攘攘的新市的街上。铺着年代久远的青石板的巷子在我身后结束，悠长、曲折、充满诗意——我在戴望舒的一首诗中读到过类似的描写，但现在我已经走出了它。尽管有所依恋，然而义无反顾。

我坐在店铺前摆开的桌凳上吃油炸豆腐干——一种加了葱花、甜酱和辣酱的当地小吃。风味卓绝，热气腾腾。尽管这并非是我最喜欢的新式食物，而是出于一种怀旧心理——我的真正目的，现在我已经打算说出来了。一个剪短发的时髦少妇在里里外外招呼着客人，一个三四岁的男孩在算账的桌子上画图画，而他满手戒指的父亲正在掌勺，嘴边叼着烟卷，烟灰不时掉进油锅。我看着看着，眼前的一切渐渐变得模糊起来。

B面第三首

我看见我们七八个人在街上目空一切地走着，大声说笑，致使路人侧目，或引颈回望，而这正是我们内心所想要取得的效果。要知道那时我们大多正处于一种极想引人注目的年龄，何况又都自觉身负异才，何况又一致地神往英雄美女、才子佳人的古典爱情格局。所以当有人提出要去看一个外号叫豆腐西施的小镇美人时，他的议案竟得到了全票通过。

我们在小吃部门口坐下来，当然是以食客的合理身份。掏出 10 元的大票子扔在桌上，仿佛古时豪客一掷千金的样子。一位当地朋友柔声哼着一支民间情歌，另外有人大声谈着在当时足以惊世骇俗的话题：什么官僚主义的根源啊，什么性解放、三点式的泳装啊。我甚至还到对面文具店去买来一束漂亮的塑料花。我们的目的不约而同：引起店主人的女儿——豆腐西施的注意与留情。然而令人大扫其兴的是这位传闻中的美人甚至连出都没有出来，使她的这帮为数颇众的崇仰者不免一个个垂头丧气、长吁短叹，最终不得不灰溜溜地将队伍撤出了情场。我记得自己当时的最后一个举动是将花随手插在了米醋瓶子里。说不出是什么意思，只是觉得这样做能够略解怨恚。

就在这时，我的身后传来一阵细碎的脚步声。我回过头来，一位十七八岁的小女孩，淡黄的花布棉袄，绒线帽子，脚上穿着精巧的皮靴，亭亭玉立在我惊愕的目光中。手里拿的正是我遗在桌上的那束小花，花枝上的醋汁显然已被细心擦去。只听她反复说“你的花，你的花”，我傻里傻气接了过来，手指不小心碰着了她的手。她脸微微一红转身就跑。当我意识到自己对这个意外事件可能处理得不太完美时，她已经跑回店铺里去了。

接下去要对付的是来自朋友们的哄然嘲笑：胆小、怯懦、丧失良机、辜负佳人垂青，如此等等。我一一虚心接受了这些显然不无善意的批评。说实在的，这正是我在内心要对自己说的。我发觉自己总是缺乏现实的应变能力。如果当时在她柔声说“你的花，你的花”时，我能像电影里的男主角一样气宇轩昂，同时又不乏深情地注视她羞怯的眼睛，说“这是特意送给你的”，甚至干脆更大胆一些，走近身去，温柔地握住她的小手，那会怎么样？是否会在这循规蹈矩的古典小镇上引发一场地震？当然也有可能是得到一记耳光。

A面第四首

时间已是临近傍晚，而我仍然在街头漫无目标地东游西荡。新建的漂亮的楼房，拓宽的街道，琳琅满目的商店，还有繁荣的小商品市场，在逐渐降临的南方冬日的暮色中，仿佛一棵长长的结满果子的树——这个比喻虽然缺乏新意，但相当确切。还有服饰先锋性并不低于大都市的小镇的姑娘们。我感到一种兴奋。但这难得的兴奋等我从书店出来就荡然无存了。在五年前的那间又黑又小的屋子里我差不多翻遍了所有的书柜，结果在刀光剑影、脂香粉腻之间只找到一本诗集：陈毅将军的《陈毅诗词选集》，就夹在琼瑶与席慕蓉两位女才子的中间，而且边角已有了一些磨损。

B面第四首

我看见自己跟一个叫作史欣的小伙子从书店兴高采烈出来。我们的手中各自捧了一大摞书，有公刘、周涛的诗集，卡夫卡的小说，奥尼尔和加缪的剧本。我们边走边谈，行色匆匆。我突然一不小心——踩了瓜皮什么的——摔了一跤，书撒了满地。一位旁边商店的牙齿很黄的妇女奔过来搀扶我。我的心中充满温暖，忍痛从地上爬起。就在这一瞬间，我看见整条街道都由于这些书，由于这个善良妇女的动作而灿烂无比。

A面第五首

我日暮途穷，走投无路。现实生活中，像这样的为客异乡举目无亲，甚至找不到一个朋友的狼狈情景似乎还未曾有过。为了尽可能地消磨时光，我去了茶馆，去了酒店，后来还去书场听了一会儿如白居易所说的“呕哑嘲哳难为听”的评弹。当晚投宿在镇中临河的一家旅馆里，忽听得柜台上的女服务员和男服务员在压低声音说话：

“那人兴许是医院逃出来的，你多看着点。”

“不会吧？”

“你看他的面孔，满脸晦气，还有他的眼睛，失魂落魄的，看人时一动不动，跟老虎灶对面长生伯家的憨大阿二一样。”

B面第五首

我看见自己在有一带护栏的老式小客栈的床上慷慨激昂。我披衣倚枕，侃侃而谈。虽然当时尚未曾有幸读过林语堂有关日常生活的论著，但已经学会用那床多余的被子为自己布置了一个舒适的靠垫，然后凑着昏黄的烛光读一本薄薄的油印诗集。那是躺在我对面床上的伊甸写的。友情、几乎一开始就已破碎的初恋、时代感、自怨自艾、对真理的热情，这些深藏在他内心的隐秘思想在某种意义上来说也正是我的，这使我们的交谈显得分外投机，尽管说起来这还是我们的第一次见面。我们谈论了舒婷、梁小斌、徐敬亚等等这些当时中国诗坛的著名人物，还谈了自己对诗歌发展前景的理解。指点江山、激扬文字，共剪西窗残烛，闲话巴山夜雨。然后话题又从四川来到了北京，说了些道听途说的京华逸事，最后甚至还交流了投稿经验和第一次接吻的年龄。一种典型的小人物式的激情——自卑而又不甘自卑——深深占据了彼此的身心。蜡烛的光亮微弱然而坚定地燃着。这已经是第四支了。而我们还在相互勉励，心神激荡，直到水乡冬日的早晨跳上了灰蒙蒙的窗玻璃——不知东方之既白——才昏昏然睡去。

A面第六首

我躺在客况凄凉的床上，百感交集。想写一首诗，记录我这次新市之行的全部思想和心绪，但又觉神思昏昏，恍然有失，一时竟不知道何从命笔，这种情况在我这个被朋友们称为“才思敏捷”的人身上是少有的。一天来的所见所闻像一大群鸟在我头顶上叽叽喳喳。我熟悉它们的身姿、影像，熟悉它们的声音与羽毛，眼睛里的惊惶之色。我想起白天在邮局里拼命打电话，找不到一个人。想起那些现代情调的楼房，那些想方设法赚钱先富起来的农民，肮脏的街道，随地大小便的孩子，豪赌的厂长经理，以及只有一本诗集的新华书店。“新市不新”，一个古怪的短语疾电般闪过脑际，我轻轻喊了出来，随后又立即想起隶属于我目前栖身的湖州市的另一个古典小镇的镇名：旧馆。在前不久的一次笔会上我曾于饭间插科打诨，将它们制作成一对仿鸳鸯格的谜语，颇得与会友人谬誉。然而当时在我仅是即兴调侃而已，现在却是用整个身心真切地感受到了。真的，新市不新，旧馆不旧。而所谓新旧者，也许只不过是我们的思想、观念和情感吧？除此之外它还能是些什么呢？

茶壶里倒不尽的茶
三弦弦子上唱不完的故事
一年又一年
鹅的红掌拨开岁月的清波
曲颈向天歌着
它们自己
也诉说不清的心事啊

猛然想得几句，刚想记下来续成全篇，这时猛听得男服务员走过来以掌击门勒令关灯，只得作罢。

我在黑暗中翻来覆去无法入睡，只好又披衣坐起来抽烟。月光斜斜射进窗棂，巷子里有狗吠的声音，远方的运河隐隐传来小火轮呜呜地汽笛声。多么富于诗意的夜晚，而我的眼前却固执地浮现起白天船上两位青年农民打赌的情景，于是先前那种苦涩的感觉又在嘴唇间浮现。在我看来，这个偶发的戏剧性场面——我相信它的起因只是出于无聊与好胜心——无意中已经完成了一个严肃的哲学命题：瞬间与永恒。将一只喝空的可乐罐扔在水面，十五秒钟内它就会漂得影踪俱无，而在河的上空观察一个人的生命，又何尝不是这样呢？

次日微雨，起一大早。撑伞立河边。后又酒楼。凭栏。举杯。看逝水流过新市镇。

1987年5月写于新市　七年后重写

戏说四大美人

西施

西施是有着几千年历史的美人，也是一位出色的女政治家，从她浓妆艳抹进入吴宫那一天起，她的美貌就成为国家的财富。当然，这对夫差领导下的吴帝国来说，显然不是好事。这就像是一种伪钞，虽然印制精美，但最终招致不可挽回的后果。她的爱国主义是朴素而无私的，而且与范蠡的关系也非同一般，从两人最后的结局便可知晓。由于生恐唐突美人，这里就不去多说它了吧！

在想象中，西施的姿容应该具有类似法国影星苏菲·玛索那样扰人心神，媚人心骨的美艳，可惜两千多年前的中国尚未发明照相术，加上历朝绘事的粗粝，使后人不得不为无缘得窥美人真容而抱憾终身。但从她当年浣纱的一块石头至今尚有萧山区和诸暨市在抢夺这一事实来看，这样的猜想恐怕也不算是过分，不然就无从解释她一生中何以人见人爱。因此，在年轻时候一首献给她的诗篇中，我曾经这样不无武断地宣布：

> 再没有别的女人了，当这个女人死去
> 当她的衣裙在烟波深处
> 最后一次闪动
> 水什么也不说

这里写的是一个瞬间，是对这个女人后来从国家的政治生活中突然失踪时刻的描绘与感喟。是的，这里我着重写到了水，水是这个女人一生命运的最好解释与见证。从最初苎萝村里的浣纱到“及功成，与越大夫范蠡同舟，归隐五湖”。水一直波光粼粼围绕着她的身体，仿佛围绕演员的舞台，起到某种镜子与编年史的作用。是的，从水中而来的女人，最后必将要回到水中，就像来自乡村小镇上的特丽莎（昆德拉小说《生命中不能承受之轻》里的人物）最后又回到了乡村小镇。“只今惟有西江月，曾照吴王宫里人”，当年李白吟出这一伤感诗句，我想他一定是以观众的眼光来看待这一切的，这正好也是我们今天认识这个女人所应采取的立场与角度。宽容、客观、心平气和——真的，美人家乡的医院现在都已开设性病专科门诊了，我们还是那么多的伤感和怜香惜玉之心来干什么？

王嫱

在一个凄清的月夜王昭君被突然告知要派她去异邦和亲，而且还是她的丈夫兼皇帝亲自颁发的诏令，这项使命将结束她长达数年的囚禁生涯。“美是孤独的，因此我必孤独”，她一直在内心这样训诫自己，而不是像历代那许多没出息的文人那样，将不幸迁怒于她的画师——一个叫毛延寿的工于心计的男人。按照后来民俗学家的说法，此人在她脸上点了一颗痣，如同花蕊中的鼠粪，在玷污了美和艺术的同时，又隐示了星象学上的某种阴晦与厄运。几天后，她就因这颗倒霉的痣而被打入了冷宫。

王嫱闲置的美是一种国家物质文明和精神文明的双重浪费。这个小名昭君的女人，知书达礼，沉鱼落雁，容貌中有火焰与玉石的充足成分，自由在她看来是远较王妃的身份更值得珍贵的东西。由于不愿向宫廷画家行贿，她遭到了来自权力的惩罚。几千年来的才子佳人无不为她命运的不幸一掬同情之泪。如果她知道这件事情，一定会觉得非常好奇，因为至少在她自己内心从来也不这么认为。“美是孤独的，因此我必孤独”，她总爱这样一边隔着宫禁与秋月私语，一边往丝绸做的团扇上题诗，自吟自娱。就在这样的一个诗意的夜晚，她很高兴地接到了和番的诏令。

“美是孤独的，因此我必孤独”，她这样微笑着对毛延寿说，一边开始准备上路。

她是在当年隆冬时节从洛阳出发的，由于朔地风大，加上一路上雨雪霏霏，只好将全身裹在一块作为聘礼的厚厚的羊毡里，以至我们无法看清脸上的表情是忧伤还是快乐。送行的皇帝与大臣百姓相顾涕流，这使她觉得十分扫兴。更为扫兴的是两千年来大大小小的文人墨客都拥在马队后面，摇头晃脑吟咏，以至她的每一声咳嗽都有十个诗人抢着写，诗行长得可以从京师铺到几千里外的番邦。为了舒忧解闷，她只好斜斜抱了一面琵琶，一边走一边弹。从内心讲，她并不认为自己是爱国主义的典范，而仅仅只是出于好奇而已。真的，所谓的和番在她看来又能是什么呢？一次公费旅游？一次巡回美展？一次以出国为目的的外籍通婚？我不得而知。

王嫱的旅行目的地据考是在今天甘肃青海一带的河西走廊。她最终拒绝与单于结婚并非政治上的背信弃义，而是对方的文化程度实在太低了，再说跟一个相互之间语言不通的人谈情说爱又有什么意思？尽管如此，她还是为当地山川的毓秀与人物的淳朴所吸引，愿意在那里安家落户，既满足自己自由闲适的性情，又成全了国家军事上的权宜之计，又能永远摆脱出头无日的冷宫生涯，又何乐不为呢？当然，最讨厌的还数那帮自以为是的所谓作家诗人，他们总爱将她描述成是一个廉价的政治牺牲品，一个一生中从未过上好日子，受尽冤屈与凌辱的女人，一个可怜的失宠的妃子。她最感到纳闷的是：这些封建社会落魄才子写下的乱七八糟、借他人酒杯浇自己块垒的东西，20世纪的读者竟然还在津津有味地阅读。

貂蝉

貂蝉是月亮最小的妹妹，来来去去总是笼罩在轻盈的迷离的光线里，因此她的脸总是很难为世人所看清。即使是同时代的人，也仅知道她只是个秉性怪异的女人，或风前支颐深思，或月下盈盈拜祝，身子单薄，容貌清丽，颊上不时挂着淡淡的新啼的泪痕，令所有有幸见到过她的男人无不深怜痛惜，雄心顿起。从理论上说，这可以理解为是美的权威和号召力，但在现实生活中却恐怕不是什么好事。一般说来，能让男人们神魂颠倒，奋不顾身，这个女人肯定是一个危险的女人。

貂蝉嫁给董卓可以说是中国古代政治婚姻学的一个经典文本。她本是司徒王充的养女，而王允正好是她丈夫的政敌，这就使得除了董卓本人外的任何人都能看出这桩婚姻其中暗藏着一个阴谋，即通常所称的美人计。仅仅因为将迎娶仪式安排在朦胧的月夜，才使一切呈现出预先设计中的那种喜气和浪漫情调。但对貂蝉个人来说，在为汉室除贼与自叹少妻老夫、红颜命薄之间，后者的分量肯定要显得更大一些。一想到要跟这样一个又老又丑，且又声名不佳的老军阀过一辈子，由不得人不暗生杀机。

于是就有了月下花园深处那精心策划的一幕。在貂蝉看来，吕布能够被选中首先因为他是个美男，是个拜倒在自己石榴裙下可随意操纵的毛头小伙子，其次才是骁勇的将军和政治盟友。当时她出现在这个幽静的月夜，完全是因为睡不着出来散散心，舒舒心头的闷气，和月亮姐姐悄悄地说上几句私房话，而这个爱情中的高烧男人却以为自己是在祈佑，在盟誓，在爱国，你说这有多傻！当然，爱国主义在任何时代任何时候都是一块响当当的牌子，如果能在这块牌子下顺便兜售些个人的货色，那当然是再妙不过。

这次花园内的男女私盟构成了中国军事史上最强大的阵容：一双盈盈欲泪的明眸和一柄力敌万人的方天画戟，而这两件武器正是号令天下、莫敢不从的法宝。接下去的事情其实已经水到渠成，不用说也能猜到：谋杀亲夫，或者说得好听点叫为国除贼。但如果条件允许的话，最好也能选择一个月明星稀的良夜为佳。战争、爱情、阴谋、政治、权术，看来都得有些什么遮遮掩掩，让人看不大清楚才好。大局已定，我们的美人此刻终于幽幽地叹出一口气，倒在情郎怀里，看残月从花园上空斜斜落下去。接着很快要落下去的，我想应该已是董卓的人头了吧？

杨玉环

杨玉环在芙蓉帐内春睡，年迈的皇帝在枕边痴痴守护着，不忍离去。白居易看见了，于是他说："从此君王不早朝。"杨玉环在沉香亭北给海棠花浇水，李白看见了，于是他说："名花倾国两相欢，常得君王带笑看。"杨玉环注重饮食结构，爱吃蔬菜水果，尤其是荔枝，疼爱她的皇帝私下派人去广东、四川等地采购。杜牧看见了，于是他说："一骑红尘妃子笑，无人知是荔枝来。"

杨玉环雪肤花貌，体态丰盈，模样有点像是15世纪画家仇十洲春画中的那种女人。问题是她对自身的性感可以说一无所知，她甚至还从来没有恋爱过，更不懂得所谓的御宠究竟是怎么回事。春宵沉香袅袅的龙床上，当她看到自己身体内部的疼痛与变化后，曾这样惊恐万状地对压在她身上的男人说“启禀陛下，我出血了”，而得到的回答是含混不清的一串喘音（一道圣旨?）：“我会赏你的。”

我对杨玉环是这么看的：在智力上，这是一个谈不上有任何特色的女人，头脑简单，姿容美艳，其身体有一种与生俱来的对男性的诱惑力和征服力。在性情和生活态度上，她温柔、纯真、大方，懂得怎么体贴和照顾别人。她不止一次在天明时分推醒身边呼呼大睡的丈夫，柔声告诉他已到早朝时候。她焕发的容光和好心肠令宫廷里的其他嫔妃显得自私而小家子气。她同时也是一个最讲亲情和怀有远大共产主义理想的人，在恩求丈夫将她的家人接进宫来同享天乐后，甚至不反对皇帝与她的两个姐姐也有上一手。

不过，真正从内心讲，她对自己的这桩婚姻也并非完全满意，这主要是因为私下里发现丈夫对自己的爱全都围绕着性的主题。无论春寒赐浴抑或金屋藏娇，还有那日复一日，无休无止的承欢侍宴，无不散发出一种慵倦的色情的气息。这不免引起她对自己将来年老色衰的担忧。至于后来为渔阳鼙鼓惊奇的《霓裳羽衣曲》，更是令前来唐朝进行文化交流活动的印度高僧看了也禁不住心猿意马。这位高僧后来回到自己国家后很快选择了还俗。据文化史学者考证，20世纪风靡世界的肚皮舞，其艺术上的渊源与图腾即出于此。

“我就喜欢看卿跳这种舞。”皇帝说。她的心里开始下雨。

“卿的美乳像新剥的鸡头肉。”皇帝又说。她心里的雨开始下得更大了。

接下去的爱情舞台看来就要移到陕西的马嵬坡了。由于社稷动荡，由于突然爆发的内乱，由于必须有人出来为国家的政治腐败军事失利承担责任，在皇帝和他的贵妃之间，闹事的士兵们选择了后者。美只有对能够占有它的人来说才是美的，这一点应该不难理解。这些被欠饷和连年征战弄得冤气冲天的将士，他们一生从未吃过荔枝，也没有在华清池洗过桑拿，更没机会欣赏到据说会让人喷鼻血的霓裳羽衣舞。问题在于皇帝本人，在于这个号称“不爱江山爱美人”的口是心非的家伙，仅仅用了几分钟的考虑时间，就做出了新的，令后世天下有情人都不免大扫其兴的决定：“朕爱美人，朕更爱江山。”

一段白绫静静夺走了杨玉环痴情与秀色可餐的纯情肉体。那个总爱昵称她“阿环”的没出息的皇帝，那个已经决心要悔过自新的皇帝，那个因此重又获得了士兵和百姓拥戴的皇帝，在一边若无其事地看着。由于风沙不小心吹进了眼睛，他以手掩面。这个动作被一千多年后的一大帮三流导演、演员和制片人看见，拍出连续不断的连续剧，以讹传讹，赚了大钱。

1994 年 6 月写于湖州

夏日不亦快哉三十三则

其一：赴朋友家纳凉夜话，适逢电力公司停电，见主人赤膊，亦赤膊。相对坐南窗，挥葵扇，呷热茶，谈国家大事，不亦快哉！

其二：街上流行短裙子，满街都是漂亮女人大腿，非礼也视，不亦快哉！

其三：酷暑思西瓜，价格居高不下，买又嫌贵，罢又不能，心中怏怏。当夜电视台播出台风登陆消息，仅隔一天，瓜价下跌一半，不免大喜过望。赶紧与妻子上街，肩扛手提买两麻袋浩浩荡荡回家，有备无患，不亦快哉！

其四：嚼冰块，流热泪，看优秀革命影片《冰山上的来客》，不亦快哉！

其五：在省城听文艺界德高望重老前辈做报告，热情洋溢，热浪高涨，热不可当。幸喜这时肚子不大舒服，于是拿了休闲杂志理直气壮上厕所，打持久战。两小时后回来，报告刚好念完最后一个字。全体鼓掌，跟着鼓掌，不亦快哉！

其六：对面楼中某妇有贞节癖，一见大小男人出现在阳台上，立马乒乒乓乓关门拉窗帘。久而心生一计，拣一大暑之夜，搬出风扇，高挑电灯，与里弄口补鞋匠阿宝师傅在阳台上摆开棋阵，谈笑风生，让她在蒸笼似的房间里免费享用四小时桑拿，不亦快哉！

其七：午后酣睡，醒来南窗昏黑，依稀见录像机显示屏上的时间已是八点四十分，自笑昏睡乃尔。语音甫落，南风吹散低笼窗前之积雨云，天复大亮，再看钟，原来才只有三点四十分。想到短暂的人生因这无谓的一瞥能幸福地多活上五小时，不亦快哉！

其八：在新华书店购书，汗流浃背，颇以为苦，见隔壁时装公司春意盎然，于是假装买衣服，在那儿不花分文足足吹了半小时冷风，这才又回到书店看书，不亦快哉！

其九：某大酒店开业招宴，于清一色衣冠楚楚的绅士淑女中独短裤拖鞋，袒腹踞席，豪啖快饮，不亦快哉！

其十：海滨浴场游泳吃西瓜，怕罚款，将吃剩的半个西瓜扣在头上，冒充乾隆皇帝，不亦快哉！

其十一：山中避暑，读书散步之余，颇有所思。给城市晚报写千字文，隐隐以当代陶渊明自诩，赚得百元稿费。是夜忽梦陶老头排闼入室，戟指怒斥道："你小子是什么东西，竟敢跟陶某称兄道弟？老子一生辞官求道，锄豆种菊，靠的是力气吃饭，再说老子写文章纯属自娱，从来也没想到过要拿去发表，哪像你这等后世无用文人，想用文字骗官不成，就想骗钱。”说罢，手中拐杖没头没脑招呼过来。骇极惊醒，大汗淋漓之余，想想我辈平素所作所为，也真不是东西，于是骇意渐去，惭意渐生，不亦快哉！

其十二：长日居家无事，见刚学会走路不久的儿子已身无衣物之累，于是教他练习站着自己小便，复教他背诵李白庐山瀑布诗，复教他一边小便一边背诵李白庐山瀑布诗，不亦快哉！

其十三：骑车上街，渴极思饮，穿过文明社会的各式新潮饮料，终于找到一家卖传统冰镇酸梅汤的小摊，花两块钱，连喝了三大杯，胸中块垒皆去，不亦快哉！

其十四：午睡醒来，偶有佳思，刚进入写作状态，忽有居委会一帮积极分子上门突击查卫生，于是命令妻子戴上墨镜出去应付，伪称全家得红眼病，吓得老头老太们争先恐后抱头鼠窜而去，不亦快哉！

其十五：一大早上茶馆，一壶茶，一包烟，与离休老红军杨伯伯谈当年苏区养伤，偷看房东家小媳妇洗澡事，不亦快哉！

其十六：夜半赤膊睡地板上读《天龙八部》，颇为蚊虫所苦，忍让再三后，不得已使出少林派大力金刚掌第二十一招“佛亦有怒”，立毙掌下，不亦快哉！

其十七：晨起凉甚，乘兴写两千字。午后渐热，在浴缸放了水睡午觉。傍晚雷雨大作，将房间窗户全打开了，读《庄子》，背《离骚》，想开元天宝年间事，一天就这么幸福地过去了，不亦快哉！

其十八：在机关某局胡侃，见众人热甚，猛呼该局官腔十足局领导（中学同学）之小名“大冰棍”，彼失口应之，众人掩口暗笑，不亦快哉！

其十九：趿拖鞋上舞厅，被领班小姐劝阻入内，于是向门厅老头借了旧解放鞋换上，拖鞋拿在手里。进场后，又换上拖鞋，解放鞋拿在手里。依然故我，不亦快哉！

其二十：停电夜在放冷气的剧院里看通宵电影，不亦快哉！

其二十一：早上起来不用叠被子，不亦快哉！

其二十二：可以吃田鸡，不亦快哉！

其二十三：可以闲立桥上，看工商局的同志将查获的田鸡一麻袋一麻袋往河里倒，其壮观优美远胜于奥运会女子跳水决赛，不亦快哉！

其二十四：记者来访，未及穿衣，灵机一动，翻出床底下旧羽毛扇一把，袒腹而坐，口若悬河，谈阮籍乱嫂事，谈龚自珍已亥仓皇出走事，谈老顾城杀妻小克林顿偷情何立伟余秋雨为美人相册作序事，被当场誉为大有魏晋遗风，不亦快哉！

其二十五：给出差在外的老婆写信，才写了几句，纸面已为汗水所污，懒得再抄一遍，当下找来琼瑶小说，抄上几段，既可见相思泪流之意，又免了重写之苦，不亦快哉！

其二十六：连日公吃，饮酒甚醺，听歌甚靡之际，忽闻邻桌东北客人敞露胸前黑毛高唱革命样板戏《打虎上山》，将一屋子陪酒小姐吓得花枝瑟瑟，玉容惨淡，不亦快哉！

其二十七：参加某地楹联协会夏夜纳凉晚会，来宾被告知均须以爱情为题材，各撰一联。推辞再三，不见主人应允，只好恭敬不如从命。略一思索，运笔如飞，以克林顿总统名言“口交不是性交”对司马温公《西江月》词中之“有情还似无情”，书毕扬长而去，众皆愕然，不亦快哉！

其二十八：看中央电视台大型赈灾义演，屏幕上众多富商阔佬举着一百万两百万的牌子争相认捐，直看得人热血澎湃，雄心顿起。本也想一掷万金，出出风头，无奈身无长物。不得已翻出桌底下友人寄卖的一百余册自费诗集，用自行车载了，推到慈善机构。不料歪打正着，竟被一领导模样的同志称为：“想得周到！想得周到！”并当场总结出两条宝贵经验：既表现了个人爱心，又弘扬了精神文明。褒奖有加，不亦快哉！

其二十九：郊游途中饿甚，同行诸友集体作案，偷掘河边老大娘地瓜烤来吃。事后将十元钱及一字条埋进坑里，上书：“为发扬光大革命传统，特挖去地瓜五个，留下人民币十元，请收下。”底下署名为“新长征突击手”，不亦快哉！

其三十：陪外省客人下歌厅，看《小芳》MTV，三点泳装，美艳不可方物。正有些不以为然时，忽听得座中有客细声细气道：“小芳如此美貌，李春波那小子当年还走后门回城干啥？”此语一出，众人哄笑，我也跟着哄笑，不亦快哉！

其三十一：买田鸡回来大开杀戒，因手段不够周密，漏网一二，满屋子搜寻不得，只好自认晦气。夜半梦中惊醒，听阳台上蛙声一片，叫得回肠荡气，叫得此起彼伏，叫得大珠小珠落玉盘，叫得现代都市里一派范成大杨万里风光，不亦快哉！

其三十二：节假日全家下馆子吃饭，因点菜少遭老板白眼，要加收百分之十空调费，大怒起身，心中暗暗发誓，老子这辈子总有一天要发大财，到时候让你小子见识见识。正自言自语间，忽见一流星划过头顶夜空，想起民间有见流星时如在心中及时说出一心愿，这心愿一定会实现的说法，大喜过望，不亦快哉！

其三十三：暑中炎热难睡，半夜爬起来冲凉水浴，吹电扇，吃雪糕，写《夏日不亦快哉三十三则》，不亦快哉！

1996 年 8 月　湖州

花非花　雾是雾

说来好笑，在我的一生中，竟然有过一次与男人灯下黯然相对的感伤经历，并被迫回答一个用文言表述的佶屈聱牙的问题，意思大概是一个男人能否“无女而终其生?”这是1974年，在号称浙江西伯利亚的长兴县牛头山下的小小煤矿里。那时刚读完中学的我为生计而外出闯荡江湖，说得准确点是在这家煤矿的运输队里拉煤车。这个问题的提出者就是我所在的青年小组的组长。除了工作上的领导身份外，他的其他身份分别为前清老秀才的孙子，酒鬼和光棍。由于年届三十而未能立，只好每天下班后坐在铺垫稻草的简易床上喝闷酒，那天晚上月色清澈，暖风熏人。他喝了大约四分之三的当地白酒，突然用双手很重地摇我的肩膀。我当时所做的回答是长长的沉默。我没有别的选择，要知道那时我家因家境窘迫，加上身体矮小所产生的某种无法克服的心理畏惧，因而甚至还没有过真正意义上的女朋友。现在，我得承认当年的悲惨状况已经有了一些改善——我指的是自然在爱情方面，有着一致的纯情和小心眼儿，性情上思想上差异却令人吃惊：她们会窃窃私语，也会发出那种乡村小火轮靠岸时的大大咧咧的声音。

孤独、暴躁、阴郁、自由，一位独身者因上述特征而为那些在结婚的轮轭下体无完肤的已婚男子所神往。而独身者的苦痛，那种花好月圆之夜的形影相吊以及春宵孤眠滋味，却是“有多少脂肪，就有多少爱情”（韩东语）的大腹便便的丈夫们所久违的。

在这种背景下来探讨这篇文章的主题恐怕要更加有趣一些，人究竟能否“无女而终其生?”这个问题的另一个句型就是“一生中为什么要有女人?”为什么呢？我想不外乎为了得到温柔、眼泪、水以及一定程度的性方面的满足，谁让我们是男人呢？在石头与机械中工作，改造自然、建设世界，我们体内的力量是如此强大而充溢，以至它需要某种脆弱和软性的相濡以沫才能保持生存平衡。女人正是这种尤物，于是她们趾高气扬进入男人的生活。我这么说肯定会引起女权主义者的严厉批评，好在我只代表我自己，至少个人和女人交往从来就不曾有过宗嗣方面的考虑，我想的只是生命、艺术、爱以及对心灵孤独和阴影的恐惧。一颗思想的头颅安放在水上要比安放在岩石上更为动人，也许这可以看作是我的爱情美学的全部体现。

现在问题是女人到底给我们的生活带来了什么？首先她带来了柔情，体贴和操持家务的天生能力。其次是生育、子嗣、任性、猜疑、嫉妒、无休无止的吵嘴以及比例远远大于欢乐的烦恼。这种烦恼的灰色影子甚至在爱情的最初阶段就已隐约出现，并随着感情世界的深入而日见其大。诸如约会迟到，在朋友面前不能保持淑女风度，穿古怪的衣服，性生活不和谐，打呼噜，吃大蒜，等等。在此我还没有算上喜窥隐私、欺骗、背叛、向自己的朋友卖弄风情、与上司关系暧昧等更大程度上的懊丧和不快。“水性杨花——你的名字叫女人”，这是朱生豪译《哈姆雷特》里的一句名言。而身为女性的作家张爱玲说得更为干脆刻薄：“女人真是幸运——外科医生无法解剖她们的良心。”

我们心灵中的女人，那是怎样纯洁和完美的偶像啊，这种完善所达到的惊人的程度，以至现实中的任何一个女人都无法企及。这也正是我们为什么会在爱上了一个女人后还会爱上第二个。想想那些艺术作品中的人物：贾宝玉、唐璜以及昆德拉笔下的托马斯，这些风流人物的意义显然都超出了他们尽一生精力苦苦追寻的爱情本身，女人在更多时候都只是一个幻象，一个永恒的精神体，这就注定了追求者的一生将痛苦不堪，在时间之水中轮回——绝望和空虚，即使在一百次恋爱之后还是如此。

我伤心透顶的写作契机，现在应该已经暴露无遗。今天是神秘的中秋节，桌上是月饼，头顶是月亮，身边是这篇无聊而混乱的文字的标题——女人。而我疲倦的思想和夜晚、烛光、帐钩、撩人心魄的薄型睡衣以及这个节日古代那色彩的象征意义无关。两小时前的一次无聊吵嘴使我陷入巨大的沮丧中无法自拔。我神思恍惚地想起遥远岁月里的运输队的青年组长，和他那个有趣的哲学命题。月亮这个巨大的时间轮盘在天空中缓缓移动。今天晚上，不，就在此时，就在此刻，它的发光边缘又一次契嵌了我现实的身体，我的思想跟随它转动，然后又慢慢恢复到原先的状态。在这个过程中，我在月光下哭泣，为飘忽的命运，也为伤感而烦人的爱情。

半年前我也同样有过一次诸如此类的痛苦经历。已不记得为了什么争吵，总之是吵架了，而且程度相当厉害。我和现在的同居者有整整三天不说一句话，在任何需要语言表达的时刻我们都代之以动作，仿佛电影中亲爱的聋哑夫妇。在最后一天的夜晚我们并排坐在细雨霏霏的小楼中，我考虑了分手以及今后生活的安排。我太累了，爱情，它的巨大的欢乐和烦恼，我实在支撑不住了。这时一只苍白小手悄悄伸过来握住了我的手臂，接着一个梳着古典发髻的小脑袋倚过来靠在了我的肩头。一个颤抖的声音，一双流泪的哀婉眼睛，我的未来世界全面崩溃。一分钟前的决定——我还要提到它吗？——顷刻间烟消云散。我们相互拥抱着哭得像两个无锡泥塑中的幸福娃娃。但这是爱情的力量吗？不！这是虚荣的力量！天翻地覆的变化来自一只手的小小动作，这实在使我不能不对自己的心灵产生某种程度的诘责和怀疑："我真的懂得爱情吗？""我爱的是一个真实的形体吗？"

这自然也引起我对此类现象更为深入的思索。揶揄、讽刺、嘲弄、挑剔、沉默与敌意，然后是泪水中的和好，但谁又能保证这一切不来第二次呢？在同样的时刻同样的地点，以同样的形式开始和结束，就像台北市的苏芮在成名之初的一首歌中所唱的。这种重复冲突带来的结果往往是悲剧性的，真的，即使是岩石，也承受不住雨水和雪雹的诬陷穿凿，何况工业文明重轭下的爱情其本身就相当的脆弱。

一想到女人将给我们生活带来的连电脑都无法统计的忧伤，谁还敢结婚呢？但是相反，一想到一个人走完长长的艰难的一生，又经不住要向尘世中寻觅一双手。人生的无奈与尴尬，如果用曲线来表示，在此已达到了可与珠穆朗玛峰相媲美的极限。我注意到在一些优秀的爱情小说里，作家对理智与感情冲突的描绘可称曲尽其妙，而对与火焰并存的阴影的揭示却甚为罕见，但愿这一切只是倏忽而并不出于某种忌讳。如果假设这时一位年轻女性怀抱鲜花敲开我的门，青春、整洁、温柔，这种动人情景对我心灵产生的作用却很可能是局促不安，全部的原因则在于我是一名丈夫……我不想再往下说了，让我们为祖国的法规和女人的爱情深深祝福吧！

我要承认，女人一词的含义至此已由开头部分的单纯随着叙述深入而逐渐嬗变，现在已差不多包容了女友、恋人、情人甚至妻子的概念。

我已经提到容貌了吗？女人容貌在爱情中的位置现在总算为唯物主义的我们所认可了，尽管如此，容貌与心灵相互辉映相得益彰的关系却依然受到忽视。我相信对现实中的绝大多数女人来说，人生的最终目标是婚姻而不是心灵归宿。尤其是那些自恃美貌、搔首弄姿的女人。她们可以为脸上一小粒疵疣而连动三次手术，而不愿花半天时间读一本可以使她容光焕发的书籍……女人，谁能真正懂得她们呢？

与容貌关系甚密的另一个概念是礼教，这是女人一生的苦恼所系。我们看到电影里的女人貌若天仙，跟一个男人接吻，然后又跟另外一个男人接吻，而现实中的女人一旦跟人接吻后就永难抹去唇上的烟草味和贞洁印记。虽然目前以开放搞活顾盼自雄的社会同样也给女性提供了种种可能，但一想到周围的复杂目光与无形压力，只好委屈自己。容貌姣好的女人由于身体本身的吸引力受到的打击也许更大——这些同情女性的文字似乎与文章的旨意相悖，但我仍然不想删去。我原先就不打算阐述什么观点，我只是想写，于是就写了，信笔所至不知始终。

谈到一位朋友对女人容貌所持的观点也相当有意思，由于自身个子矮小，他害怕身高马大的女人，又不欣赏小巧玲珑的古典式佳人——按照他的说法，这样会被人看作是一对天真可爱的娃娃。比较中庸的选择是身材相等或略高，在这一点上我们可以说是英雄所见略同。但对于形体的认识则大相径庭。他神往楚楚动人，缠绵悱恻，我则更倾向于健康、轻盈。这表现在性格特征上往往是独立、知识、潇洒。至于脸蛋是否动人似乎并不重要，只要不使人感到别扭或乏善可陈就行。

在此我再谈一次个人的微不足道的经验。熟悉我的朋友都知道我前不久有过一次恋爱。一个女人，有着淑女风度和现代女性的心灵，却一无例外地也有着这种性别与生俱来的虚荣和小性子。她似乎喜好对美貌的臣服，而我偏偏是个独断专行的家伙。在幸福与自由之间，我最终选择了后者。这里涉及的一个问题是在爱情生活中究竟听谁的？也许只有欺骗自己时我才相信某些妇女杂志鼓吹的“互敬”“平等”之类的说法，更多时候只是不以为然。在我看来，真正的爱情永远是臣服式的。征服，或者相互征服——从心灵到肉体。而一个女人——我发现我总是小心翼翼避开妻子这个含义单一的字眼——即使能够以秀色可餐的容貌征服我们，由于身体本身的某些原始弱点，在漫长的婚后生活中也会流露出目前尚不为我们所知的缺陷与世俗面目。理解了这一点，我想我们就不难理解渥伦斯基的逃离和舒曼的自杀。前者是众所周知的小说《安娜·卡列尼娜》的主角，后者既是音乐家又是一位悲惨的爱情故事里的人物，在他二十五岁的时候，他爱上了十六岁的钢琴家克拉拉，经过五年的疯狂追求于1840年终成眷属。经过一段时间的婚姻生活后，于一个夜晚突然跳入了莱茵河，虽被救起，但随后就与世永别了。

女人的可怜与可爱，我还需要再说吗？女人浩浩荡荡进出于我们的生活，她们居住在遥远的水里，眼波流转，巧笑倩兮，时装与首饰闪烁诱人光泽——这是怎样的激情与诱惑啊！我们像《诗经》里的忧郁男子那样宛转求之，直至水无声漫过我们身体时才如梦方醒。人究竟能否“无女而终其生？”我想起古代的贤士，想起19世纪末国外一些情操高尚的教会人物，也许只有他们才能对此做出肯定的回答。而我们只是现实世界里的卑微者，我们的思想是动摇的，而我们的身体也远不如我们想象的那样坚强。这就注定一生的彷徨与尴尬不可避免。就如这篇文字我侧重于伦理，而我原先的打算是写成一篇纯粹的抒情散文。既然是这样，我实在没有什么可多说的了。我想现在我要做的事情只是：向给我们漫长一生中带来幸福和痛苦的女人致敬，请她们原谅我在文本中对她们善意的批评。然后赶紧结束它，投入邮筒，寄给我年轻时代的上司——作为对一种隐忍心中达十余年之久的歉意的补偿——虽然毫无结果，但总算打破了沉默。然后上床睡觉。然后再醒来，迎接女人带给我们的新一天的欢乐与苦恼。

1997 年底　湖州

从前的吃货

杭州蜜火腿

《随园食单》里有两处写到火腿都很有意思，一次是在两江总督尹继善的苏州公馆，当时宾主正在客厅里一边闲谈一边等着开宴，从膳房那头忽有异香穿几重门飘至，仿佛绝世佳人未见其面先闻其声。待端上桌来，其制法也远非一般只敢作佐料的俗厨可比，“连皮切大方块，用窖酒煨极烂”。而且选料用的也是四钱银子一斤的杭州忠清里王三家的陈年上品，这个价格要高出当时市价几乎两倍。另一次在袁随园自己的小仓山房家中，门人方甫参从杭州托人捎来。老袁当即令厨房将火腿削皮去油，切块煨熟后再加二寸许的黄芽菜心，重用窖酒，连焖半日。据袁枚自称，这道菜用的是南京朝天宫道士的独门手法，其中“上口甘鲜，肉菜俱化”八字定评或有夸饰，但他感慨的

“三年出一个状元，三年出不得一个好火腿”确为此中至言。另外煨火腿重用蜜糖黄酒一说，似乎也少见前人述及。

都道是善治庖者以采料新鲜为上上之选，却不料火腿一味竟反其道而行之，一向都是越陈越佳。对此中年以后客居台湾的梁实秋先生想必一定也有深切体会。“有一次得到一只真的金华火腿，瘦小坚硬，大概是收藏有年。菁倩（梁夫人）持往熟识商肆，老板举刀，砉的一声，劈成两截。他怔住了，鼻孔翕张，好像是嗅到了异味，惊叫：这是地道的金华火腿，数十年不闻此味矣！”《雅舍小品》里的这番绘声绘色，像不像郑振铎当年在北京琉璃厂贱值买到宋本精椠，或隔壁开水铺李大妈的彩票侥幸中得五百万大奖？我看是比较像的。不过梁先生食事上的声名虽可比肩随园，其吃火腿心法则刚巧与前者相反：“以利刃切薄片，瘦肉鲜明似火，肥肉依稀透明，佐酒下饭为无上妙品，至今思之犹有余香。”

至于火腿的价格，手头正好有晚清杨葆光的《订顽日程》，而且此人生平于食物一道最大的爱好就是吃火腿。其同治六年（1867）五月初四条下有云：“买火腿二只，钱九百九十四文。”光绪五年（1879）十二月初一复记云：“支火腿等钱四百九十八文。”光绪六年（1880）三月十二日复有记云：“支火腿钱四百廿五。”同治六年九百九十四文是买两只火腿的价格，光绪五年四百九十八文是买一只火腿及他物的总价格，光绪六年四百二十五文是买一只火腿的价格；从同治六年到光绪六年，在长达十四年的时间内，火腿的价格不但未涨，甚至还有所下降，清政府控制物价水平之高亦可略见一斑矣。

杨葆光字古耘，松江人，自号红豆词人，兼擅书画，当过两任知县。生平以热心扶助女作者著称，与《红楼梦》研究亦大有干系。梁先生学贯中西，著作等身，以七十三岁高龄娶美人韩菁倩为妻，一生占尽饮食男女之风光。袁先生十年为官，五十年隐居林下，诗酒放诞，妻妾成群。三位不仅都是各自文学时代的著名人物，而且文章声名同样也是后期盛于前期。可见前头说的越陈越佳什么的，倒也并非只为火腿一物所独擅。

练市羊肉

从前有位练市朋友每年秋天总会来信邀我去吃那里有名的拆骨羊肉。他清癯的书法和雅训的文字，一直如那里的羊肉那样耐人寻味。在某一年的札中记得有一段话曾写到文化的魅力，他说:“是的，虽说作为背景的粉壁青瓦，流水小桥早已被宾馆、超市和其他粗粝的水泥建筑取代，但在犹如刀砍斧凿的记忆中心，那一只双耳大铁锅，那只简朴的黄泥炉子，那一把把不停地往沸腾的锅中撒去的蒜、姜、辣椒的碎末，还有秋风中夹杂着菊花幽梦的满街羊肉的香味，这一切应该没什么改变，估计还能让你找到几分从前的亲切。”这几句话虽然说得不徐不疾，产生的力量却足以令我抵消当日打的赶去掏出百元大钞付账时的心痛感觉。车上我想，其中用于形容记忆的“刀砍斧凿”四字，似乎可圈可点。

途中要经过双林镇，双林用整羊白煮的板羊肉也是此中佳制，还有练市南边新市镇的金字招牌张一品酱羊肉。司机加油时我一边切一包尝鲜一边想，文化这东西说来可真是有点奇怪，互相毗邻的三座水乡小镇，风俗物产，起居饮食上也瞧不出什么区别，可做出来的羊肉就是不一样，好像全都赶着要去参加华山论剑似的。不仅风味各有千秋，形式处理上也尽有让人眼花缭乱的独门手法。当年有两个魏晋人物王武子和陆机争夸家乡食事。王武子指着盘中羊酪，一脸轻蔑地问：你们南方有这样的好东西吗？可惜陆机出生松江，当时只能举出鲈鱼莼羹为对，总算彼此打了个平手。如果他是浙北一带人，我想他完全可以微微一笑之下，从容做出令对方自讨没趣，进而甘愿服输的回答。

但练市的羊肉好吃是好吃，倒也不是人人都有口福消受的。首先它的辣对很多倾向口味清淡的人就是一道天然屏障。对于一盆正宗的拆骨羊肉，大把的尖头红椒、姜末与蒜叶，简直就如一幅完整书画作品上的印钤、上款和题识一样不可或缺。其次吃的时候过于拘谨和温文尔雅似乎也未能臻其佳境。怀德说他笔下的阿利克斯“在羊肉面前可算不上是优雅的淑女”，确是知味之言。我那次去时主人请来作陪的两位女士中的一位，好像就是被我用这段话说服，进而箸手齐动，捋臂豪啖的。而另一位相貌姣好的也许天生与此味无缘，只尝一小块就被辣倒。许多年后的今天我写这篇文章，我们的小镇美人当初玉容失色，香舌猛吐的悲壮场景尚让人神往不已。

李渔食蟹

在市场上看到螃蟹，三两左右的只卖二十块一斤不到。自去年秋天以来，若辈价格犹如运行中的上证指数曲线，好端端一个劲地往下掉，几乎又回到了80年代中期诗人宁可写“螃蟹横行到十三四块钱一斤的水平”。本来也想买些尝新，但我这人一向不怎么风雅，加上这玩意儿吃起来确实也相当麻烦，于是转身将买蟹的钱去买了鳜鱼与青菱。一张五十元大钞出手之时，想起清初名士李渔一生嗜蟹，“每岁于蟹未出之际，即储钱以待，因家人笑予以蟹为命，即自呼其钱为买命钱”的故事，不禁哑然失笑。心想，好在李先生三百年前就已作古，不然假如被他在旁边看到，想必惊诧之余，说不定还会大声嚷嚷，说：大伙儿快来瞧——这家伙连命都不要了！

李笠翁当然是风雅人，这从《闲情偶寄》一书里对饮食起居的讲究和匠心独运即可得知。吃起螃蟹来当然也该有“自初出之日始，至告终之日竣，未尝虚负一夕”的气派才是。虽说此物向为文人擅美与津津乐道，但像他这样用情专一，“无论终身一日，皆不能忘之”的，恐怕也不多见。相比于某些用牙签剔螃蜞、搂着家中黄脸婆子自称好色的三家村人物，芥子园内金风送爽时节每天几口大缸畜养百来斤大闸蟹，瓮内点灯，任凭照取，乔、王二姬玉手调羹的架势显然要将他们吓坏了。何况为了确保食蟹工作的顺利进行，每年这个时候，他甚至还得对家庭的组织人事工作和器物命名做出相应的调整。比如糟名蟹糟，酒名蟹酿，瓮名蟹甓什么的不去说它了，连爱妾房中一个眉目俏丽的贴身侍婢，也被他临时改名蟹奴，专门负责螃蟹的伺养和洗涮事项。

物质生活的靡费需要强大的经济来源支持。李渔一生逍遥，非仕非官，按现在的归类只能算作社会闲散人员。其生财之道是尽可能将自身的知名度转化为实实在在的市场效益。比如开办写作公司，组织艳舞剧团四处演出，策划出版畅销大众读物什么的，包括争取附庸风雅的商贾和有钱官僚阶层的赞助，俨然当下京沪等地某些文化大腕的做派。他著名的“世间好物，皆利孤行”一语既可作为自己一生的食蟹心得，同时也不妨看作是人生原则上的某种夫子自道。因此，今天杭州的另类青年和知识经济的膜拜者如果需要精神偶像，我倒是愿意向他们推荐原先客居吴山东北铁冶岭层园的李笠翁先生。

荔枝谈

妻子从市场买来荔枝，正宗的闽产佳种钗头颗，才五六元一斤，全家饱食快啖，乃至第二天早上起来儿子鼻中隐隐有血斑，才知已坏了事。李时珍说荔枝气味纯阳，食入过多会引起牙龈肿痛，口痛及鼻出血等诸症，这些医学知识平时翻阅《本草》时倒也曾留心过，无奈在实际生活中又常常派不了用场。可见理论总是理论，实际还是实际。生活中处处想到要以理论指导实际，实际上升到理论，想法虽好，做起来确实难度很大。

荔枝不敢吃了，只好找些写荔枝的书来看。读黄山谷集，见有“多食侧生，损其左军”云云，才知唐代的杨玉环因贪吃荔枝，曾烂掉过左边一个牙齿。好好的回眸一笑百媚生的一个美人，从此要天天看牙医，想来也是大煞风景的一件事情。于是有好事之徒作《杨妃病齿图》，又有元朝的冯海粟在上面题诗，大发议论："华清宫，一齿痛，马嵬坡，一身痛，渔阳鼙鼓动地来，天下痛。"语虽惊警凝练，总脱不了红颜祸水的传统命意。将亡国之责往弱不禁风的女人身上推，原是古代无聊文人的看家本事。相比杨铁崖《宫词》"熏风殿角日初长，南贡新来荔枝香。西邸阿环方病齿，金笼分赠雪衣娘"的温厚蕴藉，讽而不露，非但意境不如，诗艺上也要大大的输上一筹。

唐朝的阿环喜食荔枝，苏州鸳鸯蝴蝶派的现代作家周瘦鹃先生也喜食荔枝，"荔枝色香味三者皆备，人人爱吃，亡妻凤君健在时，一见荔枝，总是买了给我尝新。那时我有一位文友罗五洲兄，服务香岛邮局，每年仲夏总得寄赠佳种糯米糍一大筐，成为常年老例，我和凤君大快朵颐，连儿女们也都能饱啖一下子。"清代的李倩因爱吃荔枝，每年不待熟时便馋涎欲滴，"一啖辄尽百枚。尝曰：人间至味无逾于是"。这个水平不过只达到宋人的三分之一，因苏轼当年谪居海南，有纪事诗云"日啖荔枝三百颗，不辞长作岭南人"——为一饱口福宁愿流放终身，可见其对荔枝真是痴情得可以。不知他老先生诗写得好，跟喜吃荔枝有没有内在关联？如果有的话，清代的诗歌总体水平不如宋代，这是否也可算是一个原因？

但宋人的诗歌写得好，跟唐人一比，只怕又要相形见绌。如杜牧写荔枝的名篇《华清宫》："长安回望绣成堆，山顶千门次第开。一骑红尘妃子笑，无人知是荔枝来。"曾经有人问我什么是史诗，我就以此为荐。这首诗至少向我们透露两方面的信息，一是唐明皇虽因爱妃喜食荔枝，命御骑专运，终觉与天子爱民之意相悖，只好暗中行事，所谓无人知是荔枝来是也，远不如目下某些贪官穷极奢侈时的明目张胆。二是此诗曾引发后代考据家们的一段公案，那就是杨贵妃所吃的荔枝究竟运自何处？宋人蔡君谟在《荔枝谱》里说那时全国主要产荔地为福建、四川和广东。以唐时最先进的陆路交通工具“银牌急脚递”计，从粤地或闽地运，在正常天气情况下最快也得十天。而从四川涪州和戎州运，大约五天左右就可以了。考虑到此物易熟易烂之特点，又偏偏产于盛夏，保鲜不易，当年我们的美人华清池浴罢，芙蓉出水，侍儿扶起娇无力之际，吃的是蜀产荔枝的可能性恐怕要更大一些。

进贡路线解决了，疑虑依然未能完全消除，这就是宫中所食荔枝肉质能否保持新鲜的问题。据白居易《荔枝图》序所考，此物“若离本枝，一日而色变，二日而香变，三日而味变，四五日外，色香味尽去矣”。从常识上说，皇家驿传的速度再快，跟非冷藏时代高温季节“赤日炎炎如火烧”（《水浒传》语）的威力相比，根本不在一个等级上。由此推测，荔枝运虽然是运到了，具体质量如何，想必没人敢打保票。说新鲜肯定谈不上，最多也就保持不坏，比张佩纶堂兄张式如说的“道光癸卯夏，余在仁和署，有人自宁波携荔枝来杭，予得食之，味已变，空有其名矣”（张镇《登楼记》）那种遭遇好一点而已，哪里能跟家门口超市或农贸市场买的相比，甘香莹白，入口如水晶绛雪，鲜美不可方物。想起古人称“天子亦有不及黎民处”，这话是有道理。

苋菜八章

1937年作家张爱玲还在上海圣玛利亚女校读书，那时她父母刚离异不久，面对与自己喜欢的父亲与不喜欢的后母住在一起的尴尬事实，她采取的唯一反抗手段就是时不时地逃到生母那儿去住。当时她的膳食问题是这样安排的：每天由母亲炒一碗菜，然后带着菜到街对面的舅舅家里去吃饭。由于喜食苋菜，母亲只好时常在菜场上为她留意。据她后来在美国时回忆：“苋菜上市的季节，我总是捧着一碗乌油油紫红夹墨绿丝的苋菜，里面一颗颗肥白的蒜瓣染成浅粉红。在天光下过街，像捧着一盆常见的不知名的西洋盆栽，粉红小花，斑斑点点暗红苔绿相间的锯齿边大尖叶子，朱翠离披，不过这菜不香，没有热乎乎的苋菜香。”

1925年徐珂筑居沪西康家桥写《清稗类钞》，与词学家夏剑丞正好对面为邻。“日夕坐其下握笔据几，历祁寒盛暑不辍。”（夏敬观《徐仲可墓志铭》）他在详尽考察了苋菜的种类及生植情况后，断论“苋菜为蔬菜植物，长尺余，叶卵圆形，有青赤二色，（即白苋与紫苋）嫩时供食。秋时开细花成穗，色黄绿。别有一种柔茎红叶者，谓之野苋，亦可食”。

1982年我借读南浔嘉业堂藏书楼期间，在一册忘了书名的清人笔记里曾读到一个不无传奇色彩的故事。其大意为吴中某农户有姑嫂二人，春时赴郡中蚕花盛会，以家贫无力措办脂粉，不得已假苋菜汁为之。结果误打正着，不仅斗倒满城佳丽，其中小姑还因此得到后来考取进士的邻乡某生慕名求婚，并最终喜结连理。后览《佩文斋广群芳谱》，见其中有“紫苋茎叶皆紫，无毒不寒，吴人用以染饰者”之记载，方知此虽为一时权宜之计，实亦于古有证。

1792年袁枚七十七岁，依旧在南京郊外的小仓山房过他依红偎翠，诗酒自娱的名士生活。是年《随园食单》初刻本问世。“吟咏余闲着食单，精微仍当咏诗看。出门时时都如意，只有餐盘合口难。”为不辜负口腹之欲竟然宁愿放弃旅游与宦途的子才先生，在这册记录自己一生饕餮的得意之作里，自然忘不了给苋菜也留下了一席之地：“苋须细摘嫩尖，干炒，加虾米或虾仁更佳，不可见汤。”

1957年张爱玲客居美国旧金山，当时因为居所距唐人街很近，再加上害怕异国高脂肪的牛油面包，便时常于写作之余自己上市场买菜。由于她喜食苋菜，超市里又不易觅到，难免情怀时常为之怏怏。以至“有一天看到店铺外陈列的紫红色苋菜，不禁怦然心动”。

1650年初夏，吴梅村在刚买下不久的贲园欣然接待专程来访的南京诗人余怀，两位落魄才子纵论时局，共伤身世，立马成为惺惺相惜，无话不谈的朋友。席间家厨以园中新摘之苋尖飨客，作为主人的吴酒酣耳热之际忽忽心有所戚，即席吟成五言律诗一首，记忆中其前四句依稀为：“性嫌同肉食，味好伴葵羹。辨叶先知种，闻香易识名。”

1984年台湾作家翟羽佳节思亲，神伤不已，在当地《新生报》上撰文回忆家乡湖南的端午龙舟盛事，在介绍了炒蚕豆、包粽子、帐束艾草、堂悬钟馗像等种种热闹外，特别强调：“饭时菜蔬少不了一盘苋菜。”向往之情活现于纸上，但比起清无名氏手稿本《杭俗怡情碎锦》写到苋菜时要求杭州人民“不管怎么贵也要买来吃”，力度尚有所未逮。

1957年张爱玲依旧客居美国旧金山，在后来由台湾皇冠出版社出版的《续集》一书中，她以权威的、仿佛盖棺论定似的口吻总结自己一生的食苋经验：“炒苋菜没蒜，不值得一炒。”这不禁让人想起她的另一名句“生命是一袭华美的袍，爬满了蚤子”。但爬满蚤子的锦袍与撒上蒜瓣的苋菜显然是她矛盾的人生观点的两个对立物。文字虽异曲同工，用心却大相径庭。个中曲微，明眼人不可不知。

2000年3月续写

瓯江书简

一

今天是号称文学漂流的第一天，将近九个小时的长途跋涉——几乎没有尽头——汽车、火车、汽车，再加上穿插在这中间的一些必不可少的步行，令参加此次活动的大多数成员都感到疲劳不堪。尤其是对我这样长年在书斋闲坐，以至被朋友们戏称为老派知识分子的人来说更是一个严峻的考验。好在大伙儿精神看上去都还不错，车窗玻璃不时匆匆掠过的浙南山区的景物也大致清丽可观。深黛的几乎处于原始状态的密密峰峦，犹如无数扇画屏相镶——这是我打算告诉你的第一个深刻印象。它们的色泽在日照稀疏处显得尤为深邃凝重，简直青翠欲滴。以至中午在火车上我因贪吃水果接连两次上厕所，发现自己呈现在镜子里的靠窗一边的脸颊已有几分《水浒传》中好汉青面兽杨志的模样，又好像金庸笔下被云南五毒教放倒的某位武林人物——隐隐有碧绿之色。但愿这样的形容不至于又像上次我说南浔的每张床单上都有淋菌那样把你吓了一跳吧？

丽水历史文化名人好像不多，这我行前已找来当地郡志作过一番浏览。除了宋代写“红杏一枝出墙来”的叶绍翁，还有一个大人物是明初的刘基，而且确切点说应该是青田人氏，现属温州文成。看来秀美的山水与精深的文化并非如历史学家所告诉我们那样形成一定比例。这一点在我回想起去年《南方周末》头版那篇报道丽水的文章时感触犹深。记忆中明代的汤义仍（显祖）似乎在此间遂昌县当过五年知县，应该算是一件了不起的事情了。翻了翻刚才转车时买的地方旅游指南，玉茗堂主人的大名赫然在目，果然是作为重头戏推出的。遂昌独山听说另有明代建筑保存完好，是嘉靖进士叶以蕃的遗物。此公是南宋丞相叶梦得嫡族，与吾湖渊源极深，为官清正，好学成风。现存叶氏宗祠，正统古井，隆庆牌坊，明代寨墙等古迹多处，值得一看。如果行程表上没有安排，我倒是打算私下里自己找机会杀过去观赏一番的。

傍晚五时左右，车子终于抵达此次全称为瓯江文学大漂流的采风活动的第一站龙泉。下榻之所是作为当地现代化标志的一座七层大厦。我当然很想立刻为你介绍这里的宝剑和南宋哥窑，但我们被通知几分钟后就得下楼去吃饭，而且晚上还要与当地文学界人士联欢座谈。懒洋洋倚在窗口抽烟、闲眺，暮色四合中的县城街景犹如改版后的《天涯》杂志封面，古朴、洁净，这与昨夜西湖边夜总会里的灯红酒绿，声色犬马形成何等强烈的反差。我不知道自己究竟爱它们中的哪一个！现代化的奢靡，抑或田园风光的贫穷？我想你一定也会有同感吧！当然，如果有谁能对此问题提供完美的答案，那么发生在经济全球化的鼓吹者与激进环保人士之间的那场持续多年的纷争将很快结束，并化敌为友。另外世界各地研究新经济的学者教授起码有一半人恐怕也得因此丢去饭碗，你说是吗？明天再写。

二

五月浙江南部山区的阳光已足以令皮肤感受压力，尤其是在无风的午后。一整天我们都行进在凤阳山中，那里海拔近二千米的主峰是八百里浩荡瓯江的唯一源头，山道崎岖，烈日暴虐，其疲惫程度较之昨日车中有过之而无不及。但由于沿途有泉声和鸟鸣可听，加上四周景物的原始魅力，体力上大致倒也尚可支持。这里是龙泉市的骄傲与光荣，不仅以一千余万平方米的林木积蓄量居浙江之冠，而且还是全省面积最大的国家级自然保护区。但对于几个月后的游客们来说，这里的一切也许就将成为前朝旧梦——由杭州宋城集团斥资近四亿元进行的大规模旅游开发眼下已紧锣密鼓启动。甚至连地名也不轻易放过——由凤阳山改为龙泉山——出于某种宣传策略和整体形象设计上的需要。如果我的猜测不错，一大批在民间文学名目下精心炮制的所谓典故、传说、故事之类大概也将很快粉墨登场。前不久当地报纸上所大肆渲染的山中已发现华南虎踪迹一事，不妨视作这方面蓄谋已久的一个信号。当然，对于这样资源的丰富与财力的薄弱完全不成正比的山区穷县，与其跟在别人后面力不从心搞什么纳米技术、科技革命，倒还不如从观念突破上着手，老老实实把人家请进来。至少在这一点上当地决策阶层是明智而有魄力的。一旦将来旅游规模有望形成像周庄、张家界那样的水平，受益的恐怕就不是区区龙泉一市。考虑到这里的城乡总人口才不过二十来万，到时候光卖宝剑与瓷器估计就能让它的人民过上向往中的小康生活。我为龙泉未来的情景感到神往，虽然这与你想急于知道的青瓷制作秘诀很大程度上是两回事情。

下午我们列队去参观山间的一处瀑布，这是整整一天的活动安排中在我看来最缺乏民意支持的一个项目。在险峻的峭壁间来回折腾了近两个小时，看到的只是平谈无奇的一条山顶泻泉。借用你喜爱的经济学术语，投入与产出可以说完全失调。在途中休息时我认识了我们采风团的名誉团长作家叶辛，一个瘦小的态度温和的中年男人。他的朴素外表与知名度是我一路上测试文学在当下社会中地位的一杆标尺。虽说多年来一直身居中国作协副主席、上海文联副主席的高位，但在被介绍给当地官员时非得加上一句著名电视剧《蹉跎岁月》《孽债》的编剧，人家的眼睛这才开始发出光来，相比之下采风团团长黄亚洲的情况要好一些，这大概是因为在本省的缘故。如果黄去广东或西北地区参加活动，恐怕免不了也要被冠于著名电影《开天辟地》编剧的头衔隆重推出。看来商品经济时代无论怎样优秀的作家都远不如艺人影星吃香，这应该已是不争的事实。考虑到文学本来就是寂寞者的事业（或称手艺），我想对此倒也不必过于计较。偶有牢骚自当难免，耿耿于怀则大可不必。听说你这家伙经常跟人家说 80 年代咱哥儿们几个如何如何，这种心态恐怕也有些问题。朋友直言，幸勿见责，前几年我搞活经济化名写报告文学，不也挨过你劈头盖脸一顿臭骂，这回就算彼此扯平了如何？

三

云和与龙泉的情况大致仿佛，这从当地报纸的印刷质量与版面内容即可看出。这张四开小报不仅每周才出一期，而且几乎完全没有广告。农业与旅游，再加上总产值不过两亿的几百家大大小小的木制玩具企业，这就是当地财政的全部来源与规模。尽管在县政府送来的资料中找不到有关去年全县完成 GDP 的具体情况，但大致数字仍可推测与想象。当然这对采风团的大多数同仁，特别是他们中的诗人们来说也许不是一件坏事——这么说虽然显得有些残忍，但事实上确实如此。纯朴的民风，清丽的山水，尤其上午在木制玩具工业园的参观，简直就像令人置身童话世界或索德格朗尽一生心力构筑的那个“不存在的国度”。“在那不存在的国土，我的爱人戴着闪烁的皇冠散步”，这样的咏叹固然美丽而撩人心弦，但归根结底不过是个人理想的产物，因为一旦涉及具体的生活内容，问题很快就会产生。比如上次你在南京答河海大学那几个小女生提问时所说的“周星驰再伟大，也得吃喝拉撒睡，油盐酱醋茶”那几句话，如果责之索德格朗，相信她也会立刻气馁，不得已用“一个淹没在茫茫雾中的人类的孩子，不知道回答”这样的话来搪塞。好在此前活动主持者已十分英明地安排我们先去参观了附近几个高新农业示范园，也许正因行前有着坚固的现实基础，因此大伙儿在那里尽管难免有些神思恍惚、浮想联翩，倒也不至表现得如《射雕英雄传》里的周伯通或者就像立刻跟安徒生大叔攀上了亲戚什么的。

昨天在龙泉市的安仁镇记得也遭遇过类似这样突如其来的“诗意的袭击”，那就是作为浙江省重点文物保护单位的永和桥。这座采用简支悬臂结合式结构的明代廊桥仅就建筑风格而言就是一个奇迹，这也不去说它。令我神往的是它在精神世界里的长度与含蓄的檐屋——一种怦然心动的神韵——尤其是在早几年读过那本该死的煽情小说《廊桥遗梦》以后，何况采风团的成员大多正好也处于书中男女主角那个危险年龄。因此尽管从表面上看，大家在那儿观赏时可以说相当严肃认真，流连忘返抚古思今什么的，暗地里我可不敢担保肯定不会有人想入非非，进而蠢蠢欲动。我这么说当然也包括了我自己在内。好在团内女作家人数本来就有限，模样看上去也不大像特别具有小资情调的那种人，这在一定程度上给那些正打算犯错误的家伙起到了某种保护作用。上次我们在南昌，那个做装置的行为艺术家不也因为女模特长了一张公安干部的脸，从而叫苦不迭，连连感叹英雄无用武之地吗？

说到女作家，忘了告诉你，这次在团里我意外地见到了D。自那次新安江诗会以后，屈指一计已有十余年，她看上去甚至比以前更为漂亮，这真是一个奇迹。只是眉目间略有憔悴之色，这大约也是那些有过一番沧桑经历的人的一个共同特征。由于一路上都是如此，可以解释为她自己对此倒也不打算加于掩饰。当年的清纯少女现在早已为人妻为人母，听说走的依稀是许晴巩俐的路子。那年头多少胸怀大志，自命不凡的家伙暗中喜欢着她呀！回首往事有时真不免让人有杜牧当年那样的感慨。

四

我们又风尘仆仆回到了丽水市，对当地作为工业龙头的一家企业进行了快餐式的采访。在以后的信中你将陆续看到，这样的采访事实上是这次活动的主要内容，至于漂流什么的倒在其次。我是一向赞成作家下基层的，因此尽管身体压力颇大，一路上还是坚持了过来。在采访中我们被告知这家企业不仅通过兼并和委外加工已连续七年成为行业龙头老大，眼下还正打算投入三个多亿的巨资建新厂，“傍依南明山风景区……建成世界一流，综合能力最大的洗涤用品生产基地”，“年销售额一百亿元，利税要达到十五亿元”。不管当地政府如何为这些数字欢欣鼓舞，我在神往之余私下里也不免有些为之担心。此前巨人集团、三株口服液、沈阳飞龙虚拟经济大厦的轰然塌陷固然是一个因素，如此规模的大型化工企业，且又建在山水绝秀的南明山下，对环保与污水处理问题却不置一词，也颇令人担忧。何况洗涤用品市场就行业特征而言本身就是低利润，低品牌忠诚度的市场，此前已有《经济观察报》记者对此表示过疑问。比如现在每年一亿五千万的广告投入和靠低价轰炸的市场销售策略能够维持多久？另外打算主要依靠外加工实现的一百万吨的年产量又如何保证质量水平？当然作为客人，尽管心有疑窦，我还是认认真真饶有兴趣听完了报告。我注意到陪同前来的当地领导甚至表现得比我们还要虔诚，考虑到这家企业每年上缴的税款要占到了全市财政的一半以上，这样的殷勤与专注程度应该也就不难理解。

回丽水的另一个原因是事先约定的晚上与丽水师专文学爱好者的座谈，这也是为期九天的漂流中唯一真正与文学有关的活动。尽管为准时赴会小说家陈军、王旭烽，诗人张德强和我甚至无法将瓯江游艇上的烛光晚餐进行到底，但从事后的效果来看却发现并不怎么样。你知道在此类场合我一向如鱼得水，游刃有余。但由于学生们所提的问题太过幼稚和少见多怪，既达不到交流的目的，当然更不存在彼此间深谈一番的可能。不过在眼下这样的喧嚣时代居然还有这么多人在热爱诗歌，光凭这一点就足以令人感动。也许正是因为这个缘故吧，深夜回宾馆后我突然产生了强烈的写作冲动——而且是想写诗，不是散文。说来不好意思，这些年来我已经很少有这样的诗意与激情了，看来这次瓯江之行有可能成为我一生中的一个重要转折。我想象自己能够重新振作起来，像从前那样热情、勤奋、意气风发、满怀抱负与梦想。既为读者的关爱与期待，当然也为了不给你们这些已干脆称我为散文新秀的家伙再有嘲笑和奚落的机会。

哦，还有一件事，差点就给忘了。昨天下午在安仁镇我们还有幸观赏了堪称世界之最的民间文艺安仁板龙灯，在一家简朴的乡村中学的操场上，总长度据说超过这方面的纪录保持者云南施白县 180 米的长龙灯几近一半，可以想象这该是如何壮观的盛景。而且这庞然大物就结构而言却又一点也不复杂，150 厘米 ×30 厘米的长方形原木板，两头凿孔，穿以木棒，其接合部上下两头分别用销钉加以固定，这就大致上构成了龙身的主体。再饰于牛鼻、狮面、鹿角、凤爪、蛇身、鱼尾之类民间特征鲜明的吉祥物，每板另备花灯一盏，一条总长 350 米，需 223 个壮年男子同时发力持以舞之的巨龙于是横空出世，栩栩如生。走在身边的龙泉市政协副主席叶放先生私下告诉我，这是他早年担任市文管会主任时的政绩之一，他的方法是以行政手段令该地有能力的居民家庭各备木板一，插杆一，花灯一，舞龙劳力一，视喜庆日及各类文化活动所需，聚而舞之，分而藏之，又简单又方便。由于叶放同时又是该市最著名的职业摄影师，20 世纪最后一个月份他曾邀来中外摄影记者一百余人聚焦安仁龙灯，从而使这一湮没已久的民间艺术重放光彩并名扬天下。遗憾的是昨天我们去时天气太热，而作为东道主的学校方面的欢迎仪式又似乎太过隆重。烈日下数百师生列队迎送不说，甚至每位来宾身后都有一双手反剪，以标准星级饭店服务生姿势站立的学生伺候。当时我们被安排的位置是正好俯视操场的那幢四层教学楼顶层的走廊，从那里居高临下观看下面热火朝天，喜气洋洋的表演场面，还真有几分天安门城楼上国家领导人出席国庆游行之类盛典的架势。不过数百名舞龙人额头的涔涔汗水和背后孩子们热情而僵硬的身姿，确实每时每刻让人感到沉重的压力。我先是尽量说服校长让孩子们离去，然后借故抽烟去楼梯口一个人站了一会儿。这么说尽管多少显得有些矫情，但作为一个普通团员或微不足道的人物，在当时的情况下，除了这样微薄的努力，我另外又能做些什么？

五

畲族在浙江的分支源于1150年福建蓝姓的一次偶然的向外涉足，但真正形成气候则要从四百年后明时蓝雷两支突然向这里的大规模迁移才能算起。他们的人数据最新统计约为九千人。主要分布在丽水的景宁、云和、松阳等地。近年来随着国内旅游热的风靡，来这儿观光与考察的旅客看来也为数不少，这从欢迎仪式的隆重与得体，以及主持小姐能说会道即可轻易得出结论。上午我们被安排对位于云和雾溪一个该族的风情文化村做即兴采风，我的第一个感觉是恍如回到了《诗经》时代的社会组织形式。男耕女织，载歌载舞。宗祠里供奉着图腾，和各种诠释种族起源的线条粗粝奔放的壁画。姑娘们大多纯朴中略带几分羞涩，衣裙式样繁复颜色艳丽，不过与其他少数民族看上去也没什么两样。唯一显示时代色彩的是演出时的扩音设备，以及北京图书馆作为扶贫项目赠送的那一屋子图书。当大伙儿心旷神怡坐在竹椅上喝米酒看表演，兴致勃勃，玩一种叫作抱新娘的引人入胜的游戏时，我曾偷偷溜进那儿去浏览过一番。告诉你吧，不过可别心痒，那里不仅有你一直梦寐以求的儒勒·列那尔的《胡萝卜须》，甚至还有1960年版的两册《随园诗话》。一个清寒的畲族文学青年会如何看待袁随园富贵奢靡，放荡形骸的名士生活，这看来倒是一个有意思的话题。前几天在龙泉，在与夜市瓷器摊主的闲聊中，也曾听到一只晚清龙盘被他以三十元的低价买到手，足足赚了一百倍不止这样的事情。

对了，说到古瓷，倒又让我想起一件事来。昨日上午离开龙泉前，我们还去该市赫赫有名的源口古窑址客串了一回考古学家，或曰探宝勇士。在地理形状略相似于西湖湖心亭那样四面环水的那座元代遗址上，由于被明确告知所得收获均可公然据为己有，四十多位作家诗人与随团采访的十余家媒体记者一声欢呼争先恐后跳下船去，摆开了类似当年英法联军攻入北京那样的架势。采访团的秘书长陈军先生是这方面的行家，几年前贾平凹遵中国作协之命下江南开眼界时，听说就曾领教过他的能耐。据陈告知元代青窑以釉重、底厚为佳品，如遇碗底图案别致花纹细密者则更为上上之选。你当然知道我对这方面一向没什么兴趣，不过面对眼前堆积如山的历史遗痕还是难免有些触目惊心之感。一想到它们每一片的年龄都在六百年以上这样的事实，更是让人顿觉有些透不过气来。虽然时间与朝代更替已经使它们成为废墟，但作为艺术魂魄的精湛的制作工艺却通过手的传递保存了下来。在任何一片随手俯拾的碎瓷上，似乎都还能感触当年那些默默无闻的民间艺人的智慧与体温。

《文汇报》的周玉明是这支被我戏称为“历史收集者”的淘金队伍中斩获最丰的一位。这位长相富态言谈天真的女记者对艺术与收藏有着超乎常人的鉴赏力，这显然得益于与她的丈夫、著名美学家赵鑫珊多年共同生活的熏陶。一路上她的健谈与孩子般的好奇心有幸使她成为采访团中最引人注目的人物。无论购买土特产拉动贫困地区经济还是在联欢会上即兴表演，相信都能给人留下深刻印象，包括频频更换的服饰和车行疲倦时恰到好处来的那些政治笑话和段子。一位年过五旬的女性能有如此开朗性格，这在我看来至少是心理健康和生活稳定的体现。由于她的家庭和社交圈子颇多知名文化人物，我曾试探性地向她打听黄裳近况并表示希望介绍之意，果然她一口答应了下来。我对黄先生的仰慕与心仪由来已久。今年在为《江南》上的个人专栏撰写《余怀出游》一文时，偶尔发现甚至早在许多年前就对此人怀有相当浓厚的兴趣，并一直用心收集资料。考虑到拙文所引有些似未为黄先生所寓目，于是很自然产生了想把那期刊物寄给他一看的念头，却一直苦于未有详址，想不到这次意外中如愿以偿。周玉明保证一回上海就将黄先生的电话与最新住址见告，这无论如何应该是一件令人高兴的事情。

六

早上泛舟瓯江碧湖段两小时，看来这也是行程已达五天的活动中唯一名副其实的漂流。六十余人分乘十来只简陋竹筏，顺流而下。沿途溪光山色，牧笠渔翁提供的古典背景，简直叫人一下子从火热的现实生活采访者，变成类似孟浩然、张志和那样的唐诗里的人物。记得去年秋天你来这儿旅游时，曾在电话里用夸张的语调开玩笑，说当时在筏上之所以坚持不肯睡着，怕一不小心醒来就已身在桃花源跟陶渊明老兄攀上了亲戚什么的。这次轮到自己身临其境，看来还真有几分这样的荒诞感觉。

但我虽然一向敬佩古代隐士高洁的精神品格，对他们瓢饮箪食的物质生活条件却不大敢恭维。陶先生理想中的社会组织形态再浪漫、再完美，一想到那里没有电视报纸可看，其潮湿地势又令人时时有患皮肤病和风湿性关节炎的危险，立马避之犹恐不及。再说山洞内的竹榻布食又怎么能与现代高层公寓席梦思云丝被的生活相比？尤其对像我这样比较注重睡眠质量的家伙来说，这一点尤为重要。说实话，不管别人怎样认为，反正那种生活我是一天也无法忍受的。我对商品经济时代的个人定位是物质身体加精神脑袋，董桥一向推崇的名言“身在名场翻滚，心在荒村听雨”说的好像也是这个意思。记得那次我们在南大与美国教师讨论生活质量时我说的那番话吗？“住西洋房子，吃中国菜，娶日本老婆”。虽说当时只是见那老外手舞美元口出狂言，污蔑咱们中国人不懂生活，情急之下不得已搬出了林语堂博士的妙论，想不到这几句话一出口还真把那家伙给镇住了。那段伟大光荣的革命历史，现在偶然想起来也还是觉得十分解气。

七

终于到了青田，从纯粹的个人角度而言这应该是此次行程中最想一看的地方。比如在杭时我多次提及的端木鹤田即为此地人氏。此人是道光十三年进士，系龚自珍内阁中书任上的同事兼好友。一手七古写得鹤气冲天，倔强生峭，且深通阴阳黄老术数。吴昌绥《龚定庵先生年谱》道光三年条下曾有“送青田端木出都，先生素不轻许可，与鹤田论易，独叹为闻所未闻”这样的记载。能得到被柳亚子誉“为三百年来第一流”的龚某所甘拜下风的人，自然非同小可。惜此来未见有遗迹可供凭吊。还有《客杭日记》的作者郭畀，一个有着我向往的艺术态度和才情的底层作家，元大德年间也在这下面的腊源小镇上担任过两年的小税务官，当然，要找到有关他的记录那就更难了。县城内外随处可见的是那个叫作刘伯温的传奇人物的纪念馆读书堂之类。再有也就是章乃器、陈诚、陈慕华等政治名人。可见在一般公众眼里，一个人的名声很大程度上还是取决于他的官职地位，了解了这一点后再来看30年代的著名诗人季信——笔名力扬——这些年来的湮灭，也就没什么可值得大惊小怪了。不过石门洞与千丝岩的景观确实相当不错，清幽而古意森然。听说太鹤山九门寨的风景也颇具特色，这次看来是无缘拜识了。归途车中我懒洋洋靠在软垫上向窗外闲望，尽管因地近温州，开发区与工业化的气息已相当浓烈，呈现在我脑中的却是另外一幅截然不同的景象：

林荫底下是低的茅屋，蹲着的摇尾的狗。
菜田里的农妇飘扬着白头巾，青的裙裳。

这是当年力扬在狱中所作《枫》一诗中所保留的对家乡的原始印象，采用杨诚斋《田园杂咏》那样纯粹的白描手法勾勒出青田人民的精神母亲——一位美丽朴素的农妇——显然是诗人情感倾注的命意所在。如果在此意义上来谈论现实的人事，我想我们不妨可将陪同我们浏览的青田县副县长吴晶女士看成是这位母亲的女儿。同样的朴素，同样的美丽与灵巧，而从文化和美学的角度而言，则又俨然是当地秀美山水的人格化身。全身上下没有一丝官场习气首先是她的一个典型特色，与其说她的现实身份是当地政府的领导人物，不如更像是一位文静内向的业余文学作者。下午在刘基祠前有一次她正好与D走在一起，这无意中给了我一个将两人略作比较评判的机会。事实上在气质与体貌方面两人确也有许多相近之处。但D眉宇间时常无意流露的哀怨使她似乎只适于做诗人，而吴却更接近于那种对生活与社会人生有着深刻理解的小说家。当然这方面最有发言权的应该是团中的著名作家李杭育先生，有一回我在电视上看到他甚至还出任过某选美大赛的评委。仅仅因为那天他刚巧不在现场，不得已才越俎代庖，由我私下里胡乱评点了一番。

晚上我又有一次机会见到D，在由当地文学朋友举办的一个私人聚会上。我原以为她会向我打听你的情况，结果却出人意料，当然我也同样没有向她主动提起。宴请的主人名叫阿航，不知你有否听说过他的名头？一位有着意大利护照的传奇人物，同时也是前几年风靡荧屏的电视剧《走过欧洲》的编剧。采访团里的小说家夏季风因是当地人氏，客观上也难免扮演了主人的角色。青田地势近海，整个宴饮的风格自然也就粗犷得可以。首先我们被不由分说塞进几辆车中送去几十里外一个沙滩就颇具浪漫色彩，而作为席间主菜的一只事先备下的二十来斤的野獾就更让人喜出望外，大快朵颐。请想象一下二十多人围坐三张拼凑在一起的桌子，豪啖快饮，谈诗论文这样的壮观情景吧！一瞬间我觉得我们当年在鲁西、淮北的那些豪情与放诞又开始在心底蠢蠢欲动。不过D坚持不肯饮酒让人稍觉遗憾，这可不是她以前的风格，我还注意到整个聚会过程中她一直刻意保持倾听旁观的姿势，当有人起身向她敬酒，她毫不犹豫，落落大方举起茶杯跟人家干了一杯。

八

我们再次在水光潋滟，山色空蒙的古典气氛里漂流，这是本次活动艺术上的高潮部分。古老的楠溪江像一轴黄公望或倪云林的山水长卷在眼前骤然抖开，相比丽水郊外水激江深，略有几分冒险意味的漂流，这次的情形欢快得犹如孩子在浴盆里玩火柴盒子。那么清浅澄碧的江水，最深处大约也不过半米左右吧，加上两岸浣衣的村姑，牧牛的少年，如果不是船头印有“瓯江文学大漂流”的那面旗帜和那几台时刻在工作着的摄像机，真让人有些怀疑自己是否就是六朝山水诗中的某位角色。比如说：谢灵运，此人一千三百年前在这里当过地方官，正式头衔是永嘉太守。假如谁有兴趣打开由明人辑录的那册《谢康乐集》，就会发现字里行间一条精神的楠溪江在静静流淌。谢笔下的浙南景物一向以富有宗教意蕴见称，其中的一个因素与他自幼寄养道院的个人身世有关，但更重要的恐怕是此老胸中丘壑与现实山水之间那种天然的默契，这也可用来解释以李白的心高气傲，一生中何以甘愿对谢俯首称臣。“脚著谢公屐，身登青云梯。”“谢公宿处今尚在，渌水荡漾清猿啼。”眼下网络科技时代虽已难闻猿声，麻秸编织的芒鞋也早为皮鞋、运动鞋等时尚品代替，只有碧波粼粼的楠溪江水似乎依然保持着当年的平静与清澈。那些眷恋名场沉浮红尘纷争的人如果愿意忙中偷闲来这看一看，固然可以清醒不少，但想真正达到李白当年“闲窥石镜清我心，谢公行处青苔没”的境界与顿悟，没有几千本书烂熟在肚里，恐怕还是难以奏效的，你说呢？

同样，两小时前在永嘉有名的苍坡村落的参观也令我感慨不少，那么幽深、古意盎然且保存完好的地方，也是事先完全没有想到的。它的总体设计一看就知道属于那种典型的中国文化精髓的产物——青山绿水与桑麻鸡黍，外加以笔墨纸砚为主体形象充满人文气息的建筑群，从而成为耕读社会理想生活图景的一个缩影。如果不是村寨大门上建炎二年的时代标记，也许真会让游客们感到陶潜笔下的乌托邦组织形态被从地下搬到了地上。尽管到目前为止，依然缺乏有关此间主人的确切资料，我仍愿意将他想象为南宋初期的某位将军和名臣。比如说，岳飞或韩世忠的一个什么哥们儿，有感于当时国家佞臣为道，偏安苟且的不幸现实，壮志难酬，愤而退隐，匿名埋姓在这儿住下来。一袭烟雨蓑衣从容掩去从前的喋血甲胄，从而演绎出一个类似你素常喜诵的宋诗“却将旧斩楼兰剑，买得黄牛教子孙”那样的伤感故事。这从寨门两旁出自同时代人李时日之手的对联“四壁青山藏虎豹，双池碧水贮蛟龙”这两句中，似乎也可辨出些踪迹。另外这位神龙见首不见尾的千年前的高人，文学上的功力看来也十分了得。举个简单的例子吧！以“横琴对山水”为上联，下联是孟浩然《过故人庄》里的名句“把酒话桑麻”，这样的天造地设，我想即使令此道高手如梁章炬、俞曲园等见了，恐怕也只有点头的份儿。更让人感到有意思的是此联选择的位置——灶间一张吃饭桌子边的墙上，你说精彩不精彩？参观的时候我一个人曾在那儿消磨了很长时间。遥想主人当年，农活忙完了，神姿英发，羽扇纶巾，谈笑间，三杯老酒入肚。夜深人静后则独自焚香抚琴。往昔的铁马金戈一一化作指间的光风霁月，其心可哀，其情可悯。看来中国的专制政治几千年来真让不少仁人志士吃足了苦头，同室操戈，外忌内疑最终令袁崇焕从明室长城一瞬间沦为刀下冤魂，而“有心杀贼，无力回天”的困境同样也不是谭嗣同的个人悲剧。这些触目惊心的史实记得我们平时闲聊时倒也经常谈起过，此刻却如李清照词间的梧桐秋雨点点滴滴，才下眉头，却上心头。让人不免抚古思今，感慨不已。相比之下，苍坡主人当年的占断机先，急流勇退倒不失为一种明智的选择。

昨天夜间躲在永嘉的芙蓉山庄读海因里希·伯尔的《爱尔兰日记》，那就完全是另外一种心情了。书中主角资深旅行者与著名作家的双重身份，以及简洁深刻的笔触，使得他笔下的爱尔兰犹如春天楠溪江水下清晰可辨的卵石，或者工业时代的水晶、玻璃那样的透明物质，毫无秘密可言。“爱尔兰世界溶解于充满想象力的字里行间，人们不知道，哪里是诗意，哪里是现实”。这段来自当年《莱茵信使报》的艺评描摹出我一向神往的那种写作境界，既具象又抽象，也即你平时所常说的“在现实主义与超现实主义之间寻找一个恰当的临界点”。我想有一天我能掌握这样的笔调，我会用它来描绘我喜爱的浙南山水。而现在，限于才力与时间，就让我啰啰唆唆先跟你扯上这些吧！

九

奥康鞋业与报喜鸟服饰是永嘉另一意义上的楠溪江，同样的引人入胜，同样的开阔气象与知名度。当天下午当我们从山水文化的旧梦中蓦然回首，被红尘滚滚的大巴送入现代化的工业厂区，加上天气一下也暴热起来，精神上确有这样由衷的赞叹与认同。第二天在乐清也是大致相同的情景，德力西公司、正泰集团，还有温州近郊的大虎打火机厂。这些当地响当当的大牌企业，媒体的宠儿，身兼国有企业狼孩与民营经济领头羊的两重身份。驰骋商海，所向披靡。虽说其赫赫声名在央视专题以及不断有国家领导人莅临视察已有领教。这次身临其境，当真叫人只有咋舌噤声的份儿。明亮洁净的厂房，自动化的进口流水线，良好的通风设施以及年轻的一丝不苟的技术工人。在奥康公司我看到一个车间足有半个杭州武林广场那么大，而如果你有幸于1984年买入一元的正泰股份，现在的收益就是一万五千块钱。进入21世纪的温州确实像一头雪原上纵蹄的牡鹿那样矫健而英姿勃勃，这种印象在晚些时候主人慷慨地将我们安置于当地一家四星级宾馆下榻时达到了高潮。

我对温州的情感由来已久，这在朋友圈子里应该已不是什么秘密。南京的苏叶当年在看了我的有关温州的文字后曾以“爱恨交加”四字作为定评。这方面的两个极端例子是当初在江心屿的古典诗意中让人掏走的钱包和四年后一场突如其来的爱情。20世纪80年代，我几乎每年都到这里来上那么一两次。连接我们之间感情的纽带是诗歌，而在我为数不多的散文作品中，又有《乐清县》《浙南寄友人书》《丫丫之死》等直接写到了温州。毛蚶、A片、不同凡响的杂志、奇山丽水、走私香烟、敢为天下先的企业家、假胸、越剧、毛发再生精、南北雁荡、皮鞋电器、粉干、海鲜、洞头涛声、青田石刻、五元封顶的菲亚特出租车，以及我向你讲述过的有关那辆从这儿到杭州走了整整二十九个小时的大巴的传奇故事，由这一切所融汇成的我对温州的整体印象是如此的温馨而生动。此后多年由于家室牵累我一直蜗居湖州，以至此次前来确有刘姥姥进大观园或刘梦得当年“玄都观里花千树，俱是刘郎去后栽”那样的惊喜与感叹。十年时间温州终于从一个野性狡诈的渔家少年成长为西装革履的青年绅士，作为这方面一个同样让人感慨且富有象征意义的细节是：仿佛有意要为当年我在五马街买的那双假鞋做出某种补偿，这次奥康公司大大方方送了我们每人一双做工精良的皮鞋。

晚上出人意外没有安排活动，在已历时八天的紧张采访中，这还是第一次。我虽想早早上床读书，但又为温州的夜景吸引，从下榻的红太阳宾馆打的去市中心，一个人兴致勃勃在灯红酒绿的街头乱走，内心的感受犹如街旁的夜总会DJ的疯狂节拍高潮迭起。那首唐人杜牧写扬州的名篇，不知怎么一来也已被我窜改为“雪恨商场仗胆行，规章政策眼中轻。十年一觉温州梦，赢得江南改革名”了。由于心里惦挂这些天来朋友们的情况，我顺便还去一个网吧看了一会儿。在“诗江湖”“唐”“橡皮”

等著名文学网站，年前爆发的那场民间诗人内部的争吵看来有增无减，而且角色也由双方演为三方（其中一方又因对口水诗的看法裂而为二）。我为诗人们对诗歌的虔诚与认真态度感到由衷的敬佩。但我如果有钱，我想我肯定会将他们都拉到这儿来住上几天。因为在我的想象中，就算温州观念中“只做不说”这个经典文本对这些彼此已较上劲的家伙不起任何作用，当地物质文明的丰硕成果在某种程度上想必也可化解他们的愤怒与戾气。你说是吗？

十

浙南初夏的正午炎热，干燥，并没有想象中滨海城市所应该有的那种湿润凉爽的感觉，这多少有些出人意料。现在我们的豪华大巴正行驶在通往瑞安的宽阔公路上。邻座一位当地记者告知只需三十来分钟即可到达。而回想十多年前我同样从温州出发去那里讲课，途中整整花了两个多小时。温州的变化看来真让人不免时时有触目惊心之叹，此前我们在市郊一家生产打火机的民营企业采访时也是如此。除了感慨经营规模及效益上几乎不可思议的惊人发展外，一位厂部领导犹如相声演员般的杰出口才也给大家留下了深刻的印象。据知情者透露，去年国家主席江泽民同志在这里参观时，也曾好几次被逗得开怀大笑起来。此人的语言风格首先表现为机智和博学，善于将各种媒体用语与民间表述混合使用，间中再杂以快板、苏州评书、二人转、当地土话、政治段子，以及枯燥复杂的经济学与统计学术语，从而形成一定程度上具有毛体遗韵和痞子王朔文风那样鲜明的个人特色。如果这家伙改行当作家写小说，相信我们中的不少人都得丢掉饭碗，这一点已毋庸置疑。直到中午在宾馆就餐，饭桌上好像还有不少人你一句我一句，为要不要立即吸收此人加入作家协会讨论得兴致勃勃。

到瑞安当然要去看梅雨潭，这就像去北京旅游非得在天安门或故宫照相，是一个必备节目。这处古迹最早见于唐末道士杜光庭的《洞天福地记》一书，并排名居前。但现存雄狮山的一块“天下第二十六福地”的匾额，又被说成是身处中唐的颜鲁公所书，不免令人疑窦丛生。同样，我们知道此潭现代的知名度因20年代朱自清一篇著名散文而盛，仅仅因为某些传记所载朱抗战胜利后拒食美国面粉一事，即将一处纯粹的山水胜迹冠之于“温州爱国主义教育基地”的政治高帽，也让人感到有些不伦不类。当然，地方政府花大力气开发旅游资源，注重文化建设的一番苦心应该可以理解，但对某些史料运用的明显疏忽，以及宣传上的急功近利倾向也应保持必要的警惕。那年我们在杭州宋城初开张时不也有过一番仰天长啸和壮怀激烈吗？凤凰山博大精深的文化历史让它烂在那里不去开发，却花这么多钱来搞假古董，当真是贻笑大方。不过纯粹就从游客观感而言，仙岩可看的东西确实比我们当年来时多了不少，尤其是周围的雷响潭、化成洞等景区，还有新建的仙岩宾馆，外观上看也显得相当漂亮。什么时候有机会将以前的几个朋友约齐了，作一番旧地重游，我想那肯定是非常有意思的。

晚上出席温州市政府为这次文学漂流活动举办的隆重酒

会，招待规格之高自不待言，主持者甚至就是温州市市长钱兴中先生本人。但更精彩的节目似乎还在后面，当我们酒阑人散回到房间里闲聊，有个人突然气度轩昂从外面走进来，身穿金正日会见外宾时的那种浅米色卡其的标准行头，外套照例是要塞在裤子里面的，雍容富态，笑容满面。我依稀记得好像是当年《萌芽》杂志的小说编辑洪波，有一年我在上海几所大学的诗社讲课，他还请我去他陕西路的寓所吃过一顿晚饭，也算是有些交情。此君 80 年代末就已去了香港，听说多年奋斗下来已有些身份，却不料竟于此处现身。这时黄亚洲、陈军，还有与我同室的江苏作家储先生等已先后站起来与他寒暄，想来是不会有错的了。经过一番热情交谈后才知他近些年一直在温州发展，这次听说我们到了，特意赶来见上一见。然而说出来实在不好意思的是，尽管这样珍贵的商品经济背景下的文友聚会已足以让人满足，但我私下里对他的财产与实力仍然怀有相当浓厚的兴趣——主要是出于好奇。后来的事实很快证明我这么做不过是自讨苦吃，在得知我们晚宴的主人是钱市长时，他只淡淡一句“中午他单独陪我”就足以令我吓了一跳。等到他的朋友温州作家李涛悄悄告诉我，洪波仅在温州一地现在就有两家房地产公司，另外一座五星级酒店也已在建造之中，更是让人乍闻之下甚至有些透不过气来。以我十分有限的财务知识匡算，其个人资产少说也已在数亿之上。我为朋友们在各自领域里的事业有成感到高兴和鼓舞，同时也为自己这些年来虚掷光阴，求田问舍的刘郎暮气深觉羞愧。

洪波的出现估计会在今后很长一段时间内影响我的思想与

生活，正是基于这样的痛心疾首与长吁短叹，凌晨一时当温州诗人叶坪和陈绍柒约我出去吃夜宵时，也就痛痛快快立刻答应了。在整个活动期间，这大概也是唯一违反团队纪律的表现。我们在街头一家酒店门口摊开桌椅，摆出通宵畅饮的豪迈架势。温州人现在真是富得让人无话可说，普普通通一次小聚，居然也叫了满满一桌子菜。由于明天一早就要离开这里返回杭州，加上叶、陈二位又是多年不见的故交，这一顿酒当然也就喝得意气风发，豪情顿生。三点左右回到宾馆还不想睡觉，拧小灯光躺在床上读孟森《心史丛刊》里的丁香花案一文。我期望有一天能写出龚自珍《己亥杂诗》那样瑰丽诡奇的诗篇（在这一点上他与波兰的米沃什非常相似），至于一生中能否拥有一位像顾太清这样秀外慧中，善解人意的红粉知己，那倒还在其次，根本不像你老兄上回跟B所胡说的什么“柯平嗜龚，意在太清”。说到B，近期如见面请代我问候一声，上次她联系的《素食者言》的出版一事怎么样了？初版如能开印五千，这事你可代我拍板。当然，版税还得按我们事先说定的，这个数目虽然已颇说得过去，但一想到也就洪波温州的楼花一两平方米的价格，还是免不了让人垂头丧气。好了，夜深了，明天见面再聊。

十一

别离是文学的永恒主题。十五岁读金圣叹批本第六才子书后面所附陈其年《才子西厢醉心篇》，被其中送别一章结尾“车中人早已心随马尘而俱远矣”一句，说得心骨俱碎。相比之下江淹《别赋》则显得靡丽夸张，不无“为赋新词强说愁”之嫌。至于两位中年老外廊桥雨夜匆匆上演的那幕所谓经典的离别之作，因带有怨男旷女快餐式爱情的全部特征，显然不及同为美国通俗作家的谢尔顿小说里的类似描写，甚至连安东尼奥尼导演的《云上的日子》里的那些故事也不如。如果说到诗歌，我喜欢李白“孤帆远影碧空尽，惟见长江天际流”那样深沉、从容的雅人之致。阿赫玛托娃送别诗中“左手的手套 / 戴到了右手上”这一细节，刻摹恋中少女面对巨大悲痛时的慌乱与无措，多年来也一直给我留下深刻印象。还有你喜欢的肖开愚的那句“用自己的骨头战胜了自己的肉”。当然，这么说你可千万别以为我是在为撰写什么论文准备资料，仅仅出于长途客车中的无聊沉闷与昏昏欲睡，才这么胡思乱想。何况手握移动电话，飞机火车，来去匆匆的现代人也早已经变得不像他们的先辈那么容易多愁善感。即使远在天边，那也是早发夕至，即使老婆不在身旁，那也有酒吧 K 房可供随时遣兴。相见时难别亦难，相见时易别亦易。这就是问题的症结与奥妙所在。比如刚才《人民日报》的老卞提前坐飞机回北京，此人旅途中与我同室住过一晚，散文观点上也颇多可以同参之处，算是有些交情，那也不过随便点个头握个手，彼此之间就算已行过了告别仪式。

其实，作为每次活动都必不可少的分手一幕自昨夜起就已开始陆陆续续上演。有的听说还要早，甚至在傍晚时分出席市政府宴请的“草草杯盘供笑语”时就已经在“昏昏灯火话平生”了。包括交换名片、祝福、相互叮嘱，在记事本上留下确切的家庭地址与电话号码。这些被我戏称为来自五湖四海，为了一个共同的文学目标，走到一起来了的人，由于回去时选择的交通工具不同，时间安排上也互有出入，在温州的最后一晚于是也就成了彼此之间最后的聚首机会。大量采用玻璃结构的红太阳宾馆在南方初夏的夜幕中显得格外温馨、深沉，犹如一只贴有现代标识的巨大的情感器皿。十天来朝夕相处，走马看花，团结紧张严肃活泼的军训式生活，对艺术的共同憧憬，在开阔视野，增长见识的同时，确实也使彼此之间很自然地产生了某种惺惺相惜之感。也许，这就是文学以及那条始终贯穿于整个旅程中的瓯江的力量吧！尽管我绝非浪漫主义者，但处身其中好像还是无法做到完全无动于衷。尤其是今天凌晨当我蹑手蹑脚回到房间，看到那几位一大早就要走的朋友堆放在枕边的赠书与留言（包括有一本是你的），一霎间心中掠过一阵久违的湿润与冲动。要不是考虑到时间已实在太晚，我真想把他们都从床上拉起来再好好侃上一顿。

现在是中午十时四十五分，接送我们回杭州的大巴停靠在温杭高速公路黄岩境内的一座厕所旁边。作为回程途中的短暂停留与休整，乘客们陆续下车方便、抽烟、伸懒腰或购买食物。而我打算尽量利用这点时间给你写上最后几句话——准确点说，是几分钟前斜倚车窗偶然看到的一个镜头：一位嘴叼牙签，满面油光的中年男子走近一家路边发廊，跟正从里面花枝招展迎出来的小姐边耳语边做手势，仅仅几秒钟时间，一桩时下司空见惯、号称无烟产业的生意似乎就已谈成。随后两人一前一后拐进不远处一家墙上标有“补胎”“住宿”字样的旅社——这就是故事的全部情节与过程。而你对此会怎么看？尤其是在听我讲了那么多有关温州的好话以后。好了，不多说了，因此刻车子已临近发动状态。蹲在路边闷头吸烟的大胖子司机现在正在大步跨进车厢，估计当时他也瞥见了这颇引人遐思的一幕，这从他脸部奇异的表情与右脚踩油门时的用力程度可以看得出来。也许，相比之下他还是幸运的，因为对由他驾驶的这辆技术先进、设施完备的大巴来说，前方一百五十公里外的杭州是他明确的现实中的目的地，但如果将我们同样进入高速公路和进口发动机时代的文学也比作这样一辆车的话，这些年来却始终迷惘、浮躁，未能找到自己的正确路线不说，有时甚至还免不了要南辕北辙。比如说，它既需设法避免让车轮深陷我们一路看到的那些美妙的现实光环中的危险，同时也不能打亮车灯让车子一直开到正为那对性交易男女提供方便的旅社的床前，当然更不可掉转车头驶进楠溪江或凤阳山的某处幽绝山水，抛锚熄火，孤芳自赏。在物质和精神，个人与世界之间如何找到自己的独特视角，并且像呼啸的风洞穿物体那样锲而不舍，深入其中，直到触及所处时代的本质与核心，这看来已是任何一名当代作家都无法回避的迫切问题。我想，这次所谓漂流活动的目的与意义，大概也就尽在于此吧！好了，我真的不能再往下写了，车身颠簸，心绪更乱，就此搁笔。好在两小时后我们就将见面，其余的一切，你就备足烟酒，等我回来后再跟你好好聊吧！

2001年6月，年底改定

师友肖像

公刘老师

一

公刘老师在宁波华侨饭店写作。那时他是接待规格很高的海洋诗会诗人访问团中的一员。有一天我和朋友们去拜访他，他一声不响看着我，听我放肆地谈论我那激进的诗歌观点，包括对当时某些诗坛知名人物的不恭，这是我们第一次见面时的真实情景。出来时他握住我的手，突然用一种凝重的语调说：“我喜欢你，我喜欢你。”我站在饭店金碧辉煌的大堂门口，受宠若惊。就连周围的朋友也全都感到非常意外。这位我少年时代的偶像，微笑着握着我的手，平易、深邃、智慧的光秃的前额，饱经沧桑的眼睛里仿佛孩童般的热情，这一切构成了我对他的最初印象，在许多年后依然记忆弥新。

二

1990年初夏，我去医院看病回来，邻居王大妈严肃告知有个外国老头来找过我。然后我看到门上的一张留言，是公刘老师。我和女朋友立刻赶往他下榻的浙北大厦，还是五年前的平易深邃模样，所不同者仅下巴蓄一长髯而已，大概这正是居委会主任做出“外国老头”这一判断的主要依据。我殚精竭虑张罗了一顿足以反映改革开放伟大成就的晚餐。他不会吃虾，整个儿放进嘴里嚼烂后就吞了下去，这使我联想起广州、深圳一带的人喜欢玩的“吃角子老虎”。他说，他当年在忻州改造那阵子吃的是窝头与山药蛋。我女朋友是新时代长大的，在一边搡我，小声问：“窝头是什么东西？”公刘老师听见了，他的嘴唇动了一动，似乎想略加解释，但最终还是什么也没有说出来。

三

公刘老师从合肥赶来参加我的婚礼，一进门就笑眯眯递给我妻子一个小首饰盒，里面装着一条成色与样式都堪称精致的珍珠项链。第二天一早我们驱车去看邻近小镇的一些山水古迹。我的手不小心在车门上夹了一下。在送往当地医院包扎以及返回湖州的路上，他忧形于色，喋喋不休。一会儿嘱我切勿浸水，一会儿嘱我按时服药，一会儿又说晚上睡觉手臂最好放在被外，以免无意中压迫伤口云云。那样子不像是素以愤激著称的诗界名人，倒像是一位面慈心善、婆婆妈妈的乡下老头。

四

几年以后我们很快又见面了，是在南京秦淮河的一条游船上。那次我和他是作为“海峡两岸诗歌讨论会”的代表得以聚首的。较之当年湖州所见，他似乎苍老了一些。在女儿刘粹的搀扶下，在金陵初秋的丝丝暮雨中，他抚古思今，谈笑风生。当我们的仿古游艇慢慢靠近李香君的媚香楼时，他问：

“侯方域当年就是从这儿上去的吧？”

“是的。”我说。

“那就让我们再做一回侯方域吧！”

我被他语调中那种巨大的悲凉与沧桑之感弄得心神不宁。晚上回宾馆吃饭时，听之任之地被人劝着喝了不少酒。次日诗会结束，诗人们匆匆各作鸟兽散，这以后我一直无缘再见到他。年前接到来信，说最近将应邀访问美国，正在办理出国事宜云云。这一瞬间出现在我脑中的两句诗是：“烈士暮年，壮心不已。”虽然这话是一千八百年前的一位乱世英雄曹孟德说的，但是我想，如果将它借而用来形容我印象中的公刘老师，恐怕更为合适。

祖基先生

1993年7月中旬，我去市文联取累积的信件汇款，照例与祖基先生聊了一回天。我们谈了有偿报告文学、评奖内幕与鳝鱼的时价。其中有一段时间还讨论了散文的写作。我们有一个共识那就是散文最好能以大才情写小文章，而不是相反。“什么叫梁实秋周作人？这才叫梁实秋和周作人！”祖基先生略有几分激动地说。这种时候，他的额头总是青筋绽露，因为瘦，也因为日益沉重的生活与创作已使他显得病骨难支。

几天以后的夜晚，我为电视台的一个栏目配诗，几乎弄了个通宵。天明时分蒙眬入睡，忽听得《湖州日报》的茹菇在下面叫。他告诉我，祖基先生死了，今天上午是他殡葬的日子。我听了后一下从床上坐起来，又躺下去，过了一会儿又坐起来。机械地刷牙，洗脸，用餐，机械地跟在茹菇后面到追悼会会场去。

路上我问了死因，尽管知道肯定与疾病有关，但一听他是因肺爆裂而猝死，还是禁不住吓了一大跳。

会场按惯例设在市殡仪馆的大厅里，四周摆满了方方面面送来的花圈挽联。在进行了例行的一整套仪式后，我们被排成长队去和死者做最后的告别。

祖基先生躺在灵堂正中的床上，说是床，其实只是临时搭起的一块木板，铺了床褥，盖了锦被，只露出小小的头部。我不想为死者讳，应该承认祖基先生生前长得并不怎么赏心悦目，但当我看到他那张看破红尘的清癯的脸被化妆得如同舞台上的优伶，还是禁不住愤恼了。我不知道殡仪馆的化妆师先生根据什么美学原则可以将他的脸弄成这样！画眼圈，描眉毛，搽胭脂，涂口红。当然，比较合理的解释是，这位先生不知道，也不可能知道，一位饱经人世沧桑的作家在离开这个世界时，该是怎样的脸色！

祖基先生一生坎坷，早年苦读，做工，写作，投稿，组建同人社团。他三十岁以后的生活是这样度过的：七年政治冤狱，十二年的街办小厂临时工，三年文联借用人员。直到1990年底，才正式调入《水乡文学》杂志做编辑。这几年文坛中人见了面，谁都说，祖基先生现在可好了，总算苦出山了。谁想到语音甫落，这位全省闻名的通俗小说作家就离开了我们。

回来的车厢较去时要喧闹一些，也许因为“死者长已矣”吧，存者打算抓紧时间享受人生。于是嗑瓜子，聊股票，谈作家下海的声音不时打断我对死者生前交往细节的回忆。我座位前面的几位甚至已在讨论如何拉广告和通过有关部门向中学生倾销自编写作用书。我心中的悲凉与遗憾，我如何形容呢？尊敬的作家、诗人、教授、学者，你们尽可讨论拉广告的秘诀，尽可讨论倾销自编图书的回扣分配问题。这是经济革命的时代，商业的大潮正在无情拍打着文化的挪亚方舟，为了生活和维持可怜的写作，我们不得不撕下脸上的面具来这么干。但是，请不要在现在，不要在今天，尤其是不要在这辆刚把我们中的一位送进了地狱（或者天堂）的悲哀的车上。

当然，这只是我对生活一贯所持的偏激态度，如果祖基先生听见了，我想一定不会这么说。因为他是一个温和的、与世无争的人。这谁都知道。

但祖基先生已经不会再听见了，因为祖基先生已经死了。

祖基先生死后也许会进天堂的，因为他怕冷，冬天总是在办公桌下放上一只石英取暖炉。有一回我踏雪而访，他将他的座位让给我，苦笑了几下，用他那堪可与我媲美的结结巴巴的声音说:“不……不……不可一日……无此君。”

但祖基先生现在冬天恐怕可以无此君了。

因为祖基先生已经死了。

黄亚洲

又从报刊上读到黄亚洲的一些诗歌新作，还是那么机智、俏皮，在明快、弛张自如的吟唱里加入几分哲学意蕴，那情景就像是在玫瑰花丛里埋下炸弹——这是他几年来凸显在诗歌里的朴素形象。

我与亚洲因诗结友，已经是二十多年前的事了。甚至到目前为止，在我的朋友花名册上他的身份仍然是一名诗人，而非所谓作协领导和著名影视作家。尽管在媒体和公众的眼里看来。这两种角色的排列也许应该正好相反。

就像他的一位老朋友，名头甚响的剧作家程蔚东至今仍不放弃对诗的热情，黄亚洲私下里也认为自己本质上应该归入诗人一类。他对诗歌女神多年来一直怀有某种不可言说的钟情与秘爱。甚至在电影《开天辟地》最“火”的那些日子里，他还在一心一意写诗——寻找宁静淡然的心境，以对抗甚嚣尘上的世俗荣誉的围困。

我比较佩服亚洲出人意表的形象能力，在他目光内敛、善于观察与思考的眼睛里看来，“中国的革命 / 诞生在船里”，“黎明 / 孩子屁股上的乌青”，而当一队少女花枝招展英姿飒爽在苏堤晨跑，也只有他蹊径别通地发现：“连西湖的垂柳 / 也一律梳着 / 运动发型”。

作为一名入世的现实主义作家，黄亚洲脸上比较常见的表情是倾听与沉思，而这正是艺术家在生活中所应保持的最佳姿势。几年前的一个夜晚，他和省委宣传部的章轲跑到我这儿来，当时我正在写一本有关毛泽东的书，并陷入某种技术上的困境。在看了题为《游泳肖像》的一首诗后，他就这么倾听片刻，又深思良久，突然说：“为什么不让毛的目光从天上往下看呢?”这个建议在很大程度上改变了我诗中观察事物的角度。在后来的修改稿中，毛的游泳姿势从一种激进的政治行为，上升到对整个宇宙人生的遨游与对抗。对于他这一启人心智的建议，我至今仍然十分感激。

除了形象诡奇，警句层出，黄亚洲在诗中似乎还善于营造结构和使用动态画面。从这个意义上来说，我们也许可以将他的电影创作看作是诗歌意境的延伸与拓展。说真的，我时常想象他刚写完一首诗后又拿起笔忙于影视剧本的情景，那样子就像一个枪手放下短枪后又立刻举起了长枪。而目标始终是一致的，那就是他理解的真正的艺术——一种既富于生活情趣又充满历史质感的人生精义。不管黄亚洲自己对此怎么看，反正我是坚持这么认为的。

马绪英

80年代，有一位南京诗人，我清楚地记得他的名字叫马绪英，是当时名气很大的《青春》杂志的诗歌组长。有一回我应邀前去参加江苏青年诗人讨论会，就坐在他旁边。会上讨论了邓海南、贺东久、余小平、曹剑、车前子五位诗人的作品，这些都是那时诗坛名头响当当的人物，在谦卑的外表下隐藏着的，是怎样的倨傲与自尊呀！因此会议开得很热烈，发言者的观点经常受到反诘。马绪英先生静静听着，垂着头，很疲倦的样子。

轮到他发言了，只见他微笑着环视了期待他意见的那五个人，说了一句话，其中一位的头低下去了，又说了一句话，另一位的头也低下去了。

余小平是位女士，长得很清秀，有些单薄。马先生看着她，若有所思地说："你太纤弱了。"

于是余小平的头也低下去了。

"曹剑就像他诗中的江北大汉，总是在一个角度看世界。如果他到江南来朝江北看，会不会好一些？"

曹剑仔细听着，笑了，并掏出笔来将这句话记了下来。看得出，这次他是心悦诚服。

一位诗坛怪才——二十三岁的车前子站起来，支着拐棍在会议室里沉着地走来走去："我呢？还有我呢？你对我送来讨论的这一组诗怎么看？"

马绪英先生长久地看着他，目不转睛，过了好一会儿，才开口道：“你嘛，你有点像那条患小儿麻痹症的腿，”他继续微笑着，慢吞吞地说，“你有非常好的路子，前程远大，但眼下走起来还有些不稳。”

五位诗人默不作声，马绪英先生坐了下去，又恢复了先前那种慵倦、眼皮耷拉的神情。他是他们诗才的发现者和器重者，关系一直很好。这以后他又当了几年编辑，因为杂志社要搞自负盈亏，他被派去搞经商，后来又做编辑。1988 年春天我在南京见过他，在山西路的军人俱乐部，他搞了规模很大的中国首届大学生诗歌大赛，请获奖者吃刀鱼，看内部电影，住几十元一晚上的豪华套房。他是一个诗歌事业的虔诚者与推动者，也是我尊敬的老师。这以后我们失去了联系。每次当我想起他和那次诗会，总会很奇怪地想到古人所爱说的“前朝盛事”一类的话，心中不胜沧桑。

杜鹃花·火焰·诗歌

一位永康朋友第三次给我寄来夹在信笺里的杜鹃花片，我这才记起方向死了已经有三个年头了。记忆中，他是一个拘谨、内向的小伙子，长得不怎么漂亮。见面时也不善言谈，至少给我的印象是这样的。但这并不妨碍他写出一手好诗并在省内外诗歌界小有名气。

三年前的暮春，在永康方岩的一个笔会上，我们意外相遇，又碰巧住一个房间。那时他已经有了卧床抽烟和睡觉前来一杯的习惯，而且有时还不止一杯。在我们短暂相处的那几天里，估计他一个人就喝掉了将近两斤白酒。连餐厅的女服务员小安也迷醉于他的李太白遗风，冒着被领导批评的危险，偷偷给他端来过几回饭桌上的剩菜，用作佐酒之物。

方向与我结识甚早，大约是 1982 年吧？那时他的身份是湖州师专中文科的学生兼文学作者。我在当地好歹也算是个人物，因而他几次给我写信，谋求一晤，谈谈诗艺人生什么的。他那阵子很迷恋北岛，喜欢将诗写得硬气、幽秘，深刻得一塌糊涂。一次甚至还写出了“夕阳西下 / 像我苍老的叹息”这样的句子，而他当时的年龄还不到二十岁。

毕业后方向回到家乡淳安当了一名机关干部。他当时一心以为自己会留校，同时他的女朋友也是一位湖州姑娘。然而，由于种种说不清楚也不想说清楚的原因，他的这一良愿落空了。回到风景幽绝的千岛湖对他的爱情可能会带来一些不便，对艺术却安知非福。他很快写出了一批初期的重要作品发表在《诗刊》《萌芽》《飞天》等刊物上，并在当地迅速组建了一个诗歌社团。但是，就像没有人会在火焰疯狂燃烧中洞察它的熄灭一样，也没有人想到在这样一个热情的生命的后面就是死亡。

1987 年我应邀前往淳安讲课时，有一次曾去他的房间小坐了一会儿。一间大约十平方米的平房内，除了酒瓶、书籍和一些盥洗用具外，什么也没有。就连那张充作眠床的竹榻上也堆满了尼采、叔本华之类。这种生活方式总使人看了后隐隐有些不安。三年后，也就是在这张竹榻上，他死了，走了与他那些精神导师相同的道路。

听到方向噩息，是在方岩分手的五个月后。那天我刚巧应约与湖州师专远方诗社的一帮诗歌爱好者见面，而这个诗社正是方向当初与伊甸等人发起创办的。当一个头发光亮的男生传出这一悲痛消息时，其余的人嗤嗤笑着，继续谈论着琼瑶小说和汪国真走红的秘招。我有生以来第一次在公众场合发了火，并提前结束了这次会见。

方向的老家听说是在淳安下面的一个小村子里，我一直没问过，他也一直没对我说起过。我想象它是在千岛湖明澈宁静的水下，一个幽深、澄明、永恒的空间里。因此，方向死亡这一事实，有时在我的直觉中，只不过是他回到了自己原先的家中。

在方岩的笔会上，一次我们出去散步，他在一丛野杜鹃前凝神良久后，说过一段很费解的话，意思大概是杜鹃花的花期短暂而热烈，这与火焰以及诗歌在本质上是有些相近的。现在，说这话的嘴唇里已经塞满了泥土，只有迎风怒放的杜鹃花默默围绕在他的墓前，仍然像火焰，像诗歌……

方向死前留在纸上的最后一句话是：想写一首诗。死后，淳安县文艺界的领导将这一遗言花钱请人刻在他的墓碑上，以告慰死者之灵。方向真是一个爱诗如命的好小伙子，愿诗神保佑我的朋友方向。

20世纪90年代陆续写，2003年改定

亲爱的主食

说吃饭

吃饭人人都会，古往今来我想除哺乳期婴儿及食管癌患者外，不会吃饭的恐怕没有。自从盘古开天地，吃饭就是中国人民政治生活经济生活文化生活中的头一件大事。黄帝为什么是五帝之首？就因为吃饭这事是他发明的。郑望之《膳夫录》里有一道名膳叫作王母饭，其制法为“偏镂卵脂，盖饭面，装杂味”，即今之盖浇饭也。王母做饭自然给老公吃，天天吃这玩意儿，难怪司马迁说黄帝身体好，娶八个老婆生二十五个儿子。而作者本人又能不以卵字为忤，亦尽显史家风范。此后几千年的国家历史，如果说有什么规律可循，就是让老百姓有饭吃的，就能坐金銮殿；没饭吃的，就把他拉下来。曾记80年代初北京《诗刊》上有一首作者为贾平凹的诗，总共只有短短两句：“吃了吗

/吃了”，诗题为《三中全会以前》。调侃讽喻之余，依稀折射出此会召开之前国人实际生活的真实影像。虽说现今时代已发展到了香喷喷的大米饭往泔水缸倒，宴会上的甲鱼海鲜吃不了又不屑兜着走，以至慷慨地让猪分享的程度，我还是时常想起这两句诗，并为之伤感莫名。

《东坡养生集》里有一则故事也说到了吃饭。两个穷朋友相与言生平大志：“一云，我生平不足，惟睡与饭耳，他日得志，当吃饱了饭便睡，睡了又吃饭。一云，我则异于是，当吃了再吃，何暇复睡耶?”穷人以吃饭睡觉为人生最大梦想，原也是无可非议的事情。此语虽浅俗，但相比陈胜辍耕陇上时说的什么“苟富贵，毋相忘”，则要坦诚得多也朴素得多。也许正是因为这一点，苏东坡对此评价甚高：“吾来庐山，闻马道士善睡，于睡中得妙，终不如措大得吃饭三昧也。”

然而吃饭人人会吃，做饭那就不是人人都会做了。《诗经》生民篇所谓“释之溲溲，蒸之浮浮”，毛氏孔氏陆氏等大儒先后有疏，可惜讲的都是淘米，而非做饭。一般推测，古人吃饭大概以蒸食为主，现今习惯的煮食吃法至早要到唐代才开始流行。前人笔记里对如何煮出一锅好饭自有诸多高论，总结归纳不外以下四条：一是米好，二是善淘，三是用火先武后文，四是相米放水，不多不少，燥湿得宜。尽管如此，由于米性相异及火候不易控制，具体操作起来尚难做到收发如心。电饭煲的发明给厨房带来革命性的变化，昔李渔、袁枚辈皓首穷经研究尚有不逮者，今学前小儿只须轻轻一按电钮便能得心应手。凡此种种，令人方便之余，不能不对科学的进步深怀感恩。

饭间或也有杂以他物而煮的，如豌豆、青菜、藕块、红薯之类，煮出来也都风味各擅。大而概之，像用野菜和米做成饭团的粢米饭，用箬叶包米煮食的粽子，把米灌进藕节里蒸煮的糖藕，甚至小孩爱吃的爆米花，战争年代士兵随身携带的炒米，等等，也尽可看作这一家族中的重要成员。李时珍是医生，他眼里的饭自然也都是可以当药吃的，姑置那些牵强诡异的什么祀灶饭、石迅饭、寒食饭不论，其中荷叶烧饭一味，用新鲜荷叶煮水放入粳米、白术（一种菊科药材）同煮，想象中应该是很好吃的。

此外还有界乎于饭粥之间，看山不是山，看水不是水，吴语叫作泡饭粥，堪称古代快餐产品。其制法极为简单，隔夜冷饭，以热水冲之，即可食用。无论从名称品相看，都当是粗俗之物，却为彼时闺秀所喜食。《影梅庵忆语》记董姬小婉："姬性淡泊，于肥甘一无嗜好，每饭以岕茶一小壶温淘，佐以水菜香豉数茎粒，便足一餐。"又《浮生六记·卷一·闺房纪乐》记芸娘："其每日饭必用茶泡，喜食芥卤乳腐，吴俗呼为臭乳腐，又喜食虾卤瓜，此二物余生平所最恶者。芸曰：屈君试尝之。以箸强塞余口，余掩鼻咀嚼之，似觉脆美，开鼻再嚼，竟成异味，从此亦喜食。"前者董美人，名列秦淮八艳，吴梅村诗称"欲吊薛涛怜梦断，墓门深更阻侯门"者，台湾作家高阳著五十万言大书，考定为清帝顺治董鄂妃；后者陈美人，秀外慧中，兼通诗书，俞平伯誉为中国文学史上最可爱的女人。两位佳人每天都靠一小碗泡饭打发日子，实在让人怜香惜玉，痛心疾首，可见世间万事，每多不可以理晓者。我本人怀疑这是一种秘密的美容疗法，她们引以自傲的美貌和好身材或许就是这么来的。

饭煮熟后与锅相粘的坚硬部分谓之锅巴，据梁实秋先生回忆，抗战时期后方餐馆有一道菜名叫轰炸东京，实则就是虾仁锅巴汤。“侍者一手端着一大碗油炸锅巴，一手端着一小碗烩虾仁，滋啦一声，食客大悦，认为这一声响仿佛就是东京被轰炸了。”无独有偶，清初遗民诗人黄九烟因喜食锅底焦饭，文坛上的朋友赠他一个“锅巴老爹”的雅号。没想到他老兄非但不以为忤，甚至作诗自贺，其中“莫道锅巴非韵事，锅巴或借老爹传”云云。依稀一副却之不恭，受之无愧的顽劣模样。然而令人啼笑皆非的是，也不过三个世纪以后，这种受人欢迎的食品浩浩荡荡占据了中国大小超市的柜架，可谓不幸而言中。遗憾的是生产厂家没人想到要给这位第一个为锅巴写诗做广告的诗人付广告费，包括他的另一名句“高山流水诗千轴，明月清风酒一船”，也因红学大师周汝昌对老曹一往情深，爱屋及乌，从此版权就被算在曹雪芹头上。当然这是闲话，就此扯过不提。

说吃面

炎夏长日难挨，除取金庸小说重读外，最能打发时光的恐怕要数杜甫的诗集了。尤其将各注家的选本集在一起，什么仇兆鳌的《杜诗详注》啦，浦起龙的《读杜心解》啦，杨伦的《杜诗镜铨》啦，等等。彼此印证对照，参详其中的异同及细微之处，也不失为暑中一大乐事。不过他们对杜甫的《槐叶冷淘》一诗倒一致认为是写冷面的。全诗二十句，其中起句“青青高槐叶，采掇付中厨”点明冷面以炒槐叶为菜佐食，即现今江浙人所谓的“面浇头”

也。“入鼎资过熟”写烹制过程，“经齿冷于雪”写口感，“献芹有小小，荐藻明区区”表明自己有此佳食不敢独享，时怀野人献芹之心。这也就是结句“君王纳晚凉，此味亦时须”所蕴的深意了。

杜甫是诗圣，每饭不忘君是其本色，我辈俗人吃面大可不必有这么多讲究。何况面的概念在古代还涵盖烙饼、汤饼、包子、饺子、紫石街武大郎的炊饼、十字铺孙二娘的人肉馒头等所有面制食品在内。其中以汤饼为面条古名，宋人马永卿《懒真子》言之凿凿，号称“汤饼即今长寿面”也。如果此说可信，那晋人束皙《饼赋》所记“玄冬猛寒，清晨之会，涕冻鼻中，霜凝口外，充虚解战，汤饼为最”，大概是有关面条最早的文献了。《新唐书·玄宗王皇后传》也说：“陛下独不念阿忠脱紫半臂易斗面，为生日汤饼耶?”堂堂大国丞相，俨然一副兰州拉面馆厨房内大师傅的架势，让人读来忍俊不禁。清人李渔更是有清一代的制面专家，其发明的“五香面”及“八珍面”两味，令所有当年有幸成为芥子园座上客的嘉宾好友食之不忘，流连忘返。其中八珍一味工艺极繁，制作其精，“以鸡鱼虾三物之肉，晒使极干，与鲜笋、香蕈、芝麻、花椒四物，共成极细之末，和入面中，与鲜汁共为八种”。光看看文字就要让人流口水。所恨封建社会无法注册专利，不然笠翁先生即可由此暴富，也不必靠打秋风和给朝中大佬提供三陪女郎混钱，以致至今尚为人所诟病。

面虽为北地主食，俗谚中与“北人乘马，南人乘船”同论的，还有一句就是“南人饭米，北人饭面”。但由于此物具有宜制宜存宜食等诸优点，南方人吃起来一向也不遑多让。唐宋以降，除浔阳江贼船上船火儿张横请宋江等人吃的“板刀面”滋味恐怕不大好受外，如杭州奎元馆的爆虾鳝面，苏州观振兴的过桥面，上海的冷面，福建的伊府面，昆山的奥灶面，镇江的锅盖面等，一向与北京致美斋的龙须面，山西太原府的刀削面分庭抗礼，各擅其名，堪称天下知名的快食。包括《红楼梦》里写宝玉出家的名句“赤条条来去无牵挂”，也总觉像是在为贾府的面条做推介似的。如第六十二回记宝玉生日当天芳官不习惯吃面条，厨房里柳嫂子为她另做饭菜，略可见此物在大观园餐桌上的地位。现代社会生活节奏加快，使得台湾的快餐面又异军突起，网上有个段子说馒头和面条打架输了，次日带帮兄弟去报仇，碰到方便面，一上去就怒气冲冲地说：别以为你烫了头发我就认不出你了。这种语言艺术上的机灵，可比之早年电视上那个“面对面的关怀，面对面的爱”的广告，令人耳目一新。说起来，那已是二十多年前的事情了，当时我就想，若移之贴面舞会，恐怕更见精彩。

我喜欢在夏日自制冷面，选上好白面两斤，水沸下锅，约两三分钟捞起，在凉开水中冷却后，滤去水分，置入一大盆中加熟色拉油三两拌匀。盐及味精调入花生酱中，稀稠以适中为宜。吃时加蒜泥姜末、米醋酱油，再撒点葱花，即为消夏佳食。一生中另外一次吃面经验是在 1984 年，在浙江省的德清县，我去那儿组稿，一个当地文学朋友周江临请我吃一种颇具地方色彩的拌面。也就普通的面条，不用汤汁，以猪油、酱油、葱花拌匀，略放一些胡椒粉，吃起来却非常可口，至今齿颊生香。江临后来自觉在小县城里怀才不遇，辞职去北京圆明园艺术村做流浪诗人，与新潮戏剧导演牟森合作搞诗剧，此事曾由《南方周末》做过报道，后来也不知搞成了没有。这倒不是我对这位萍水相逢的朋友特别眷顾，而是德清县的拌面实在是太好吃了，给人留下的印象很深。所谓“面对面的关怀，面对面的爱”，不知这是否也可算是一例。

说吃粥

沪地朋友来家小驻，一见面就叫嚷着要吃神仙粥。此君也是美食爱好者，因此平日里通信打电话，除了交流作为千古事的文章，少不了还要交流厨艺。其中自然难免相互自夸，这神仙粥还是我在最近一通书信里才提到，没想到他一下就较上了真儿。记得粥谱载于清人王培仁所著《妙香室丛话》里，连忙找了出来，好在要言不烦：“用糯米半合，生姜五大片，河水两碗，放砂锅内，滚一两次，入带须大葱五七个，煮至米熟，再加米醋小半盏，入内调匀。”如法炮制，煮出来居然也挺像回事，不仅吃得宾主相欢，连儿子的感冒第二天也突然好了。看来作者所谓“此以糯米补养为君，姜葱发散为臣，一补一散，而又酸醋敛之，甚有妙理。屡用屡验，非寻常发表之剂可比也”，倒也不能说他全是吹的。

由神仙粥想到南宋御厨里的梅花粥，语见赵昱、厉鹗等所著《南宋杂事诗》：“饼饵生香馈几枚，水沉粘瓣制徘徊。儿家自点梅花粥，露湿亲封小芯来。”下有注云“宋时有梅花粥，杨诚斋云：蜜点梅花带露餐。及脱蕊收熬粥食之，取其助雅致，清神思也。”“助雅致，清神思”六字，可圈可点。遥想宫廷当年，玉人莲步碎踏露苔扫花熬粥，就算无缘品尝，这碗粥的旖旎风味也可想象。《浮生六记》里芸娘私享三白的那一碗档次或许要稍低一些，其云："是夜送亲城外，返已漏三下。腹饥索饵，婢妪以枣脯进，余嫌其甜；芸暗牵余袖，随至其室，见藏有暖粥并小菜焉，余欣然举箸。"但既为两人定情之证，加上文字上佳，味道一定也不会差到哪里去。

由于粥向为国人餐桌上的主食，因而当成一门学问来研究的也大有其人。《梁溪漫志》载东坡《食粥帖》："夜坐饥甚，吴子野劝食白粥，云能推陈致新，利膈养胃。僧家五更食粥，良有以也。粥既快美，粥后一觉，尤不可说，尤不可说。"这是从医学角度来说事的。曹子清官江宁织造时刻《楝亭十二种》，其中也有《粥谱》一种。内列上品三十六种，中品三十种，下品三十七种，足以洋洋大观，惊世骇俗。即以下品而言，如肉苁蓉粥、白石脂粥、犬肉粥、鲤鱼粥之类，也自非寻常之物。红学家们见曹雪芹昔著书西山黄叶村，敦诚赠诗有"满径蓬蒿老不华，举家食粥酒常赊"云云，感动得一塌糊涂，眼泪哗哗，殊不知喝粥为曹家的家传养生秘法，而且价值不菲，他们家的一锅粥，抵得上别人家里三锅饭，规格档次那是完全不一样的。如果非要跟贫困潦倒扯上什么干系，那同为敦诚所作的悼诗"孤儿渺漠魂应逐，新妇飘零目岂瞑"，诗里的这位新妇，何以就看不见了？天天喝粥，买酒赊账的人，还能有钱娶小老婆吗？可见写文章搞研究，如不能做到知人论世，总是镜月水花，很难搔到痒处。

此外许多烹制方面的诀窍与要求，也不可不知。李笠翁以日常生活专家自居，于食粥一道自然也有不少独特心得。首先他指出“粥之大病，在上清下淀，如糊如膏，此火候不均之故”。太厚了怎么办？一般人想到的就是赶快加水，但在他看来这又恰恰是煮粥大忌，“粥之既熟，水米成交，犹米之酿而为酒矣。虑其太厚而入之以水，其味尚可咀乎?”他认为除煮前严格把关，认真处理好水米搭配关系，防患于未然，别无他法可想。一生大半时间被迫逍遥江湖的朱竹垞自然也有话要说:“新米煮粥，不厚不薄；乘热少食，不问早晚；饥则食，此养生佳境也。”又说“凡煮粥用井水则香，用河水则淡而无味”。另一位专家级人物是满洲人尹继善，也即袁枚诗中时常提及的尹文端公。此人乾隆年间三任两江总督，位高权重，却不料对粥道也有十分独到的个人经验，其所创“宁人等粥，勿粥等人”八字金言，因深得食粥真趣，至今尚为人传诵。不过他的这碗粥，想象中也一定是用钱当柴熬出来的，因为官当得更大的缘故，说不定比曹家锅里的还要贵重些。

还有那就是腊八粥，梁实秋形容为“粥类中的综艺节目”。《东京梦华录》称此粥也由宋代人发明，“十二月初八日，东京诸大寺以七宝五味和糯米而熬成粥，相传至今”。七宝云云，不外乎红豆、米仁、莲心、白果之类，具有一定的滋补功能，因而老少咸宜，广受欢迎。《侠客行》里由赏罚二使相邀中原武林好手去海外吃的那碗名目虽同，而制法略异，那是因为在里面加了彼岛的异药珍果的缘故，以致色呈青绿，兼有辛辣之味，没有一定胆量想必不敢享用。至于当年文坛上由作家王蒙调羹闹得沸沸扬扬的那一碗《坚硬的稀粥》，因有政治作料在里头，尽管做法独特，喜欢的人恐怕也不会多。

粥中最稀薄者谓之米汤。《笑笑录》里曾有“世俗以相娱悦者为灌米汤”的说法，不知语出何典？清李冰叔诗云“英雄末路拿稀饭，混沌初开灌米汤”，刻摹世态人情，倒也说得上是入木三分。《潜庵漫笔》一则故事说曾国藩攻克金陵后，得人颂贺诗文无数，“命书记统抄一遍，自题签曰：米汤大全。可谓雅谑矣”。其实此老政治上的机心与深谋远虑，又岂是“雅谑”二字可以了得？至于沪上学者邓云乡老先生自小爱喝的米汤，那是小米米汤。“多加点水，那米汤会烧得很浓很浓，有一种特别的香味。”读后不免令人神往。惜小米不易求，水质也与时俱退，因此虽屡有按图索骥之心，也只好仅作临渊羡鱼之想。

说包子

第一次在知味观吃小笼包子，记得已是20世纪的旧事，一位当地写诗朋友请的客。那时改革开放的春风在杭州城里尚是初拂，西湖边的垂柳依然保持着旧时的风韵。包括店堂所在的仁和路，横贯湖滨与延安路之间，也只是窄窄的一条，店铺一家接一家挨着，熙熙攘攘，市井气息相当浓厚。门面自然也不大，一眼可以四周溜上一遍的那种。因事先对它的名头已有所知闻，加上身边朋友吹嘘，可谓口福未享而食指已大动矣。进门找空位子坐下，没过多久就热气腾腾端上来，米醋自然是必备之物，还到厨房里去要了点姜丝放在醋碟里，这是拜邻桌一位老者所教，味道果然大不一般。虽然没有黄庭坚那样的好胃口，自称“早食包子，作数种，乃佳肉汁”（见《山谷简尺》下卷）。

但两人叫了三笼，其中一大半都是我干掉的。较之昔日所尝如南翔猗园、无锡秦园、常州万华茶楼之类，虽不见得有特别的好处，但他处有在馅里加虾肉蟹粉的，其味虽鲜而略腥，反不如纯猪肉的口感更佳。就个人胃口而言，我倒是偏爱知味观的多一些。此外门口挂的那块招牌估计也起到了一定作用，以一家普通饮食店而有如此风雅的字号，让人快啖狼吞之余，不免对它的创办人孙翼斋充满了想象。

以后常来常往，每次到省城，只要有空，总会想着要去那里报个到，过把瘾。80年代末期有将近一年时间客居杭州，光顾更是频繁。然因名气渐大，食客奔集，每次去要等个把小时已为常态。每逢这种时候，当其他顾客望着邻桌热气腾腾的蒸笼口水直流时，我的办法就是使劲想着书里记的那些古代食事，当然大多亦与此物相关，如《东京梦华录》所称王楼梅花包子、《夷坚志》所称班家四色包子之类，一边想，一边还喜欢推测它们之间可能存在的传承关系。《梦粱录》说的“市食点心，四时皆有，任便索唤，不误主顾。且如蒸作面行卖四色馒头、细馅大包子，卖米薄皮春茧、生馅馒头（下略）”，前面两种应该就是我们现在常见的馒头和肉包，第三种卖米薄皮春茧是烧卖，最后一种生馅馒头，大概就是小笼包最早的雏形了。这张食单，我敢断言孙先生一定是看过的，没有传统文化的养料糅合在里面，他的包子不会有这样可口的滋味。

这里或许有必要回顾一下此物的历史，南方人对包子馒头概念不清，随口乱叫，实际上在古人那里，这两样东西界线相当分明，其要不在大小，而在看其中是否有馅。《清稗类钞》对此进行一番考证后说是唐朝人发明的，但这个观点陆游不一定会同意。其所作《与村邻聚饮》诗有句曰“蟹供牢九美，鱼煮脍残香”。下有自注云：“闻人懋德言《饼赋》中所谓牢九，今包子也。”《饼赋》是晋人束皙的作品，可见此物自西晋时起已是国人餐桌上之美食。至于原文的“牢丸”，到了陆游笔下何以就成了“牢九”，《庶斋老学丛谈》作者元人盛如梓可以帮我们解答这一疑问，在书中他解释道：“或谓牢九者，牢丸也，即蒸饼。宋讳丸字，去一点，相承已久。”大意南宋是短命朝代，以偏安为满足。因这个“丸”字其音同“完”，心理脆弱不敢面对，于是就想出这么个馊主意来，去掉中间一点，变“丸”为“九”。可惜也没什么用，没过多少时间还是完了，这也不去管它。但最早的包子始自西晋，而非徐珂说的唐代，这大概是可以不必有怀疑的了。

在知味观想起孙翼斋，有时顺带着也会想起吴自牧、周草窗、林洪这些人。他们笔下杭州餐饮业的豪奢气象，可以让今天中南海的国厨瞧着也不敢居大。具体说到包子，宋代的包子可以精致到什么程度，《鹤林玉露》记蔡太师府有包子专厨，内且有专司切葱丝者，为今治宋史者耳所能详。而东坡致冯祖仁札亦称：欲告借前日盛会包子厨人一日，告白朝散，绝早遣至，不罪不罪。恐知者不多。《清异录》又记“赵宗儒在翰林时闻中使言：今日早馔玉尖面，用消熊栈鹿为内馅，上甚嗜之，问其形制，盖人间出尖馒头也”。相府厨房里专设有包子房，已是令人大开眼界，而包子房的厨师居然宣称只会捋葱丝，不会做包子，那就更让人叹为观止了。

但现在的问题是，尽管八百年前寓居杭城那帮名士才华横溢，其绘声绘色的描述，为杭州的饮食文化历史做了很好的记录和推介，仍然不能帮助我们对小笼包子的源头做出有效判断。也就是说，你可以说南宋的肉馅包是天下最精美最好吃的，但不能说这种包子一定就是后世的小笼包子。一是没有标明大小形状，二是缺乏制作过程方面的描写。相比之下，明人宋懋澄所辑《竹屿山房杂部》所记，跟现在知味观餐桌上的那一笼，距离可能要更为靠近一些。该书卷二包子条下称："用面水和为小剂，轴甚薄，置之以馅。细蹙其缘，束其腰而仰露其颠，底下少沃以油。甑中蒸熟，常以水润其缘，不使面生。馅同馄饨制，宜姜醋。"又是"细蹙其缘"，又是"束其腰而仰露其颠"，馅的大小与馄饨相当，吃的时候最好又要佐以姜醋，这才看上去有点靠谱了。

当然，更权威的记录，还当数长期湮没在北京图书馆善本部的清代饮馔巨著《调鼎集》，其第九卷点心部收各类糕点面食两百余种，其中有云："作馒头如胡桃大，笼蒸熟用之，每箸可夹一双。"又是胡桃大小，又是笼蒸熟用之，则非小笼包莫属。此书多年来一直以手稿形式收藏，故知者甚少。作者童岳荐绍兴人，系孙翼斋老乡，乾隆中晚期寓居邗上，《扬州画舫录》说他"精于盐荚，善谋画，多奇中"，疑为师爷一类人物。手头阔绰，于厨艺自然也颇有心得。死后手稿散出，为济宁鉴斋所得，后来大概由他捐给了北京图书馆。鉴斋其人学界向少知者，考杜文澜《憩园词话》卷二有"汪鉴斋观察词"条，"鉴斋名藻，一字箫珊，辛丑进士，即用河南知县，改工部屯田司郎中，以道员用，加运使衔。善诗书画三绝，尤工倚声。”又据为此书刊本作序的成多禄（即满人恩龄）称，“与多禄相知余二十年，素工赏鉴，博极群书。今以伊博之资，当割烹盐梅之任。”济宁为山东盐运使驻地，即所谓“割烹盐梅之任”也。善书画赏鉴，与恩龄又属同时，当即此人无疑。正因为有这些人的风雅和用心，有他们各自付出的默默努力，中国小笼包子的历史，从此也就留下了一份相对完整的档案。

遗憾的是，相比上述诸人，孙翼斋本人的生平事迹，留下来的居然更少。连店里资格最老的员工，现在能够回忆起来的，也不过寥寥数事：民国三年在湖滨仁和路店址附近设摊、初试锋芒。数年后略有盈余改摊为店，不过仍为小本生意而已。1929年加租店面扩大经营范围，发展为有雇工十余人的中档食肆，估计对上一年的首届西博会商机有很好的利用，手头宽绰，因有是举。真正上台阶，形成规模大约为1937年，但不到一年日本人就打进来，只好将馆子关闭回乡避难。两年后局势稍定，有过重新开业之举，但具体情况就不清楚了。个人身世方面，只知道他是绍兴人，卒于1947年，产业由儿子孙仲琏继承。以初涉这一行业年龄在二十五岁左右计，享年当在六十岁左右。此外有个为人忽略的细节是，老先生在世时无论店里店外，认识的人都爱以师爷相称。假设并非熟人相谑，而是对他先前所从事职业的尊称，那么他涉入饮食业的时间理应更晚，当已在三十岁上下，生平享年自然也得延长，大约活了有六十五岁。

或许，有了上述文字提供的基础，再加上合理的想象，应该就能大致推测出他早年的情况。比如说，出身书香世家，少年时即以才名闻于乡里，诗词书画样样精通。有过科考经历，落榜后随父辈或亲友外出做幕，这就是师爷这一称呼的来历了。后因国事动荡，江山鼎革，全中国的道员县令们一夜之间丢了饭碗，手下混饭的自然也全都卷铺盖回家。或许当初他对自己的笔墨生涯尚有所留恋，但迫于生计不得不改弦易辙。一个有意思的现象是，他的担笼出现在西湖边的时间为 1913 年，这与辛亥革命的炮声或有因果关系。之所以这么认为，一是因为他的字号翼斋，当非一般摆摊的敢随便使用；二是店名知味观源出《礼记·中庸》所谓“人莫不饮食也，鲜能知味也”，当初就是地方上的前清举人老爷，也不见得一定就有这水平。满腹经世济时之术，化作对一笼包子，一碟小吃的潜心钻研，这就是中国士人的祖传绝技。老子说“治大国若烹小鲜”，《调羹集》序言作者也说：“天下之喁喁属望，歌舞醉饱，犹穆然想见宾宴礼乐之遗。而故人之所期许，要自有远且大者，又岂仅在寻常匕箸间哉！”如此曲尽甘苦之言，我想当正为孙翼斋这样的饱学落魄才士而发。

正因为对孙先生的好奇心太重了，平时也就时常留心有关他的资料，结果发现瑞安有个叫孙诒燕的，字号居然与他完全相同。此人是光绪二年举人，例用内阁中书，相当于是现在国务院的秘书。其父孙嘉言是孙衣言之弟，与一代大儒孙诒让当为中表关系，而他自幼师从的伯父孙锵鸣，又为李鸿章登第之房师，从广义上说也可以算是师兄弟了。据说温州图书馆里有他的《望益斋诗存》和《孙翼斋先生诗稿》抄本，一时虽无缘拜观，但从选入《两浙辅轩续录》的那几首诗词来看，文才学识都是相当出色的。包括现家乡玉海楼里存留的书法对联，书风也极秀丽。以我的内心私念，当然希望这两位孙先生是同一个人，但事实上他们应该不是,《孙诒让年谱简编》光绪六年条下有“从弟孙诒燕卒”之记载，也就是说温州的孙翼斋卒于1880年，年仅二十六岁。而当绍兴的孙翼斋卖小笼的担子在西湖边摆出来，已是民国三年初夏的事了。

这是一个精神生命截然不同的两种生存方式，或动荡年代文人卑微命运的必然选择？我说不上来，也不想去进一步研究。我现在最想做的事只有一件，等着什么时候稍空一点，专程到知味观去坐一坐。当然以气候温和的季节为宜，仲春或初秋都可以，也不必起得太早，八九点钟的样子，但最好一人独自前去。老字号找不到了，新开的环境好一点的分号也行。挑靠窗的位置坐下，沏上一壶好茶润润喉，等包子上来后，拿出从温州图书馆里复印来的《望益斋诗存》，一边品尝，一边慢慢翻看，嘴巴眼睛双管齐下，真正做到物质文明与精神文明双丰收。“紫金山势郁崔巍，胜国幽宫冷翠微。石兽宵寒颓阙在，铜驼草长故宫非。江东无复锺王气，泗上由来有布衣。麦饭一盂何处觅，西风落日怅魂归。”这是另一个孙翼斋写于同治末年的《随侍止叟伯父谒孝陵和作》，而我坐在现代化的车座式餐桌边吃边看，且不时微吟出声，在为诗人的书生意气、愤激言词感慨的同时，这边孙翼斋的最后两个包子也正好入肚。然后一声长叹，结账出门。历史与现实，饮食和文学，就以这样的方式伴我度过又一个并不宁静的上午。

2003年，十年后重写

下长安

烟雨凄迷中抵达长安，典型的江南晚春天气，汽车在沪杭高速公路上奔驰，一路上洋楼别墅、电视天线过眼，心里想的却全是古代的事，自己想想也觉得迂腐。说起来，为此次成行，已筹措了不少时日。记得曾跟《嘉兴日报》的朋友扯起，说想去那里看古闸，寻访当年的运道故址，还是去年秋天的事情。这年头有个特点，就是大家平时都不知为了什么在忙着，有时联系好了，不是他没空，就是我脱不开身，于是就这么拖了下来。前几天他打来电话说不能再等了，干脆把日子定下，任是天大事情都得为它让道，共同遵守，不许反悔，心想，这确实也是个办法。昨夜因今天一早要过来，找出《修川小志》做了点预习功课。作者邹承淦自称长安僻壤小邑，“海宁州西北之一隅也，四面无山，方广仅五六里，语焉而详，所见亦小矣”。实有太过谦虚之嫌。那里镇东的长安堰为运河重要码头，文献记载唐时已有之，实际建造年代可能还不止。《咸淳临安志》说它“又名长宫堰，或讹作长家堰”。《宋史·河渠志》称“宋熙宁元年十月，诏杭之长安、秀之杉青、常之望亭三堰监护使臣，并以管干河塘系衔，常同所属，令佐巡视修固，以时启闭”。可见北宋江南运河三座重要堰闸，其中就有它的一份。

在郭畀《客杭日记》里读到有关长安镇的记载，并产生向往之情，已是多年前的旧事了。在此之前虽说多少也了解一点它的情况，知道那里是水乡小镇，盛产羊皮和花木，隶属嘉兴市海宁市，更是远近闻名的粮食交易市场，朱文治《海昌杂诗》所谓“年来米价判高低，黄白尖圆样不齐。近自江南及川楚，长安利甲浙东西”是也。后来被郭云山的书引发兴头，连带着对周边环境也产生了浓厚兴趣，看他当年带了礼品和银子，由水路风风火火从镇江到杭州来跑官，一路上事无巨细一站一站记下来。当我在至大戊申（1308）九月廿一日条下读到“晡时上长安买饭”的记录，觉得有些奇怪，心想，他当初有大事在身，心急火燎要往杭州赶，何以放着运河主道不走，偏要兜个圈子、好整以暇地跑到长安去干什么？再说他又不是赵子昂或董其昌，有钱有势，出门有自己的书画舫可随心所欲，想去哪就去哪，就算夜航船老板是他哥，也不能放着满船客人不管，任性到如此程度。

老实说，直到那时为止，我还真不知道元末以前的古运河本来就是由长安走的，无论是苏东坡还是忽必烈，概莫能外，而不是像现在这样由崇德经塘栖直达杭州。说起来，还是怪自己平时读书不精，且偏重笔记诗词之类，其实《宋史·河渠志》

里早有记载，“淳熙二年，两浙漕臣赵磻老言：临安府长安闸至许村巡检司一带，漕河浅涩，请出钱米发两岸人户出力开浚”。漕河指的自然就是运河，当地人民跟杭州人民一样，都喜欢叫它上塘河，那是自南宋起海宁划归皇城临安的缘故。而高宗最尊崇的崔府君庙，就是号称逃难途中救过他命的那个，照样可以出现在《修川小志》的寺庙卷里。许村位于长安与临平中间，《咸淳临安志》卷五十五记“许村库（南宋时期的酒库）在许村市，属仁和县界”。《咸淳临安志》卷五十七记“许村巡检司寨，在盐官县界”。古人读书人或许太崇仰天性自由了，包括下笔时也是很任性的，著地方志的就更任性，基本是根据主题需要任意发挥，如同现在记者写报告文学，想把某件事情真弄清楚十分不易，希望这次长安能带给我好运气，而不是像在运河考察中那样吃尽苦头。

到了镇上以后，由于事先跟镇文化站的某先生联系过，停好车子，稍作寒暄，就直奔主题而去。好在很近，实际上就在镇区的范围内，与作为小镇地标的虹桥相距不远，也就一百来米的样子吧。不大的一个地方，一无栏小石桥而已，说是桥，其实称为石堤更为确切，下面河道宽度也不过数米，唯一能辨认的是当年安插闸板的两方石柱，跟想象中跨身中流、巍峨壮观的样子相去甚远。后来拿出身边带的资料来对照，才知道有可能是搞错了，此为建于唐贞观八年的古堰遗址，俗称老坝，功用虽然也为解决船只水位落差问题，不过采取更原始的方式，即用牛将船拖上岸，过堰后再放入河里。主流文献说宋代国家经济快速发展，船只吨位和漕运总量日益提高，随着主航道的改变，代表当时科技水平的三座复式船闸建成投用，如果真是这样，这以后它因改道受到冷落，仅仅作为塘坝，起到为运河输送和调节水源的作用，也是顺理成章的事情。我们知道全世界的运河都是人工开凿的，自身并无水源供给，而必须依赖于沿途湖泊川流供应，中国的运河又怎么可能例外，就拿江南这一段来说，自镇江到杭州，一路上丹阳的练湖、常州的芙蓉湖、苏州无锡的太湖、嘉兴本地的南湖甚至杭州的西湖，实际上都不妨看作是运河的水库。水坝与水闸，虽只是一字之差，其义不可以道里计。尽管如此，由于对长安水道古今演变有了基本了解，见识了闻名已久的大虹桥，弄清楚了坝、堰、闸的异同（因字书语焉不详，在此之前我时常将它们混为一谈），尤其获悉郭界上岸买饭的地点就在桥边不远，也颇令人情思微漾。《筹海图编》记“嘉靖三十四年五月甲午，倭千余自海盐经袁花，次日日暮掠长安，初烊市饭，饭毕遂入客舍杀掠”，希望不是同一家饭店才好，说不清什么具体理由，只是希望罢了。

接下来忙中偷闲去了位于海宁中学内的三女堆汉墓，这是长安镇的另一块历史品牌，躺在那里的是位闺名小虎的小姑娘，传为三国吴主孙权女儿，将小镇的人文历史又往前推进了一千年。我们去的时候已临近黄昏，因是省级重点文物保护单位，墓穴四周依势筑室，封闭得严严实实。管理员拿出一把沉重的钥匙来启锁，两千年的时空隧道顿时打开。同行的摄影师黄才祥先生多次来过这里，自告奋勇充当了导游兼讲解员的角色。沿着潮湿的台阶往里面走，墓室不大，分为内室与外室，加起来约有二十平方米的样子。出土的陶俑、瓷器、钱币等早已为博物馆收藏，现在能看到的只是墓壁四周残存的汉画，内容大多围绕车马出行、庖厨宴饮、舞乐百戏等主题。以墓主地位之尊，其工艺的精致是不消说了。出来时感觉小腿肚有点痒，撩起一看早已有几个疙瘩隆起，想必是在里面时被蚊子咬的，不知是否就是当年叮过吴国公主的那一只。如果是的话，那就不仅有文物价值，更有奥顿讲的历史性诗意了，吃上这点小小苦头也是值得。

晚饭找了运河故道、现名上塘河边一家还算干净的小酒馆，说服店主同意，把桌子搬到外面空地上，一边喝酒，一边纵目饱览运河暮色。由于帮助摄影的黄先生有事先回嘉兴了，同去的几个朋友也就没了拘束，报社的邹汉明、杭州诗人陈剑冰和我，加上闻讯赶来的海盐的津渡，摆出好久没犯的狂士架势，旁若无人在街头豪啖快饮，但说是快饮，其实酒量也并不怎么样，四人加起来干掉一箱啤酒就已觉微醺，也不知怎么回事，或许，是小镇在科技时代尚依稀保存的那几分古朴让人有些情不自禁？后来在旅馆住下，想到此行要找的到目前还是未知数，尽管身体有些疲惫，也只好打点起精神，将带来的书在灯下全摊开了，什么《澉水志》《至元嘉禾志》《硖石山水志》，还有《清代京杭运河全图》《皇舆一览图》之类，加上镇上提供的资料，基本判断它当年的位置，应该就在现崇长港与上塘河相接的某个地方。虽然只是推测，自觉还是有几分把握的。

这里有必要重温一下运河长安段当初的走势，在以往年代里有无数的人留下了无数的记录，这方面吴自牧《梦粱录》可能是最短的，他说客旅商货在出杭州北关水门后，“由东北上塘过东仓新桥，入大（杭）运河，至长安闸，入嘉兴路运河。”记述尽管简略，长安的位置却相当突出，考宋时无大运河之称，此大字当杭字之讹。则闸为杭嘉运河相切之点，肯定会有一定的水位落差（今下塘河上塘河最高时水差近二十米）。对古代的水利官员来说，这是非常让人头疼的事情，除了设置专业船闸，别无他法可施。这就是为什么，这么一个小小地方，会被号称国家科技含量最高的复闸技术所选中。相比同为江南运河上的著名船闸如杉青、望亭、奔牛、吕城等，别处是单闸，而它却是复式，由上闸、中闸、下闸三座船闸组成。“自下闸九十余步至中闸，又八十余步至上闸。”（《咸淳临安志》卷三十九）整个系统应该还包括专设于两岸的水澳——一种庞大的类似水塔那样的东西，为船闸提供工作用水：“两澳环以堤，上澳九十八亩，下澳百三十二亩。水多则蓄于两澳，旱则决注闸。”就是这样规模一个先进的水利工程，当年巍然屹立在这里的河道上，光想想也觉得是相当的壮观。

我们现在大概已经知道，船闸的主要功能，就是要把船队从水位较低的河流，送到水位较高的河流上去，其工作原理就像爬坡——更准确的说法是跨台阶。由于运河里的商船客船，或专门运送粮食银子的漕船不可能像人那样生出两条腿来，这需要相应的技术装置来克服这一难题，所谓堰闸就是这样发明出来的。其工作原理：假设现在船从崇德方向过来，到了下闸以后，闸门打开，放船入闸，然后闸门仍旧封闭。这时设在两旁的水澳就开始向闸内注水，等水位高度与中闸水面大致持平，就开闸放船入中闸。再关门，再注水。再放船出闸入上闸，如法炮制，然后船就算是顺利通过了。反之亦然，只须将注水的工作改为抽水就可以了。

奇怪的是，这样重大的科技发明，甚至可称历史性事件，北宋以降，每天经过这座闸的重要人物不知有多少，皇帝、权臣、高士，名娼和道学家，哪怕是爱搞水利工程的苏轼和有科学家头衔的沈括，却都视若未见，多的是吟风弄月，少的是科学记述，到目前为止，唯一的记录倒是来自一个不相干的人，即写《参天台五台山记》的那个日僧成寻留下的，当年他在绍兴应仁宗之诏去开封，途经这里的日期为北宋熙宁五年（1072）八月二十五日。在当天日记里他这样写道："天晴。卯时出船，午时至盐官县长安堰。未时知县来，于长安亭点茶。申时开水门两处出船，船出了，关木曳塞了，又开第三水门关木，出船。次河面本下五尺许，开门之后，上河落，水面平，即出船也。"不过，这个外国老和尚不紧不慢、仿佛念经般的刻板描写，细腻是细腻了，有关此闸的凶险和船只过闸的拥挤场面可是一点都没提到。好在也关系不大，如有读者对此感兴趣，可以在诗人范成大的《长安闸》诗里找到你所需要的感觉："斗门贮净练，悬板淙惊雷。黄沙古岸转，白屋飞檐开。是间袤丈许，舳舻蔽川来。千车拥孤隧，万马盘一坏。蒿尾乱若雨，樯竿束如堆。摧摧势排轧，汹汹声喧豗。偪仄复偪仄，谁肯少徘徊！"怎么样，够惊险壮观了吧！

沉浸历史之中的感觉，有人说可以跟吃摇头丸媲美，一种因现实麻醉而产生的自得其乐和忘乎所以。我当然没有这方面的体验，但刚才灯下这一阵忙乎，不知不觉几个多小时过去了。

同室的呼噜打得震天响，像是有意要为范诗中“悬板淙惊雷”这句来个现实注释似的。此前安心工作倒也没觉得，一停下来就感觉有些受不了，加上肚子也有点饿，干脆把他叫起来一起去吃夜宵。夜色里的运河，温柔得像恋爱中的老虎，小镇已经日益现代化起来的那些新型灯光斑驳陆离，投于静静的水面，乍看上去真像是猛兽的斑纹在发光。我们在桥头的一个排档上坐下来，随便吃了点东西，都是些地方上常见的菜，有鳝丝、鲫鱼和菱角等。说起来，这也是小镇地方特产方面的代表作，比如陆游当年应召赴川道经此地，就曾以“鱼蟹甚富”四字形容自己对长安的观感，这一点在《入蜀记》里有原始记录。可惜当初军务倥偬，一路上走得急，早晨到这里，午饭时分人已在崇德，晚上又赶到石门去过夜，没来得及住下来好好品尝一番，不然的话，吃得开心之际，一时诗兴大起，留下名篇雄文，倒也可以给现在小镇的旅游业起点广告作用。

回房间已近十二点，人还处于莫名的亢奋中，一点睡意没有。想起前几天媒体大张旗鼓报道的那个运河专家考察团的事，觉得很有意思。有某专家在答记者问时居然称“来前不知道嘉兴也是运河沿途重要城市”，简直让人无语。不说开凿历史要早于邗沟的百尺渎，就是秦始皇时代那条马塘，亦就足以说明一切了。《越绝书》里的原文是：“秦始皇造道陵南，可通陵道，到由拳塞。同起马塘，湛以为陂。治陵水塘到钱塘，越地通浙江。”这里的由拳是嘉兴古称，而马塘即马堰，专家称在今海宁境内，想必系此堰古名而已。隋炀帝晚年疏江南河，长安作为国道沿途主站的重要性更是日渐凸现，“上彻临平，下接崇德，漕运往来，商船络绎”，这是《宋史·河渠志》说的。“坝北坝南河水平，客船争缆水云腥。乡音吴越不可辨，灯火满舡如落星”，这是元人萨天锡在《宿长安驿诗》里说的。“商旅聚集，舟车冲要”，这是明末顾祖禹说的。“商贾舟航辐辏，昼夜喧沓，市无所不有”，这是《乾隆杭州府志》说的。这些散落于史志诗文里的记录与评价，若没有现实依据，谁敢随口乱吹。

有意思的是，在明初宁波诗人张得中的《两京水路歌》里，其中描述从杭州到嘉兴运河流程的那一段，刚巧就像是上引《越绝书》的通俗版：“北出关门景如画，竹篱人家酒旗挂。皋亭临平谈笑间，等闲催上长安坝。崇德石门逢皂林，湾边三塔高十寻。嘉禾却过杉青闸，王江小路吴歌吟。”简直可作便携式旅游手册来读。其余如宋建炎三年三月高宗南渡，经由此地逃到杭州建立偏安小朝廷，一百多年后元朝大将伯颜率大军在这里过闸，进驻临平，刃指杭州，宋室宣告投降。这些中国历史上的大事，可以说都跟这小镇、这河流、这古闸有着密切关系。（详见文天祥《指南录》）至于其他文物如寺观津梁之类，觉王古寺，玉宸道院、梵香庵和净妙寺，虹桥、文进桥、迎秀桥、龙潭、建兴湖、义亭埭，这些随手罗列的古迹，仅是宋元以前地方历史的一部分。有人说，在江南古镇，你随便一脚下去都能踩出一个典故，但在长安，我可担保你一脚能踩出两个。

不过话还是要说回来，古运河嘉兴段的流经方向位置虽搞清楚了，但这只是在元末概念上才可以这么说，明初运河突然改道，由崇德直插塘栖至杭州江涨，以致长安三闸从此被废弃。此项工程据说跟一个叫张士诚的家伙有关，熟悉元史的人应该都知道此人，现存史料说他是苏北私盐贩子，元末天下大乱，带了手下一帮伙计乘机起事，占了家乡泰州称王，国号大周。过把皇帝瘾后野心更大，先打苏州，再下杭州。当时长安闸因兵乱失修，河道不畅，无法满足战争需求。一条新道因此而成，时间成本为十年，而他本人并没等到这一天到来，《元史》说他死于至正二十七年（1367）秋七月，而期盼中舳舻千里风帆高扬的场面，要在他死后两年才能出现。这和忽必烈修运河的故事极其相像，不过一个元初一个元末，而张某人也没元大帝的好运气罢了。

现在的问题是，对于当时长安镇的人民，这可算不上是个好消息。正是这段新开运河的通航，使小镇的历史从此被改变了。彼此毗邻的两座古镇，此后命运正好挪了个位，如果用唐诗来比喻，一个是“寥落古行宫，宫花寂寞红。白头宫女在，闲坐说玄宗”，一个是“莺啼鸟语碎，日高花影重。承恩不在貌，教妾若为容”。对此《光绪唐栖志》倒也毫不隐瞒，说得蛮通情达理：“迨元以后，河开矣，桥筑矣，市聚矣。”从而“生意兴隆、名流荟萃、高贤栖托”，雄踞江南名镇之首。而长安由于地邻杭州，物产丰登，虽不至于一下就破败下去，但昔日政治军事上的重要地位，显然大受影响。尤其是当年显赫一时、代表小镇形象和知名度的水闸，在《修川小志》里只留下淡淡几笔，称“明以来无所考，盖久已废弃也”。“国朝道光二十八年五月霉雨为灾，堰坏，里人筑以瓦石；咸丰初复修复坏，遂废不治。”其中“遂废不治”这四个字，蕴含着多少沧桑和无奈！繁华与衰落，热闹与沉寂，造化无常，此消彼长。夜深草草洗罢，熄灯上床，脑子里还在为这些念头纠缠，这时邻床的鼾声已响得把窗外运河货轮的汽笛也压下去了。

次日早上起来，雨声哗哗，街道上满是匆匆上班的人流，水汽蒸腾，楼影迷离，款式各异的雨伞、雨披，间或还有一两顶竹笠杂处其中，更见古意。去文化站找新中国成立以来当地的水利资料，车子在闪亮略欠平整的路面缓慢行驶，一时间恍若坐船闲行。由于昨晚已做精心准备，内心劲头十足，颇有几分已将那座虚无缥缈之古闸视为囊中物的豪气。更何况在这一过程中，还有意想不到的机缘撞上门来。还是在前述镇文化站长的办公室里，一位前来串门的地方长者，在得知我们此行的情由后，偶然讲起镇上火车站那边有座小桥，原来的名字好像叫作下闸桥。毫无疑问，这是一个相当重要的线索，夸张一点说，几乎可用古语“踏遍铁鞋无觅处，得来全不费工夫”来形容，让人精神立马为之一振。尤其当我追问另外两座时，他都做了较为肯定的回答，并表示可以给我们带路，在驱车前往勘寻的路上，内心的兴奋之情真是难以形容。

很快，前后也不过花了半个多钟点吧，多年来悬着的那份心愿，基本上都已一一落到了实处。说来也真有点煞风景，当年小镇最宏伟最牛的建筑，现在已改头换面成了三座普通的行人桥，破破烂烂也瞧不出有什么奇异之处，而且就坐落在我们昨天来回走过多趟的那条河上。现在民间的俗称倒也去古不远，不过后面都加了个桥字，叫作上闸桥、中闸桥和下闸桥，以致一般的人不留心就弄不清楚了。前面的两座，一座位于今长安东街，一座在今集贸市场东端。还有一座下闸桥找起来要稍微困难一些，因它后来有个官名叫解放桥，再者位置与沪杭铁路长安线部分重叠，处于有关部门的监护范围之内，不让行人走近。本想让镇领导替我们通融一下，后来想想也就算了。隔着有铁路系统标识的栅栏往里张望，将相机焦距调到最大系数，胡乱拍了几张，也就算是满足了。想起台湾诗人洛夫《边界望乡》里的诗句："望远镜中扩大数十倍的乡愁 / 乱如风中的散发"，还有"当距离调整到令人心跳的程度 / 一座远山迎面飞来 / 把我撞成了 / 严重的内伤"，以前读的时候，也没觉出有什么特别好，此刻处于同样的时空境遇，感受上自然就有些不一样了。

还是要扯到郭畀，说起来，这也是维系我与这座陌生小镇的主要因缘。在《客杭日记》里他除了讲述自己曾在这里登岸买饭，还透露有个亲戚就住在这镇上，就是笔下称之为"盛亲家"的那个人。当初写《阴阳脸》时就一直深怀好奇，发现此人名字日记里出现了好多次，而且都与隐秘的私人事件有关，如借钱和中转信件之类。至大元年十月初九日条下称："盛亲家、章端甫自乡中来，寄至家书。"次日即有告贷一事发生："盛亲家见借钞一笏。"八天后的十月十八日："遣小王下长安盛亲家处借钱。"同月二十五日："盛亲家公自长安来，同盛寿一哥及二乡人相访……盛亲家约到芳润桥午面，寿一哥同集。"最后一次记录是在此次见面的次日："盛亲家来，别付家书，报事体如是。"通过以上零星记录，可以看出两人的关系绝非一般。你想想，一个能开口借钱同时还能将私人事务托付的人，那是什么交情？何况亲家公这一称谓有很强的特指性，无论古今都是如此。多年来我一直想证实此人即为郭之丈人，并怀疑他的名字就叫盛元仁，是元初地方名人，与彼时文坛大佬如戴帅初、方万里、仇仁近等都有深厚交情，按年龄也正好是郭之父辈。《吴礼部诗话》说“陆秀夫抱幼主沉海，诸公作挽诗，惟盛元仁一章为冠”，说的就是此人。现藏故宫博物院的仇远《自书诗》长卷，当初写了也是送给他的。《至顺镇江志》卷十七载此人为大德末年镇江儒学学正，顶头上司儒学教授郭景星即郭畀老爸，而郭本人又在他手下任儒学学录，这是何等亲密的关系。但主流文献都说他住在余杭，不住长安，你有什么办法？尽管如此，比起他的老师来，还是要幸运一些，大名鼎鼎的莫两山先生，不仅地方志里无传无记，连个真名都不给留下，这就更没办法了。

车子在沪杭高速公路上快速行驶，同样的江南残春，同样的烟雨迷离，不过这已经是在回去的路上了。尽管此行待的时间不长，除去睡眠花掉的五个小时，加起来也就一天多一点吧。但由于多年纠葛的一个情结的解开，精神轻松是不消说了。更重要的是，在那里有我想象中古镇的感觉：质朴、慵懒、悠闲，加上宜人的景色和淳厚的民风。车中无事，一边翻看手里的《修川小志》，一边想着早晨在小吃摊与店主有关赚钱的那番交谈，内心感触尤深。当然，这种信息时代的安居乐业、抱朴守真，跟当地诗人邹谔诗里标榜的“一圩秋稼早，半亩水莲香”的世外桃源生活毕竟有所区别。因此，相比之下我还是更欣赏元人张昱《长安镇市次赵文伯韵》里那种勘破世相后的超然：“淹遍衣衫酒未乾，何如李白醉长安？牡丹亭院溥新露，燕子帘栊过薄寒。春晚绝无情可托，日长惟有睡相干。旧题犹在新罗扇，小字斜行不厌看。”尤其后面两句，也许在我看来，长安小镇近两千年不同寻常的历史，恰像是一幅倪迂或盛子昭的行楷扇面，有点旧，有点残，有点寂寞隽永。你说它是纸上烟云也罢，说它是沧桑过眼也罢，想来它自己也一定不会计较。时代是新的，生活是旧的，或时代是旧的，生活是新的，从内心而言，这两种时间状态都是我向往的，至少比什么与时俱进的玩法要有意思多了，“旧题犹在新罗扇，小字斜行不厌看”，张光弼说得真好！

2005 年 6 月　长安—湖州

上扬州

狮子头是用来看的

从瓜洲到扬州，不过像上海人从浦东到人民广场那么点路，方便得很。古代这条路上多的是芦苇，袁枚有《夜过瓜洲》诗称“芦花三十里，吹雪满船头”，才情虽好，意境也不错，但要较起真来，可挑剔的地方还是有的。比如诗称三十里，准确数字应该是二十五里，折合今制约十公里不到。又按正史，这段运河由唐开元二十六年（738）润州刺史齐浣所开，大名伊娄河。开河自然是为了通漕船，但诗里给人的感觉却像是条小溪沟，实际上，这个娄字亦已泄露天机。又以新旧唐书本传考之，这一年他应该正在浙东的会稽郡忙着，要像切蛋糕那样把属下的鄮县切下来变成明州，为此宁波人民想必到现在还是感激他的。而又能在此主持大型水利工程，想必是用上了道家的分身法，因为在伟大的唐朝，从皇帝到娼伎，除了都会写诗，还有一个特色就是骨子里全都是道学的虔诚膜拜者。包括在称呼上，也让人眼花缭乱，比如在同一年里，扬州人民爱称他润州太守，明州人民爱称他江南东道采访使。名字自然也有好几个，一个叫齐浣，一个叫齐澣，与西施的浣纱又称澣沙玩的是同样手法（详见《嘉泰会稽志》），而李白又喜欢叫他齐贲，有《瓜洲新河饯族叔舍人贲诗》，号称“齐公凿新河，万古流不绝。丰功利生人，天地同朽灭”。他是天才，又为侄辈，加上其时在工地上混饭，语言尺度大一点，也能理解。坐在现代化的豪华大巴里胡思乱想，尽管芦花吹雪的美景无缘见识，倒也并不寂寞。

车子进入市郊，人开始兴奋起来，此前虽来过多次，每次都有新的感受，那种闲适、颓唐，懒洋洋的气息，很难找到合适的词汇来形容，这大概就是郁达夫讲的“梦想着扬州两个字，在声调上，在历史意义上，真是如何地艳丽，如何地够使人魂销而魄荡”的意思了。前些日子看到有关霍金的报道，就是那个英国残疾作家兼物理学家，这人好像每隔一段时间就会抛出点新名堂来，当然严肃的说法应该叫研究成果。比如这次他说时间是弯曲的，并非如我们想象中那样呈线性。这话我信，至少在扬州，时常就有这种感觉，如果待的时间长，相对这种感觉就会愈强烈。别看它到处破破烂烂的，姑娘们的打扮也较土气，跟苏州李公堤，杭州北山路的玩法没法比。在精神与文化层面，值得它骄傲、自矜的地方可多着呢，且不论触目所及的那些寺观碑廊、叠石古木，就拿它在科技时代依然保持的生活方式来说，诱惑力就相当的大。茶馆与混堂，这是一般市民早上晚上最爱泡的地方，其余时间则大多消磨在书场、戏园和餐桌上。王少堂的评话，富春茶社的烧卖和汤包，淮扬菜系里的清炒长鱼，传统的力量就以这样朴素固执的方式，顽强抵挡着现代文明的入侵。尽管这对当地的经济发展不是什么好事，但那种散漫的、处变不惊、自得其乐的姿态，每逢想起还是很让人心动。

进城前先去看了茱萸湾，古时通海陵即现在的泰州，号称吴王刘濞作品，又经隋炀帝老爸加工修改。两个同时代的元朝人，成廷珪《居竹轩诗集》称“茱萸湾上发官航”，则为运河主道。杨伯谦《唐音》说“茱萸湾未详”，说不知道有这么个地方。有关地理方面也同样，两个同时代的清朝人，薛凤祚《两河清汇》说“江都北十五里即茱萸湾”，我的老乡郑元庆《行水金鉴》说“茱萸湾百有十里达于江都”。只好都当相声听了。跟胡滋甫的《扬州水利图说》略作比较，拍了点照片，然后打车去何园和瘦西湖，前者因石涛的大涤草堂就在此园内，虽是复制的景点，但园林当初设计出自他的手笔，这事陈从周作过考证。后者既是扬州的文化品牌，也是运河闻名遐迩的水库。靠在冶春园临湖的斜栏上，望着水底微漾着的垂柳衰影，感觉古代与现代距离如此相近。后来在文峰中路上随意走看，当时天空十分凑趣地下起了丝丝小雨，以至水边那个持花伞，穿绸裙，背水而立的女孩，差点被我误认为是《虹桥修禊图》里的某个人物。当年王渔洋曾有纪事诗云“红桥飞跨水当中，一字栏杆九曲红。日午画舫桥下过，衣香人影太匆匆”，说的就是这种感觉。此人在当地为官多年，虹桥是他公事之余最爱泡的地方，一帮文朋诗友围着他三天两头在这里斗诗唱曲，狎妓纵饮，将知名度硬是炒了起来。后来乾隆中期另一好事之徒卢雅雨任两淮盐运使，对这地方也是情有独钟，搞了不少声势浩大的文学活动。其中一次全国诗歌大奖赛，竟吸引数万人参加，光结集发表的同题诗就有六千多首。以至在后人眼里，如果到了扬州不到虹桥一游，不仅是白来了，甚至还有可能被人看成是没文化的表现。“扬州好，第一是虹桥。杨柳绿齐三尺雨，樱桃红破一声箫，处处驻兰桡。”有诗为证的事，绝非天沁园的招牌菜红烧狮子头吃撑了说着玩的。

傍晚下榻扬州饭店，安顿停当后，在灯下核对资料，很想有张市图，看一下城内河道的最新态势，下面大堂的商场里没有，只好打的出去找。途中司机偶然说起慕名已久的普哈丁园就在附近不远，虽然知道晚上不一定开放，还是忍不住去看了一下。车子到了那里，大门关得严严密密，但可从铁栏外张望，至少也能使好奇心获得部分满足，只不知里面葬的那个是否系真身。有关它的建造日期，《扬州画舫录》里倒是有记载的，说是南宋亡前一年即德祐元年（1275），墓主相传为穆罕默德十六世裔孙，至于为什么当年要像白求恩大夫那样不远万里来到中国，则语焉不详。精神方面的认定相对要容易一些，除了是国际主义精神，还能是其他什么精神？在扬州传教十余年，时间一长有了感情，就不想回去了，包括他的葬地，也为生前自己选定。园门左侧即运河旧道，可以想象此人当初被无数粉丝拥围着，口诵《古兰经》，于此登岸的狂热情景。在夜色中凝望曾被顾城形容为尸布的沉默的河面，脑子里难免会转过一些古怪的念头。等到两根烟抽完，路上已难见行人踪迹，这才想到该回去了。

意外的事没想到还在后面，回房间住下后洗了个澡，将买回的地图摊在床上，找到宾馆所在地的标记，发现隔壁就是大名鼎鼎的扬州博物馆，对于像我这样一心向往旧时代、食古不化的人来说，它的名字也许更适合叫天宁寺。地方志说那里曾是谢安年青时代的私家别墅，这一点暂且存疑，有待商榷，但其他那些如乾隆皇帝七下扬州的行辕，曹雪芹祖父曹寅奉旨刊刻《全唐诗》的印刷工场等，应该是可以相信的。更有意思的是，当年它似乎还是名列扬州八怪中那些人物在这座城市的唯一落脚点，客观上起到了社会救济院和精神避难所的作用。无论是金农还是黄慎，也不管是汪士慎还是郑板桥，不管他们后来如何有名，在纸上随便涂几笔就可换来大把银子，最初的转机可都是从这里开始的。譬之朱元璋的皇觉寺或陈圆圆的四亩地也有过之而无不及。虽然夜已很深，一时心痒难搔，最终还是忍不住穿上衣服出去看了一眼。

琼花辨

昨晚开始整理琼花的史料，乱七八糟一大堆，本意想弄清它的真相，因为历史学家说了，这可是那个叫杨广的家伙政治腐败的铁证，不可随便放过。结果却越看越糊涂，发现那些说他坏话的，材料源头基本出自话本演义，或唐人编的伪书如《开河记》之类，真正能让人信服的证据基本没有。明人所著《隋唐演义》大概为这方面的始作俑者，该书第四十七回称“看琼花乐尽隋终，殉死节香销烈见”，从回目看用的就是政治家的归纳法，平时整对手可能比较管用，历史问题也如此对待，就有点说不过去了。何况人间是否真有此尤物，事实上前人亦未有明确结论。包括最早的鼓吹者王元之，在《后土庙琼花诗序》里只称“扬州后土庙有花一株，洁白可爱，且其树大而花繁，不知实何木也？俗谓之琼花，因赋诗以状其异”。他朋友宋祁当时就跟他唱反调，说所谓琼花其实是玉蕊，“维扬后土庙有花，色正白，曰玉蕊，王禹偁爱赏之，更称为琼花”。苏东坡是个喜欢热闹的人，什么事都少不了他，跟在后面起哄，说玉蕊又是芍药别名，这样就更乱套了。还有个好事之徒叫周密，是四库馆臣精心包装的南宋花花世界代言人，其《瑶池慢》词前长序称“后土之花，天下无二本。方其初开，帅臣以金瓶飞骑进之天上，间亦分致贵邸。余客辇下，有以一枝（以下原文缺）”，说得煞有介事，怕人家不知道他是南宋国戚杨和王曾孙杨伯岩女婿似的。后来专家们吵来吵去分不出个胜负，干脆分成了两派，一派为主琼花派，一派为主芍药派。再后来，明人郑兴裔著《琼花辨》，断言宋以前不仅扬州，就是全中国也不可能有所谓琼花一物，而当代扬州民俗学家钱传仓虽坚称唐朝肯定有，至今拿不出过硬的材料。相比之下，倒是官方《扬州府志》深得中庸之旨，只称“扬州后土祠有琼花一株，世传为唐人所植”。不说有，也不说没有，打打太极拳算了。至于历代文人墨客的捧场，那是因为这玩意儿品相佳极，符合他们见色心喜之本性，因此吹捧的话可没少说，连名头很大的那些也不能免俗，如韩魏公所谓“维扬一株花，四海无同类”。刘原父所谓“东方万木竞纷华，天下无双独此花”。欧阳公所谓“琼花芍药世无伦，偶不题诗便怨人。曾向无双亭下醉，自知不负广陵春”，等等，姑录这些吧，我可不想做文抄公。

下午去了后土祠，不过这地方在地图上你是找不到的，比较通行的称呼叫琼花观，就在文昌中路旁边，非常深邃幽静的一处景点，有一种很特别的气息，一进门就能感觉得到。此行恰逢看花佳时，本来往年四月初怒放的花期，因了连日阴雨的缘故，被推迟到了中旬。千娇百媚的银白花卉，在暮色掩映中如同火焰般耀眼，其大如碗，其色如玉，密密麻麻挤在一起，清洌得有点刺鼻的浓香，裹在温煦的晚风里，一阵一阵压过来，使我内心原有的一点小小不恭，也立刻老老实实收了起来。至于这花是不是古人所谓琼花，谁也不知道，至少古人说只有一枝，现在满园都是。后来闲坐碑廊抽烟，脑子里想得最多的，是杨广死前对着镜子一边摸自己脑袋，一边说“好头颅，谁当斫之”这件事。觉得扬州人对琼花的感情，一下子又变得比较容易理解。再说这些年在外面跑，类似的事情也见得多了。比如沈约成为金华市历史文化名人，黄石的文史工作者爱把西塞山连同张志和说成是自己那里的，还有萧山区和诸暨市打了好多年的西施官司。前些日子来自媒体的最新消息是，一个梁祝故事原生地，打算申报联合国世界文化遗产，全国竟有七个城市同时在抢，后来虽由上面做了调解，结果又弄出那个集体申报的笑话来。

扬州琼花当然不会落到这样悲惨的境地，但现在的问题是，如果当地市民非要把这花说成天下无双，人间唯有他们才有，那就可能也会有麻烦。事实上其他地方也有说这花在他们那里的，而且好像还不止一处。比如《淳祐临安志》里有关杭州城东褚家塘琼花园的记载，李清照父亲李格非《洛阳名园记》在当地豪家李氏仁丰园所见，元遗山《续夷坚志》甚至称有人远在鄠县也有幸见识过这一尤物。满人麟庆《琼花真本跋》说得比较坦率："初余至扬州访琼花，绅者具不能道其真状。乙巳归里后，有持内府藏琼花真本求售者，后有广陵周式文考核精详，因秘殿珠林印，不敢留。吾友陈朗斋请摹一图，将归扬州而嵌诸蕃观辟，以广其传，余喜而为志。道光二十有五年秋月长白麟庆识。"由此得知，真正的琼花到底什么样，观里开着的那些究竟是琼花还是芍药，当年扬州文化界的大佬们实际上自己也搞不清楚。现在观内壁间刻的就是麟庆摹自内府之本，这才有了鉴识的依据。即便如此，也没敢说它出自唐人之手，跟隋炀帝亡国更是风马牛不相及。

出来时在门口拍照，汉朝的后土祠或后土庙，唐代的唐昌观，北宋的蕃厘观，说的全是这地方，不过不同朝代使用的不同马甲罢了。但不管是不是货真价实，那种幽雅和沧桑感，还是很对我胃口，包括"明月三分州有二，琼花一树世无双"的集句，亦很见才情，让人过目不忘。后来在对面排档吃饭时，很偶然地瞟了一眼电视，正好看到中央台主持人在推介当地旅游，普哈丁墓、雷塘、瘦西湖、大运河、石涛故居一一道来，其中自然也说到了琼花观，从历史到今天，从琼花到芍药，叙述得够详细。就是没提晚清时一连数年闹灾荒，老百姓没饭吃，政府支大锅办粥厂赈灾，一时找不到地方，就把这里临时改成了公善堂，四乡灾民每天拖儿带女如同潮水涌来，让它的风雅和清逸难免会受到一点影响。想象中，数万人举着饭碗捧着钵头争先恐后在这排队，想来绝非煞风景三字可以形容，可见精神文明在物质文明面前，总是不堪一击。另外，因是自己买票进来看的，舍不得多花钱，因此没请人讲解。吴敬梓饿着肚子在这里写《儒林外史》，郑板桥落魄时在这里摆摊卖画，不知现在的导游词里，是否都有提及。当然，这些事跟隋炀帝也扯不上干系。

雷塘那片夕照

今天终于有机会见到雷塘的隋炀帝墓。1985年来的那次，兴致一点不比现在小，但一听离城有十几里地，交通不方便，地址又无法完全确定，只好悻悻作罢。这次因有政府部门相助，有车子接送，导游相陪，条件自然不可同日而语。但自觉付出的代价也不小，至少从上一次到这一次，整整二十年时光就这么过去了。对于像河流、山川、陵墓、城阙这样强大的物质，这点时间当然不算什么，以运河两千五百年的历史计，更是连它的百分之一都不到，但放在一个人的身上，就有点可怕了。或许正是这种情绪影响了后来的兴致，加上当时天气实在也太热了。总之，当我下车后前去瞻仰，在一定距离外挑个地方坐下，望着站在一个高高土台上，目光凝重、孤独而倨傲的皇帝，心里除了敬畏和同情，可说一点别的感觉也没有。李商隐的《隋宫》自然是想到了，于今腐草无萤火，终古垂杨有暮鸦，咏史诗的典范，寓讽喻于蕴藉之中，艺术功力没得说。不过皇帝自己所作《饮马长城窟》里有两句诗，叫作“树兹万世策，安此亿兆生”，像是预先写好了放在那里用来回答他的。

回来后忙中偷闲又去了天宁寺，无复当年风采是必然的，时代毕竟已是21世纪初了，你想还能怎么样？只不过到了这里，一空下来脚就有点管不住。出来后沿河边一路走着，眼前这段为明清时运河入城的主河道，跟春秋时的吴国邗沟是否有衔接或重叠的关系，目前尚无法做出结论，但至少乾隆当年是这样认为的，有大作称“小艇沿流画桨轻，鹿园钟磬有余音。门前一带邗沟水，脉脉常含万古情”，就是驻跸寺里时写的。它像奇迹或荣誉的某种代名词，见证了一座城市的鼎盛与辉煌，虽然同时也见证了它的衰落。如今，只有镌刻着御码头三个大字的石碑，在正午的日光下静静矗立着，瞧着有些目眩。当年皇帝的浩荡船队就停靠在码头下。两百年前如果我像现在这样信步乱走，放任自己的遐思，很有可能会遭到侍卫驱赶或太监辱骂，说不定还会被捉将官里去打上一顿板子。一想到时间的无情、想到权力荣华的飘忽与易逝，尽管寺内法堂现在已成为古玩市场，河面大小画舫的梢头，也一律高高插着乾隆风情游的煽情旗帜，我还是一点也幽默不起来。

昨天傍晚在瘦西湖躲雨喝茶，曾跟同桌一位老者偶然扯起过运河的情况。老先生是本地人，听口气好像还是行家，说起这些年全国各地搞文化，热衷于修复古迹，他认为事情自然是好事情，但规划上方法上存在不少问题。比如采用石块将古运河两侧驳岸，好看是好看了，沿途水上水下的生物链却会因此遭到损害。有资料表明，这几年运河的自净能力连续下降，显然与这些所谓的文化或美化工程有直接关系。稍后又谈到有位水利局退休专家给市长写信，倡议建立运河水利博物馆。具体设想是以现在的茱萸湾为中心，然后按水系结合现有水利历史遗迹，分西南、东南、东北和西北四条辐射性线路，构成扬州江淮水利历史文化的完整网络。我理解他作为一名普通市民对自己城市的感情，同时告诉他杭州方面的动作也不小，从十年前开始投下巨资治污，首次提出“为运河洗把脸”的口号，到后来《京杭运河杭州段综合整治和保护开发战略规划方案》正式出台，一切都按预定计划在有条不紊地进行着。我们为自己所居住城市未来的前景吸引，分手时还不忘以茶代酒彼此干了一杯。

说是八怪，还有一怪

早上又去天宁寺泡了一会儿，七点不到就起来，没想到还是去晚了，人到门口就听得里面已是乱哄哄的一片嘈杂声，有打拳的、扭秧歌的、遛鸟的、吊嗓子的，更多的是那些趁早来抢摊位的文物贩子，将大殿前的天井和长廊两端占得满满。大小不等的白色编织袋，里面倒出的全是四乡搜罗来的真真假假的古董，彼此间或贴耳细语，神情诡秘，间或嗓门如雷，粗着脖子讨价还价。无法想象长年与梅花为伴的金冬心，或瞎了一只眼睛的汪士慎，画得腰酸背痛之际想出来透口气，看到这样的热闹景象，心里会是如何感觉。他们惊惶不惊惶不知道，反正我是有些怕了，因此很快出来，走过门前小桥，见对面即为扬州古籍书店，就跑到那里看了一会儿。书倒是不少，价格与时俱进自然也能理解，关键是没找到什么想要的。出门时见柜台前有位老先生戴了眼镜在修补古籍，慈眉善目，专心致志，放下剪刀时声音轻得几乎听不见，这个动作给我留下了很深的印象。

去大东门寻访当年沈三白夫妇落魄扬州时的故居，是个临时增加的节目。说来惭愧，这线索还是昨天刚从当地作家韦明铧的书里得来。据韦先生考证，沈复《浮生六记》里所说的“赁屋于邗江先春门外，临河两椽”，位置基本可以确定在今大东门河东一带。这让我一时间兴致盎然。一是出于对沈三白的感情，二是那里为运河入城分水处，本来也是需要去看一下的。于是叫了出租车匆匆赶去，没想到半个世纪前的生活情景，在那里尚依稀保存着。狭窄的路面，倾圮的木楼，细长的巷子，还有满鳞次栉比的商店货摊，一座水泥斜桥将整个居街区匀称地划成两半，这就是有名的大东门桥了。而底下那条河流来头更大，两百年前它的名字叫小秦淮河，是扬州最繁华的地带之一。沿着河道两侧像侦探似的东瞧西瞧走了个遍，只要上了年数的那些门庭，都被我列入怀疑者的名单。后来见这样下去也不是办法，跟朋友要了韦先生的手机打过去，不料人在外地，承告目前他的考证只能断定在此区域，具体落实到哪一幢哪一户，还需要进一步的努力。尽管如此，感觉已是不虚此行，至少这对贫贱夫妻当年潦倒的生活场景，心下已有几分了然，下次来请韦先生相陪再慢慢寻访不迟，到时候他的研究如有新的突破，那自然就更棒了。

下午基本消磨在那一带，把附近的老街老弄老房子都看了个够。《陶庵梦忆》称：“渡钞关横亘半里许，为巷者九条，巷故九。凡周旋折旋于巷之左右前后者，什百之。巷口狭而肠曲，寸寸节节，有精房密户。”说的虽是蓄养瘦马的幽闺，不一定就是这个地方，但从建筑格局看亦颇相似。尤其大胆闯入某个精致的庭院，就算没有传说中的骨感美人出现，透过天井里杂乱的违章建筑，想象屋主当年的富奢逸乐或金屋藏娇，那种感觉也是很不错的。后来回到桥边时已是薄暮，这时可不是为了沈三白，而是石涛了。在晚年致友人的信中，他曾描绘自己在扬州的居住景状，“……在平坡上，老屋数椽，古木樗散数株。阁中一老叟，空诸所有，即大涤子大涤堂也”。而这个地方，据他朋友李驎称也在大东门外。石涛在中国画坛上也算是个另类的老祖宗了，扬州八怪那些家伙笔墨上做派上其实全是学他的，只是大多数人没有他的功力学养，有些画虎不成反类犬罢了。想起明天就要离开这里，晚饭后还特意去泡了澡堂。扬州人爱说“早上皮包水，晚上水包皮”，前一种指喝茶，后一种指的就是洗澡。有首清人小词专道此事，叫作“扬州好，沐浴有双池。扶掖随身人作杖，摩挲遍体客忘疲，香茗沁心脾”。乐趣是写出来了，文采可是一点没有，全不如“洞房花烛，不如热水泡脚”这句当地民谚来的过瘾。听说扬州评话里多的就是这种段子，下次来时可得好好去听一听。

2008 年运河考察途中

回乡偶书

车轮在乡间公路上奔驰，接连不断的岩体、溪涧和桥梁的片段，还有桃树和梨树的喧哗。这是江南初夏慵倦的午后，一个时间的探询者在胆怯而好奇地眺望了他的前生以后，终于又返回在通往今世的路上。尽管《嘉靖宁波府志》说的“溪口山，雪窦支山也，石色莹洁如玉”的美景尚无缘领略，环山公路两边的景物也足够让人迷醉。阳光火辣辣从路边枝叶间洒落下来，由于炎热，更由于沉闷，车窗玻璃早已开到极限，中午电视屏幕上北京的时尚男子还小心地将自己裹在套头衫里，这里地头的农民已穿短衫甚至打赤膊了。偶尔有微风吹拂，空气中充溢着水蜜桃淡淡的甜味。一切都是那样的亲切而熟悉。我想，王守仁雪窦山诗所谓“莫讶诸峰俱眼熟，当年曾向画图看”，大概正是为像我这样的人写的吧？

半个小时前在那里，内心的惊喜与忧伤，似乎也有着如此强烈的反差色彩。因为这涉及一段个人隐私，且长期以来反反复复纠缠于心。我的出生之地虽在浙北的湖州，却从小时候起就一次次地被告知，在东海边古老的剡溪源头，在浙东妙高台千丈岩的长瀑下，埋藏着我生命最原始的信息和秘密。我的父亲当年就从这里走出，跟随父辈们外出谋生，闯荡江湖，在异乡落籍生根，并终此一生没有再回来过；而在他离乡七十余年，或过世两年以后，他的儿子却因偶然的机会，像一个蒲团经声中迟到的礼忏者，风尘仆仆出现在这里。

后来心情逐渐平静下来，我走上村口的广济桥，望着脚下流水茫然了好一阵，对陪同我前去的当地朋友说了一句很奇怪的话："锁的秘密，只有钥匙知晓。"这是写于多年前的《深夜回家》一诗的结尾，我不知道自己为什么会突然记起它们，更无法回忆起当初写作的背景和触机，但在那一刻，那一瞬间，当我坐在桥东堍那两棵古樟的浓荫下，周围竹篱瓦舍，岩清水碧，树影斑驳，经声悠扬，一只对面杂货店门口的黄犬跑来摇头摆尾匍匐在脚边，温柔地用舌头舔着我的裤管，内心深处的某根弦线被拨动，于是一切都被赋予了特别的意义。

回来还是如去时一样，必须转道溪口。晚霞中的武岭，如合掌打坐的老僧，已逐渐进入冥思状态。包括游人散去后重归平静的丰镐房，一把森严大锁将它和门前的滚滚红尘暂时隔开。当年从这里走出来的国学优等生蒋瑞元，虽然吃的是政治饭，做的却是与其祖上玉泰盐铺不一样的生意，但凭个人出色的才干，历史的眷顾，时代风云际会，终成一代枭雄。不管后人如何评价看待，它在中国现代政治版图上的地位和分量，任谁的力量也无法抹去。同时也能让任何一位踏入此地的旅行者的心绪，变得比两旁商店卖的千层饼还要复杂。这种饼的特色与秘密据说全在干面需分成两半，一半用凉水和，一半用开水和。然后各取其半，大小相当，黏合擀成薄饼，再卷成筒状入锅油炸，烙时还得不停地翻转、折腾，一直要等到完全烙透了，才算大事告成。这段涉及技术的文字尽管抄自产品说明书，在当今的时代背景下读来，却似别有深意在焉，比如说，一个朴素的政治预言，或别的什么，让人对两岸的未来不免有所信心。

傍晚时分在街头闲逛，清洁的街道，葱郁的草木。网吧里上网找养殖信息的外地民工，靠脑袋致富，开奔驰的年轻企业家，公园里读报的老人，街头松开母亲的手、弯腰拾起冰棍纸的小女孩，饭馆餐桌上新鲜的水果，旅游品市场卷成古怪的朝笏形状的笋干。包括当地的芋头，也是一绝，单个最大可达两公斤以上。古称蹲鸱土芝，今人号为“跑过三关六码头，吃过奉化芋艿头”。而仿佛有意要为家乡特产作形象推介，是那颗著名的带有传奇色彩的光头，又因曾经打在上面那个红叉早已抹去，从而显得更为神似。还有跟随他走出去的那些乡前辈，尽管早已长眠异地，但有一天他们会回来，回到从前出生的地方。相信这不仅是当地父老乡亲的愿望，也是溪口每一滴水珠，每一块岩石，每一颗水蜜桃，每一张千层饼，雪窦寺和萧王庙的每一记钟声的共同心愿，需要付出的不过是时间罢了。

这不免让我再次想起自己与奉化之间那种微妙的关系，尽管花开各表，毕竟藕断丝连。据母亲偶尔透露及向长辈打听，当年父亲离开这里以后，先是在上海的奉系服装店里当学徒，努力钻研技术，并很快有了自己的店铺。这时，持续数年的内战也终于到了摊牌的时候，几乎在同一时刻，也出于同样的理由，当上面说的这位奉化的大人物登上军舰永别家乡，只留下照片上那个著名的表情复杂的笑容时，一个奉化的小人物也逃离沪上，将他的店铺搬到了相对安全一点的太湖边的小城湖州，凭一手出色的裁缝活谋生糊口，与房东的女儿相爱，在异地安家落户，然后就有了我。包括我的原姓，也非现在身份证上的某人，而是正宗岩头毛氏。在从事写作后的一首诗中我这样写道："我是一个裁缝的儿子，曾经我相信世界是破碎的，就像父亲剪刀下的布料一样。"尽管那时父母因性格不合早已离异，彼此仇恨终生不相往来，而我因自小由母亲抚养成人，自不敢首鼠两端，但在我的内心，依然希望他能有机会看到。包括后来在文坛上小有名声，能以诗人身份混饭，不事耕稼，衣食无愁地活了半辈子，在一定程度上想必也得益于瑞房含光和古井灵泉的福佑。因此有时候自己会很奇怪地想，如果我的户籍本上需要有一个精神标识，应该是《汉书》会稽郡乌程县条下的"欧余亭"？还是同郡鄞县条下的"鲒崎亭"？这在我实在是一件很难抉择的事情。

晚餐后回到宾馆，借助情感和文献的力量，继续努力向这座陌生而亲切的县城靠拢，直到漫无涯际的思绪和夜色下娴静的亭下湖湖面，像书中的两片书页那样自然地叠合在一起。是的，奉化对我来说只是祖籍所在，并非出生之地，除 20 世纪 80 年代偕海洋诗会访问团匆匆一游，逗留半天，生平足迹实不过第二次踏入。但我对它历史地理的兴趣由来已久，知道它是浙江历史最早开始的地方，知道顾祖禹《读史方舆纪要》宁波奉化条下所称“夏为堇子国”，其文献依据实来自郡人高宇泰的《敬止录》，且原文明确指出“实为今之奉化”。或许正因话说得太明白了，明代万历年间写的书，此后几百年只能以手抄本形式小范围流传；知道左传襄公十年“秦堇父辇重如役，偪阳人启门”。浙大藏竹简《左传》残本P98简的原文作“秦堇之如於，以福阳内启”，经文不同，文义有异，从此遂以人名掩国名矣。当然，我也知道白杜社、梨洲山、梅福、虞喜、孙兴公兄弟、谢遗尘和唐僧契元（布袋和尚），知道宋元之际江南文坛的代表人物楼钥、戴表元和袁桷，或《攻媿集》《剡源集》和《清容居士集》。还有我喜欢的陈著，宋亡后安安静静待在家里，留下的著作有一百卷，数量在四库全书里排名第六；知道溪口的历史地标武岭，在韩国保存的中华地志里明确写明是武陵，这个岭字也被人动过手脚。知道蒋夫人毛福梅是溪口岩头村人，当然按那时行政级别该叫岩头镇，住在溪左岸的祖宅素居里，当年说不定还是我家邻居。尽管如此，我仍然无法想象自己的心会从此留在那里，只能像下午回来时在车上那样，以略带几分迷惘的目光，无数次地回首眺望着。

这是一次世俗意义上的游子返乡，还是纯粹精神式的寻根之旅，我分辨不清它们的区别，或许是两者都有吧。但与贺知章《回乡偶书》或李频《渡汉江》那种感情相比，毕竟还是有些不同，因为在严格的意义上，我甚至无权将这里称作自己的家乡或故乡。一个人从印有自己手迹和体温的地方出发，历时多年后重新回来，从起点到终点，从襁褓到坟墓，这才是故乡。

所谓“少小离家老大回”，所谓“近乡情更怯，不敢问来人”，在我的理解中，应该是出生于当地，有过一番刻骨铭心经历的人才有资格说的话，而我在这里找到的只是自己基因的根，中间隔着将近三分之二世纪的陌生与间阻。生存环境的移植，在大多情况下会影响人思想情感上的认知与取向，这种影响有时甚至是决定性的。我生在白蘋洲边，喝霅溪水长大，我的身体内是汴峰和飞英塔，而我血液的源头却在雪窦，在过云，在它山堰惊涛的重重回声里。要在两者之间做出取舍是困难的，甚至可以说是愚蠢的。因此，我只能试图从更高的意义来理解它们，我只能说：啊，时间是残酷的，时间又是仁慈的。

这是否也与当地的一位历史人物戴帅初的情况多少有些相似？1296年初夏，也是这样的炎热季节，他在东门坐船曲折绕行，渡过钱塘江去湖州看望互慕已久，没见过面的好友赵孟頫，对当地山水的投契与喜爱，在临行赠别诗“行遍江南佳丽地，人生只合住湖州”里有由衷的表达。他甚至安排弟子袁桷在当地慈感寺里读书，自己却还是回来了。而八百年后我从湖州来到奉化，尽管钟情程度上一点也不亚于前贤，待上几天后同样也得回去。这不是个人喜欢不喜欢的问题，而是命运与人生的局限。怎么说呢，我想，眼下困扰着我的问题，当年想必也曾困扰过他。这位元初江南儒林领袖式的人物，除中年在杭州做家教，晚年在上饶当过几年教官以外，其余时间一直待在家里。一生最好的作品，都是在迁离祖居小东门后的新家，即剡源张村榆林的那三间草屋里写出来的。沃尔科特称任何在离开故乡二十公里以外的写作都是可疑的，苏东坡说此心安处是吾乡。或许，他们想要表达的意思，应该都是同样的吧？一想到这一点，内心终于也就有些释然。

此时夜色已深，仍然毫无睡意，从行囊里找出来前特意复印带在身边的《正统道藏》本《四明洞天丹山图咏集》，试图以重温的方式表达对作者曾坚、危素的敬意，这两位文学前辈是元初人，与当地颇有因缘。该书所存唐人木玄虚丹山图咏二十首，其三有云："秦皇神将有王鄞，驱山塞海溺其身。葬於水底不填筑，号作鄞江今见存。"诗后有贺知章注："四明山名勾章，其江因（名）鄞江，此通大洋也。"在我的理解中，这才是有关鄞字出典最靠谱的文献，比经过四库馆臣之手的那些地方文献强多了。有了这一珍贵记载，陆云《答车茂安书》里"昔秦始皇至尊至贵……四方奇丽，天下珍玩，无所不有，犹以不如吴会也。乡东观沧海，遂御六军南巡狩，登稽岳，刻文石，身在鄮县三十余日"这几句，就变得比较好理解。再加上南朝孔灵符《会稽记》里的相关记录："始皇崩，邑人刻木为像祀之，配食夏禹。后汉太守王朗弃其像江中，像乃溯流而上。人以为异，复立庙。"答案大致也就呼之欲出了。尽管历史学家们对此讳莫如深，装作没看见的样子，但我相信他们不可能永远这样假睡下去。另按晚明南京兵部尚书余姚人孙月峰《与玉绳甥论小说家书》称："道藏中有《四明山志》，闻其书越中山水甚详，甥访得时，望抄一本为寄。"（孙𨱏《月峰先生居业编》卷三）则此书原名当为《四明山志》。而入清后不知怎么一来，有一本署名黄梨洲的《四明山志》突然横空出世，内容大半与此书重叠不说，甚至书里称奉化为奉化州的元代行政烙印尚斑斑在目，而真正的

《四明山志》，却被从此改名为《四明洞天丹山图咏集》，这样就不属史书，而是文人闲咏，里面说的自然也就当不得真了。此事让我更加相信，本省的历史尤其是明州的历史，还有很多尚被人为地封杀在时间的雪窦里，罗浚当年在《宝庆四明志》序里感慨："唐刺史韩察实移州城，石刻尚存，于时且未之见，他岂暇详？甚哉作者之难，固有俟乎述于后者也。"如今时间过去已八百多年，后者却不见有什么作为，想来实在是有些愧对古人。

这时手机响了，是一个宁波朋友坐车赶来请我们吃夜宵，这对逐渐陷入历史怪圈的我，自然是最好的解脱。地点是在新开的金碧辉煌的海鲜城，久别重逢，话语投机，酒自然也没少喝。他是杭州人，在宁波工作已有近二十年，却从未流露过想回去的打算。或许他跟我一样，也看到过晋人《钱塘记》里那个引人瞩目的记载："防海大塘在县东，去邑一里。往时郡议曹华信家富，乃议立此塘，以防海水。始开募有能运土石一斛，即与钱一升。旬日之间，来者云集。塘未成而谲不复取，于是载土石者弃置而去，塘以之成。既遏绝潮源，一境蒙利也，县迁治余姚。王莽时县名泉亭，于是改为钱塘。"（《太平御览》卷一百七十州郡部十六江南道杭州）还有梅圣俞为林和靖诗集作的序，那个开头同样也是精彩极了："天圣中，闻宁海西湖之上有林君，崭崭有声，若高峰瀑泉，望之可爱，即之愈清，挹之甘洁，而不厌也。是时予因适会稽，还访于雪中。"因此心安理得，无论从地理或情感上，都没把自己当成是外乡人。

回来时在车上昏昏沉沉，一进房间就躺到了床上。几天来储存的观感印象，如同影片在眼前快速回放，果林、寺庙、喷泉、竹筏、街景、村庄、生态园和博物馆。还有街头巷尾随处可见的弥勒佛，它的姿势和笑容里有一种特别的魔力，让人感觉格外亲和，仿佛我们并非初次相逢，而是前生就已相识。这大概又是因读过袁枚的秘密日记，确认雪窦的开山大师就是黄巢的缘故。包括毛氏祠堂里那些沉默的先人，他们当中应该有南宋绍兴年间捐资凿山的毛居士，还有元初四明祠宇观的住持毛尊师。下午幽暗的光线下，当我推开破败的虚掩的门走进去，凝神打量他们的时候，发现他们也正凝神打量着我，我们用目光交换一切，那一刻，我感觉有一根看不见的线，已把我们紧紧拴在一起，从此再没有任何力量能够分开。我努力翻转身体，换了个更舒适的姿势，合上眼睛，并告诫自己什么都不要去想……终于，生平第一次，我在家乡的床上入睡，如同出生前在母腹中那种安谧娴静的样子。一个僧人的身影在梦里浮现，眼睛明亮，神情肃穆，袈裟上血痕犹存。是恒通，翠微禅师，还是长汀子？我不知道，也不想知道。只听得他离开时喃喃自语："天津桥上无人识，独倚危栏看落晖。"又说偈曰："弥勒真弥勒，时人皆不识。"其余的一切，我都已经记不起来了。

2011 年 7 月写于湖州

黄帝的侧面像

在缙云参加公祭皇帝大典，这已经是第二届了，上次没机会来，但从媒体上看到消息，产生了兴趣，日常阅读中，对有关他的事迹就开始关心起来。按现在学界主流的说法，此人被描绘成是中国历史上的首位领导人，这自然是司马迁以及那帮汉儒们的功劳。其实在此之前，至少还有两千年的人文历史，由于这些人没机会看到河姆渡挖出的骨针和独木舟，也无幸见识良渚博物馆里那些精致的丝绸织品，只好把舟船的发明权赐给了他，随便也把纺织的发明权赏给了他夫人，想来也是情有可原。但这么多古代大儒，研究了一辈子，连他的族谱都搞不清楚，这就有点不应该了。又是轩辕氏，见《史记·本纪》。又是有熊氏，见《集解》徐广注。又是少典氏，见集解引谯周注。又是缙云氏，见汉孔安国《书传》。又是帝鸿氏，见《春秋左氏传》。姓氏自然同样也有好多个，有说是姬姓的，有说是己姓的，也有说是复姓公孙的。就像在网上亮马甲似的，加起来总有十几个吧，就不知身份证上正式用的到底是哪一个。至于籍贯就更说不清楚了，尽管据作者可能为孔子的《易经说卦辞》透露："帝出乎震，齐乎巽，相见乎离，致役乎坤，说言乎兑，战乎乾，劳乎坎，成言乎艮。"这里说的震，自然就是震泽了。但研究国学的大师们对这个震字相当敏感，感觉压力很大，于是只好集体装作没看见。

肉身形象方面，似乎也有喜剧化的倾向，或称过于样板戏化。威武庄严，白白胖胖的，就像刚从五星级宾馆里走出来，或在人民大会堂接见外宾。其实上古史里的人物，至少在西周以前，基本都是半人半神模样。《国语·周语》里记他的胞兄炎帝，一口气用上了七个形容词，叫作：人身、牛首、龙颜、面红、耳赤、大唇、水晶肚。《山海经·海内经》第十八有他儿子韩流的尊容，用的也是同样的句法，即擢首、谨耳、人面、豕喙、麟身、渠股、豚止是也。为兄的和做儿子的都长成这样，他自己又能好到哪里去。连两千年后的一个旁支晚辈勾践（此据《世本》而言之，其姓氏篇云："越，芈姓也，与楚同祖者也。"而楚为颛顼之后，颛顼者，黄帝之孙也），《越绝书》里的描写也是"长颈鸟喙、鹰视狼步"，俨然尚未脱动物属性的样子，让人真不敢有什么大胆的想象力。

此人的成名跟一场著名战争结合在一起，这就是传世文献里说的涿鹿之战，而且一生东征西讨，大小五十四仗，大半辈子都在杀伐声中度过。然而马背上得来的天下，又能于马背上治之，这就是他的本事了。按《史记·本纪》，登基后首先着手抓的工作，就是举拔和奖掖人才，风后、力牧、常先、大鸿等贤者由是脱颖而出，从平头百姓一下当上了国家各部委的一把手，这放在现在是完全不可想象的。据写《帝王世纪》的皇甫谧透露，这几个人，还是他主动上门求贤去找来的。最初只是很偶然地做了个梦，“梦大风吹天下之尘垢皆去，又梦人执千钧之弩，驱羊万群。帝寤而叹曰：风为号令，执政者也；垢去土，后在也。夫千钧之弩，异力者也；驱羊数万群，能牧民为善者也”。于是按图索骥，四处探访，“得风后于海隅，登以为相。得力牧于大泽，进以为将”。甚至没过多少时间，就让他们位列三公，这就相当于是进政治局常委了。当然，那几位自然也都没辜负他的期望，不仅将国家各方面都治理得井井有条，空余时间里还各自著书立学，风化下民。比如风后和力牧，据《汉书·艺文志》所载，一个著有《孤虚》二十卷，《兵法》十三篇并附图二卷。一个著有《兵法十五篇》。世本还说到有个叫牟夷的，是弓箭的发明者，所谓“牟夷作矢，挥作弓”是也。后汉宋衷注云：“夷牟，黄帝臣也。”说不定也是他自己花工夫去找来的。手下的人才个个本事大，一找一个准，说明他的眼力和肚量真不是一般的好。

其次是调研和强加国防，这个也要说一下的。根据《史记·五帝纪》里的行程记录，其路线大概为“东至于海，登丸山及岱宗。西至于空桐，登鸡头。南至于江，登熊湘。北逐荤粥，合符釜山。而邑于涿鹿之阿，迁徙往来无常处，以师兵为营卫。官名皆以云命，为云师。置左右大监，监于万国。万国和，而鬼神山川封禅与为多焉”。丸山即禹贡砥柱，是为东境；空桐即桐柏山，淮水所出，是为西境；南至于江，诸家无解，裴骃《集解》引封禅书“南伐至于召陵，登熊山”以凑合，文字里既然有熊出没，断为楚人地盘当无可疑，是为南境；荤粥北狄，古并州地，医巫闾是也，与涿鹿接壤，是为北境。如果拿后来也爱巡狩天下的秦始皇来跟他对照一下，同样出自《史记》记载，始皇二十七年天下平定，是年因驰道工程即将上马，巡视四境，“巡陇西、北地，出鸡头山，过回中”。鸡头为西，回中即回浦，当在东，南北无具体地望。至少从东西境来看，两千多年时间过去了，国境还是这么点，基本没什么变化，甚至有可能更小，这就更能看出他当年的厉害了。

尽管如此，说到此人生平对国家最大的贡献，应该还在科技进步方面，尤其有关国计民生的那些大事。比如说衣食住行，至少在史记时代或略前的人眼里看来，都是此人发明的。黄帝始垂衣裳，有轩冕之服，故天下号曰轩辕氏（《易经》）；黄帝作钻燧生火以熟荤，民食之无兹胃之病，而天下化之（《管子》）；黄帝始主城邑以居（《淮南子》）；黄帝尧舜服牛乘马以利天下，引重致远，益取诸随。谯周注云：黄帝作车引重致远，其后少昊时驾牛，禹时奚仲驾车（《易传》）。司马迁热情高涨之下，甚至把“蓺五种”的功劳也算在了他头上，而西汉大儒为《诗经》写疏的郑玄告诉我们，蓺就是种的意思，五种就是五谷，“黍稷菽麦稻是也”。也就是说，后来能有碗饭吃，也是他的功劳，至于这饭是否是现在的米饭就大可存疑了，因为米的本字为糜，不过是碗芋艿羹。就像《路史》作者罗泌说他夫人嫘氏“副袆而躬桑，乃献蚕丝，遂称织维之功”。现在看来用的大约也是动漫手法。

他最喜欢的动物是凤凰，既为它外形的清丽，也为它精神概念上蕴含的吉祥。《阴阳书》记天老对黄帝云："凤皇之象，首戴德，背负仁，颈荷义，膺抱信，足履政，尾系武。"《韩诗外传》卷八亦云："夫凤象，鸿前麟后，蛇颈而鱼尾，龙文而龟身，燕颔而鸡喙，载德负仁，抱忠挟义，小音金，大音鼓，延颈奋翼，五彩备明。"两书记载前后弥合，这事看来或有点靠谱。于是黄帝有这灵物壮胆，才敢坐天下，不像现在要靠重型轰炸机和战斧式巡航导弹。而"凤乃蔽日而至，止帝东囿，集帝梧桐，食帝竹实，没身不去"。一个说得精彩，一个做得虔诚。想象春晨秋暮，静静的简陋的宫室囿圃，一只天上祥瑞的神鸟和一位人间暮年的皇帝朝夕相处，隔着幽暗的光线深情相望，那情景确实是有几分感人的。而后来周室姬氏所谓凤鸣岐山的传说，想来只是对这个故事的拙劣模仿。

音乐也是他的至爱，《山海经》谓东海中有流波山，其上有兽，其光如日月，其声如雷，其名曰夔。黄帝得之以为鼓。橛以雷兽之骨。就是说以夔身为鼓夔骨为棰，而且可以"声闻五百里"，不知陆游任夔州团练副使即军分区副司令时有没有听到过，至少在他的《入蜀记》找不到这方面的记录。《庄子·天运》也称手下有位大臣叫北门成的当时请教他：帝张咸池之乐于洞庭之野，吾始闻之惧，复闻之怠，卒闻之而惑，荡荡默默，乃不自得。这到底是什么道理啊？黄帝于是很认真地告诉他说："乐也者，始于惧，惧故崇；吾又次之以怠，怠故遁；卒之于惑，惑故愚；愚故道，道可载而与之俱也。"这大概是说音乐为他参悟人生哲理的一种方式，难怪《史记·封禅书》里要进一步补充，说“黄帝使素女鼓五十弦琴，黄帝悲，乃分之为二十五弦”了。这方面，唐朝的李商隐可谓是他后世知音，对此事感触特别深切，还写了首有名的诗叫《锦瑟》，把以后一千多年里搞文学研究的人可害苦了。此外，《通典乐典》甚至说他连打仗时都会想到用音乐来做武器，“蚩尤氏帅魑魅以与黄帝战于涿鹿，帝命吹角作龙吟以御之。”跟阿Q的精神胜利法或许也有一比。

他甚至还有可能是位作家，所著《黄帝内经》虽被怀疑有可能是后人托名伪撰。但唐人张守义作《史记正义》，明确宣布“黄帝因着占梦经十一卷”。古文里的着，是著的俗字，着书就是著书，因此这《占梦经》十一卷，肯定是他老人家的大著了。这部书因早已失传，具体内容无法得悉，但既然起了这么个书名，内容跟占卜有关应该是毫无疑问的。从前面说的自卜而得风后力牧等良材美质来看，其准确性和科技含量可谓非同小可。如果能保存到现在，《周易》的知名度可能就不会这么大了。而对中国当代人数超亿的跌得头破血流的股民而言，肯定也是一大福音。

勤思与节能，这也是他晚年所关心的事情。前者谓勤于思勉，后者谓能源节约，这两个概念，一个是精神性的，一个是物质性的，一个是个人的，一个是国家的，原本属于完全不同的领域，在他身上却能融会贯通，可以想象这个人的内力是如何的强大了。至少在司马迁笔下，“劳勤心力耳目，节用水火材物”这十二个字，当初没有标点，是连在一起的。不管作者有心无心，在后人眼里看来，却似别有深意在焉。比如说，它所提出的可能是有关一个国家领导人素质的标准，精神方面的活动，要越多越好；物质方面的消耗，要越少越好。此外，生态和环境保护的重要性，也须时时放在心上。五千年前居然已有这样先进的意识，当真是难能可贵，现在的人想必就更没理由做得不好了。

当然，人总是要死的，既然我们已经认同这位伟大的先祖是人不是神，那他的肉体结局必然也会跟我们一样。历史上有那么多的帝王，如秦皇汉武者流，原本都是顶天立地的英雄，连毛主席都佩服，晚年却偏偏误入歧途，喜欢跟跑江湖的骗子术士打交道，整天最想做的事情就是获得仙丹灵药，然后占着位子活到几百岁甚至一千岁。但他好像不是这样的人，干到年纪大了干不动了，就主动退下来。法定接班人长子昌意似乎不怎么争气，多少有些现在官二代的样子，就毅然决定打破常规，不拘一格降人才，跳过儿子把皇位直接空降给了孙子颛顼，这事《史记》和《竹书纪年》《左传》等其他传世文献里的记录不大一致，到底是司马迁说得对还是左丘明说得对，我们这些后世的小人物可没发言权了。

至于后事方面，也是生前自己提前打点，省得到时候手忙脚乱，不称朕意。对于他的死，太史公尽管极尽渲染之能，说什么“黄帝采首山铜，铸鼎于荆山下。鼎既成，有龙垂胡髯下迎黄帝。黄帝上骑，群臣后宫从上者七十余人，龙乃上去。余小臣不得上，乃悉持龙髯，龙髯拔堕，堕黄帝之弓。百姓仰望黄帝既上天，乃抱其弓与胡髯号，故后世因名其处曰鼎湖，其弓曰乌号”。这种文字跟现在写得好的玄幻小说有一比，如果作者不是司马迁，起点中文网的老板可能早就找上门去了。何况他的肉身依然留在世上，就是最好的解释，证明书里那些神话色彩是太史公有意涂上去的，至少也是后人加工修改吧。就拿眼前说的这尊鼎来说，同样是《史记》，作者同样是司马迁，五帝本纪称“获宝鼎，迎日推筴”。封禅书又称“采首山铜，铸鼎于荆山下”。彼此扞格，互不买账，连到底是捡来的还是自己铸的也弄不清楚，更遑论其他的了。

但不管怎么说，这些东西现在留在了缙云，成为县里最大的一笔精神遗产，毕竟是好事情。如要论起功劳来，南朝的刘澄之和赵宋的罗泌，肯定应名列前茅。这两个人，一个在《永州山川古今记》里说“永康县缙云堂，黄帝练丹处”（缙云西晋分永康置），一个在《路史》里说“缙云今处州，缙云郡有缙云山，是为缙云堂，缙云氏之墟也”。其他把黄帝跟缙云挂钩的文献虽也很多，但都缺乏确切的地望，只有这两个人说得最翔实、最靠谱，这样一来铁板钉钉，想动它脑筋的人，也就只能望洋兴叹。不像西塞山梁祝墓什么的，不仅被人家抢走了，还反过身来说你的是假的。因此，下次举行公祭的时候，这两位缙云历史上的大功臣，最好别给忘了。

2012 年

山药帖及其他

在《式古堂书画汇考》看到赵抃的《山药帖》，是从常山回来的次日。本来找的也不是它，很偶然地就这么翻到了。尽管只是著录，但原迹网上就有，包括藏在台北故宫博物院里的真本，以前也曾有幸拜观过。不仅文好，字也好，简约蕴藉，浑厚内敛，一如其人。何况这帖原来的名字叫《海柑帖》，就内容而言或许更为贴切。海柑云云，说的大概就是现在的常山胡柚吧，这次在那里搞文学活动，因主人好客，让我们去果园自摘尝鲜，大快朵颐不算，还允许每人将自己的所谓劳动成果带回来，这样情感上就更亲切了。好在文字不多，抄在这里：

抃启：辱诲示，以南都山药分惠，曷胜珍感。介还布谢崖略，不宣。抃顿首知郡公明大夫坐前，即刻海柑四十颗，容易为献，皇恐皇恐。

大意有某官送他山药若干，以胡柚四十只回赠，即古人所谓投桃报李。容易云云，柚子自家园子所产，谓不必在意耳。考之赵氏生平，大半在外为官，红尘纷扰，疑为晚年致仕后的作品。彼岛专家见有公明这两个字，说是赠李柬之，自然是有道理的，但此人虽然只比他大了十来岁，却长期在中央政府工作，且五十不到就回家养老了，而等赵氏退休，前者已不在人世，另外文集里亦未见两人有交往迹象。古人不用标点的害处，于此可略见一斑。如将公明两字中间断开，则“知郡公”者，衢守尊称也；“明大夫”者，谓其治事明辨也，这样也读得通。检《清献集》卷五有《酬衢守王照大夫见别》一诗，诗云：“退休林下屈朱轮，逸老亭边袂欲分。一诵高斋回首句，感公于我独殷懃。”（原注：公诗有“回首高斋拭泪痕”之句）疑即此人。

由此引发兴趣，不是因写《七修类稿》的郎瑛说赵明诚是他儿子，李清照是他媳妇，也不是因《罗湖野录》所记“时人要识高斋老。只是柯村赵四郎”这两句自我调侃让人感到亲切，而是想起以前在朱熹的书里看到过一段文字，好像与此有关。乘兴找了出来，标题就叫作《跋赵清献帖》，内称：“赵清献公清忠之节，孝友之行，冠映古今，非赞叹之可及。今年自长沙趋朝，屡得见其遗墨，皆家问也。此卷藏其族孙遵家，尤见慈祥雍睦之意。独恨三亭芜没，不得追寻晚步遗迹，不胜高山仰止之叹。遵温谨好学，能业其家，其必有以复之。绍熙甲寅中冬八日，新安朱某题于祥符方丈。”朱自称生平所见清献遗墨不少，其中自然包括赵遵这次拿来的。上述《山药帖》是否在里面？跋文里没有说，不得而知。拜观的地点在皇城，则可以肯定，因祥符为县名，是仁和县的古称，可见是赵遵拿了跑到临安来请他品题的。而他对赵的人品学问显然相当仰重，古人称作私淑，用今天的话来说算是后世粉丝吧，于是慨然允其所请。其中“清忠之节，孝友之行，冠映古今”这十二个字，可谓对赵氏一生名山事业的盖棺论定。

不过细详其文义，言下似亦有所不满，只是说得比较客气而已。按《宋史·本传》及东坡所作墓志，赵公卒于北宋元丰七年，到朱熹题跋的南宋绍熙三年，才不过百年时间，而生平遗迹除了一点可怜的墨宝，其他无论身前的高斋，还是死后的墓葬，在当时都已经找不到了，实为咄咄怪事。亭子坍塌倾圮尚可理解，坟墓不会自己长了脚跑，再说每年都要祭扫的，居然也会影踪全无，以至后人欲吊无凭，这就有点不应该了，作为子孙辈的，显然难辞其咎。好在古人说话水平高，讲究的是曲里拐弯隔山打牛那套功夫，何况主角又是有南宋孔子之称的朱某人，他自然不会当场脸孔一板，直言“你们这些做后辈的也实在太不像话，把祖宗的坟也弄丢了”，而是使用春秋笔法，明褒暗贬地说：“遵温谨好学，能业其家，其必有以复之。”不然的话，这位赵遵先生当场肯定下不了台。

含蓄批评的好处，很快就显示出其效果。墓到底什么时候重建的，不知道，宋代文献，包括当地志书都无明确记载，但至少当南宋端平二年江西举人陈文蔚赴都赶考途经时，看到焕然一新的墓已筑好在那里了，因为感动，更因为敬仰，他写了一首诗说:“为读忠臣孝子碑，欲行回首重依依。纷纷车马门前过，知有几人琴鹤归”(《克斋集》卷十六《过赵清献墓居》)。这首诗，断为陈当初赴京赶考的记行作品，应该没什么问题。因他是上饶人，从家乡出发去都城杭州，就非经过那里不可。朱熹自己在《答吕伯恭书》里也称“自金华不入衢，迳取常山间道，尤妙”，说的就是这条近路。三衢地方志里名堂更多，有各种各样的称呼，不一而定，但无论是所谓常山大路，还是常衢古道和常玉古道，指的都是它。

这座靠近大路边的新墓，稍后刘克庄应该也看到了，同样也是宦游所经，以诗代祭。作了一首情辞并茂的七律，以表其仰慕之心情，诗云：南渡先贤迹已稀，萧然华表立山陂。可曾长吏修祠宇，便恐樵人落树枝。几度过坟偏下马，向来出蜀只携龟。自怜日暮天寒客，不到林间读隧碑。(《后村集》卷一)他是南宋文坛大家，笔下自然更为了得。其中华表祠宇云云，说明赵家此次重建规模不低，显然是使了大力气，花了大本钱的。而结尾所称隧碑(隧字妙极，后有详释)，大概就是哲宗赐额“爱直”，苏轼所撰之《赵清献公神道碑》了。东坡自称生平讨厌为人写墓志，一生加起来不超过五块，其中一块即为他而写，此人在所处时代之地位分量，也就不言而喻了。既是国家重臣，更是清廉榜样，沈括说他当年受命帅蜀，随身仅携一琴一鹤，三年而地方大治。雅人韵事，天下传闻，其墓在当地俨然也成为一杆精神标尺，颇有点今天廉政教育基地的样子。这方面又有明人彭大翼《山堂肆考》所记的那件事为证:“宋景定间，林存为潭州帅，罢归过衢，调千夫荷担，经赵清献公墓旁疲甚，因相与语：清献公一琴一鹤，那有许耶？或闻之，题诗驿舍曰：千夫荷担在山阿，膏血如何有许多。不若扁舟径归去，休从清献墓前过。”干脆拿这姓林的来作反面教材陪衬他了。

现在的问题是这座墓到底在哪里？历史上留下来的文献，除了苏东坡说他死后葬在莲花山，还有就是陆友仁《砚北杂志》说的“清献赵公祖墓与陶山陆右丞（陆佃，陆游祖父）祖墓相近”。考《浙江通志》，本省境内以莲花为名的山共有三座：一在严州境内，一在庆元境内，一在杭州境内，具体自然又各有描述，如峰峦奇特，形同莲花，因而名之云云。但不管形容如何绝妙，以今天的地理观点来看，上述三处与衢州没有任何关系是可以肯定的。本地的方志，宋张元成《衢州图经》已佚看不到，其余明清时候杂七杂八的那些，对这个地方品牌少不了都要记上一笔，但众说纷纭，里程方位有别，也没具体内容，更重要的是，当地名山大川虽然不少，偏偏没有叫莲花山的，更没说他就葬在此山。

由此形成的一个稍有点复杂的怪圈或悖论是，有莲花山的地方没有赵清献墓，有赵清献墓的地方没有莲花山。换而言之，如果苏东坡的墓志是可信的，那么地方志里的墓址就不可信；如果相信地方志里的记录不可能是假的，那么苏东坡的墓志就可能是假的。在这样尴尬且无奈的情况下，宋人潘自牧《记纂渊海》里长期为人忽略的一条记录，或许才更凸现了它的价值。考其卷十形胜条下记衢州山川有云：“容车山在常山北，有碧玉、莲花二洞。”颇疑苏氏笔下之莲花山，实莲花洞之变称，或本字为洞，后人或讹作了山，或因山中有莲花洞，民间俗称此山为莲花山，这种情况在古代相当普遍，不足为奇。而容车山本身的信息，又可从顾祖禹《读史方舆纪要》获取，他说:“三衢山……峰岩奇秀，甲于一郡，唐取以名州。其相接者曰容车山。”则容车本身亦非山而为峰，其母山则三衢山也。而墓的具体位置，以及与州城的关系，又有保存在厉鹗《宋诗纪事》里那个权威的明代记录，即姜南《蓉塘诗话》［嘉靖三十六年(1557)刊本］说的:“赵清献公墓在衢州城东北四十五里。”

经过这样一番梳理和辨析，事情好像慢慢有了一些头绪。保守一点说，至少以明代中期而论，其墓在常山，具体地望为容车山莲花洞，大约可以说得通。如果表述上更形象更生动一点，假设你有幸于五百年的明嘉靖年间登上衢州城楼，朝东北方向眺望，就会看见一座古老的山峰于云缠雾绕中矗立，这就是《越绝书》里说的“古人所采药也，高且神”的常山，而当地人又喜欢叫它三衢山，衢州郡名即由此而来。其山多峰，其中北侧一峰为容车山，容车山有二洞，其中一洞为莲花洞。当地历史上的这位重量级名人，即写《山药帖》或《海柑帖》的赵清献公，自北宋元丰七年八月在所居高斋辞世，静静躺在那里已有千年。这样的结论尽管不免带有个人推测的成分，至少在某种程度上可以调和文献矛盾，保证写神道碑的苏东坡和写《天启衢州府志》的叶秉敬都是好人，谁也没有说谎。

尽管如此，疑问依然没有完全消除，比如《蓉塘诗话》所记“赵清献公墓在衢州城东北四十五里”，到六十年后叶氏把它写进《天启衢州府志》时，不知为何要去掉一个“北”字，后加“银化乡临豁里”六字，这样就变成是“赵清献公墓在县（州治西安县，即郡城）东四十五里银化乡临豁里”了。他当初要如此改动，或许自有他的理由在，只是不为我们所知罢了，但同书载西安县下辖十七乡，却又偏偏没有银化乡；有个名字相近的钦化乡，却又偏偏没有临豁里（详见叶秉敬纂《天启衢州府志》卷一舆地西安县条）。书是同样的书，作者又是同一作者，前后说法居然如此矛盾，如果不是他的纂修工作做得比较粗糙，估计又有后人以他对付姜南的手段来对付他了。与此相映成趣的是清嘉庆《西安县志》所记赵亚才墓，说在“县东北四十五里莲花”。虽然语义未完，羞羞答答，是山是洞，宁可让字空缺也不肯讲清楚，但被前人偏移了45度的方位，总算校正过来，部分恢复了历史公正。

这些情况，躺在山中的赵公自然是不知道的。就是知道了，想必也会一笑了之。以他生平所历，这种事情自然是见得多了，根本不算什么。或许他当初选择这个地方，即墓葬所在的莲花洞，《陈书留异传》所谓“潜通往来”者，就因为它的神秘和灵异。说是洞，称作隧道或许更为确切，其基本格局是中为大路，路中有沟通水，两旁为民居，居后为田，田边为墓，即如同古代桃花源或今天兰溪八卦村那样的结构。尽管只是基于史料所作的推测，但如果不是这样，他朋友韩琦《过吴儿谷》里“千峰疑绝路，一径甫容车”这两句，怎么写得出来？徐以道《白龙洞诗》“灵仙窟宅不多见，车马往来成再游。后洞白云前洞出，上池红叶下池流”，白云能从后洞出前洞，又是怎么个出法？尤其刘后村“不到林间读隧碑”这个隧字的意思，也只有在这样的地理背景下，才能真正落到实处。不然的话，哪怕是你身边任何一位小学语文老师，都能很明确地告诉你，这是典型的病句；哪怕你有本事召集古今所有的诗学专家和语言学家也不顶用，除了杜撰不可能有别的解释。隧碑者，墓在隧中，碑在墓前，因称隧碑也。考之今天的衢州市与常山县，地理方面有些差异自然难免，因古今地貌的变化实在是太大了，要不郦道元写《水经注》也不会有那么多感慨，一会儿说“千古芒昧，难以昭知，推其事类，似是而非”，一会儿又说“川流隐伏，卒难详照，地理潜闷，变通无方”。有意思的是，后面这几句，在我眼里看来，又好像是专为容车山写的。

而赵抃当年喜爱这个地方，理由或许比较简单，仅限于佛学的范畴，具体地说，就是冲着它的灵异和佛气做出的决定。因这洞里曾发生过灵异事件，让人神往，“初鬻薪者每五鼓过之，如闻梵呗声。后十年山破，涌出一石僧，跏趺坐立，祠祀之，扁曰石僧院”，这是省志《雍正浙江通志》所记。事情的发生年月为“开元五年中，因风雷摧山，偃涧成塘，溉田二百顷”，这是《新唐书·地理志》所记。洞又别称禹迹洞，“中出泉溉田二百余顷，洞前石刻乃唐刺史陆仁灿述”，这也是《雍正浙江通志》所记。而赵公筑的高斋，就在洞顶山半的一块大岩石上，因此又称作赵公岩，《万历常山县志》说：“扪萝而登，石洞可容百人，赵清献公读书其下，因以名岩。”具体日常生活方面，又有叶梦得《避暑录话》为我们作了详细记录：“既归唯居此馆，不复与家人相接。唯一净人（太监）执事其旁，暮以一风炉置大铁汤瓶可贮斗水，及列盥漱之具亦去。公燕坐至初夜就寝，鸡鸣，净人治佛室香火，三击磬，公乃起，自以瓶水颒面，趋佛室。”这就有点类似今天高级养老院，即除日常生活方面有限程度的须人照料，其他时间过的都是独居生活，用于修炼和冥思。而在形象方面，与其说是退休高干，不如说更像是一位枯僧。可见在他生命晚年，对人生真义的探寻已到何等痴迷的程度。

这是一个多少让人有点陌生的赵清献，但责任并不在他，而在我们自己。实际上他对佛教的兴趣由来已久，至少中年时就已名气很大，这一点苏东坡在《寄赵阅道高斋》一诗里已说得很清楚，所谓“公年四十已得道”是也。他的精神老师是京师天钵寺的重元禅师，包括好友文彦博、富弼等，也都是在他的说服下先后拉下了水的。多年来，家设佛堂，朝夕礼忏，这种生活对他来说已如家常便饭，甚至公堂上的空闲时间也被充分利用，有自记诗偈曰：“默坐公堂虚隐几，心源不动湛如水。一声霹雳顶门开，唤起从前自家底。举头苍苍喜复喜，刹刹尘尘无不是。中下之人不得闻，妙用神通而已矣。”正因为此人政治上的光环太耀眼，以致内心信仰及精神生活为研究者所忽略。或者说，他对佛学的钻研在当初肯定不是什么秘密，只是像我们这样后世不了解的人，才会感到惊奇和意外罢了。

在任上已是如此，退下去自然就更甚了。也是据叶梦得所言，他晚年的居所同时又兼有寺院的功能，额名余庆，别称南禅，也叫赵氏功德院。但不管给它穿多少马甲，就是原来“山破涌出一石僧，跏趺坐立，祠祀之”的那座石壁院可以无疑。家僧法泉也是北宋禅林的知名人物，《普灯录》说他一生所读之书无以计量，还有个外号叫泉万卷，其腹笥之广当可想象。两人的交情，又有《续补高僧传》里的披露，说“师住衢之南禅，赵清献公抃日亲之，师未尝容措一词。临薨，遗师书曰：非师平日警诲，至此必不得力矣。师悼以偈曰：仕也邦为瑞，归欤世作程。人间金粟去，天上玉楼成。慧剑无纤缺，水壶彻底清。春风𣲖水路，孤月照云明”。作为陪伴他走完人生最后一程的人，这位禅师自然功绩不小，不仅记录了临终遗言，更以诗偈送行，可方便世人对他脱离尘世前的精神风貌有所领略。

回到文章开头，衢守王照送他山药也罢，朱熹便道寻访也罢，后人凭吊怀念也罢，甚至死后的葬所也罢，说的大约都是这么个地方，即洞内有座庙，可供居坐礼佛，洞顶有座亭，可供读书游赏。无论是《宋史·本传》所谓别馆高斋，还是《赵氏抃祖文信公支原家谱》所谓读书岩，朱熹跋文所谓三亭。以此公生平之清廉，很难想象他退休后会大兴土木，东建一室，西建一亭地轮流寄寓。因此所谓三亭者，不过三衢山亭馆之简缩，实际上叶氏“既归唯居此馆”这六个字，已说得相当明白。只是帖上说的那些回赠的胡柚源于何处，是自己种的，还是市场买的，还是别人送来舍不得吃转赠的，无法考证，只能暂且存疑了。

最后要说的是法泉诗里这个“𣲖”字，冷僻的外表下，实有深意在焉，跟前面刘克庄的“隧”字可以有一比。此字可解作“好”，也可解作“纯”，可见𣲖水就是好水，亦称好溪，别名谷水，俗称信安江，《水经注》卷四十渐江水篇记谷水流过常山，“定阳溪水注之，其水分纳众流，混波东逝径定阳县，县汉献帝分信安立，溪亦取名焉”。这里说的定阳是常山古称，而信安一作新安，为衢州古称。谷水与定阳溪在城南縠波亭交会，然后流至西安即衢州州城。顾野王《舆地志》称其水波濑交错，状如罗縠之纹，因有此名。赵蕃《留别徐季纯》诗称“滩长石璧寺，洲绕縠波亭”，寺即赵公所居，亭即赵公所眺是也。古州洲混用，水中可居曰州，《隋书·地理志》虽称“昔有洪水自顶暴出，界兹山为三道，因谓之三衢，州名以此”，就是不肯说明这三道水源自山的三处洞穴，实为飞泉。赵公自己又有《退居十咏》记田园生活乐趣，其《放鱼》有云“縠江深处呼僮放，羡尔优游得所哉”，《高斋》有云“轩外长溪溪外山，卷帘空旷水云间”，《望南山》有云“欲观古佛丛林地，只用凭栏一举头”，而轩即高斋，古佛丛林即石璧寺，縠江即縠水。谷为縠古的今字，泉在穴为“容”，此容车所以得名；出穴为“谷”，此谷水所以得名。戏法太简单了容易为人识破，亦体现不出文化的博大精深，因此必须另造一縠字来代替，再造出七八个与縠字形相近的，因水清则无鱼，水浑才好摸鱼。这样一征一引，前几天在那里参观考察的情景，于眼前又历历重现，而推断赵氏墓葬包括宋代衢州州治就在常山，而非现在的市区，好像又多了一点理由。

2013 年 3 月，两年后改

听郁达夫说方岩

不记得已是第几次到方岩了，除了最早的那次，即20世纪90年代初在这里开诗会，住在山上原为国民党浙江省府的招待所里，喝酒交友，牛气冲天，诗自然也没少写。此回重来，年轻时的豪气已大半消磨不说，连走着上山居然也成问题，只好老老实实让人抬上去。回想从前写下的“飞鸟把暮春抬到山下，我来到山上”这样的句子，实在有些汗颜。在飞鸟的翅鞘与两轿轿竿之间有没有可比性？如果有的话，那也只能让人感觉岁月的残忍和文字的虚幻。尤其坐在一颠一颠的杠轿里，那种居高临下的感觉为生平所初历，不免更是诚惶诚恐，因此随之颠簸的也就不仅仅是身体了。想起郁达夫当年漫游至此，那时他的年纪不过三十多岁，正当年富力强的时候，居然也是让人给抬着上山的，心里这才好受一些。

郁氏到永康的时间，因纪行散文《方岩纪静》里没有明说，后世的研究者也只好跟着糊里糊涂。记得这次到的当天下午，在喝茶闲聊的时候，居停主人章锦水也问过我这个问题，我当时随口回答是 1938 年初春，但话一出口又觉不妥，因这事虽有《毁家诗纪》自注为证，与此前文章早已问世一事又明显相悖。等晚上回宾馆把他的大作拿出来重温，稍稍做了一点考证，才知是民国二十二年应杭江路局邀请作浙东之行回程顺道一游时写下的，准确日期当为是年 11 月的 18、19 两天。当初他们一行人行至浙赣交界的龙游，因与玉山的路轨交接要下月才能调试完毕，旅程只能到此为止。考《杭江小历纪程》煞尾日期为 11 月 15 日，次日起大约就踏上返程了。又文中自记到永康那天为“废历十月初一”，废历为民国时尚语，谓旧历也。再按《万年历》推算，旧历一九三三年十月初一，则为新历 11 月 18 日，这个日期大致可以无疑。时王映霞在家有生下未满半年的季子郁亮缠身，许绍棣又远在意大利作教育考察，大可不必急着回去，遂偷得浮生两日闲，放心一游。

那天上午的情景大概是这样的，他们几个临时相识的朋友（有摄影家郎静山，考古学家陈万里，杭江铁路车务主任曾荫千等）一大早从金华出发，先坐汽车到位于城北建成不过半年的永康汽车站。下车后天阴欲雨，其时自县城到方岩尚未铺上公路，唯有步行或坐轿两种方式可供挑选。五十里的傍山跋涉，自非这个在两个月前刚写下“背脊驼如此，牢骚发渐幽。避嫌逃故里，装病过新秋。未老权当老，言愁始欲愁。看他经国者，叱咤几时休”一诗的羸弱书生所能消受，再加上怕在途中做落汤鸡，于是坐轿前行就成为理想选择。这玩意儿古代称肩舆，亦称篮舆，想更牛气一点当然也可以叫鹿车，陆游《送子坦赴盐官县市征》诗称：“游山尚有平生意，试为闲寻一鹿车。”下有自注云：“腊中欲作一小肩舆，轻驮坚实，两夫可举者，以备山行。”说的就是它了。以酷爱旅行闻名的潘光旦对此作过一番研究，称“肩舆夫，一特殊之动物，其肌肉筋骨之调节发展至可惊异，为从事于他种劳作者所不经见”。而我这个俗客当时胆战心惊，只想着不要掉下来才好，没想到这种担忧郁氏当年倒是也曾有过，还发明一个词叫“三条性命的危险”，相当形象，让人忍俊不禁。

具体路线方面，先由北转东，出县城大东门曰望春门，然后过梅城，沿驿道东行，途中十五里有金山村，古为正东、东北两条大路分道处，行旅所集，舟陆必经。当年光景如何，县志不记，郁氏不言，只好略过不提。下一站芝英就大不相同了，其地竟有建于梁大同二年的紫霄观，其人文渊薮之久远当可想象。难怪当地闻人陈亮撰《重建紫霄观记》，要号称“灵源福地焉，川埜平衍，居民错杂，又近在驿道之旁”。他的死党叶正则亦有“南临大陂出，波面与心平。道旁古精庐，黄茅间荆榛”之推许，诗见《水心集》卷二《与英上人游紫霄观戏述短歌》。包括永康的精神领导人胡公自己，生平存诗七首，其一即为紫霄而发，可见名气不是一般的大。郁文虽称“是一大镇，居民约有千户，多应姓者”，奇怪的是对镇上这座名头甚响的南朝古观却只字未提。至少我们去的那天，好像也没有见到，只品尝了美味的豆腐脑和土法煎饼，此外男女老幼倾镇而出那种古朴的乡情，也让人感动和振奋，不知是否即胡公诗中“深倾玉液琴声细，旋煮胡麻月色低”之遗意？

接下来从芝英到岩下街十余里间，两旁有山，峰岩奇特，老树纵横，在微雨里望去，形状不一。这也是走在前面的郁先生为我们所描述。旅馆是昨夜在金华有人上门推销时订下的，为街上有名的程氏客栈。按他大作里的说法，“岩下街司此业者有四五百家人家，专靠胡公庙吃饭者，总有三五千人”。而据茹管廷所撰《国民党统治时期浙江民政厅见闻》：“方岩为农村小集镇，住户不满百人，耕种以外，依胡公庙香时做临时商贩赚钱为活。全村小客栈十数家（备香客住宿），省厅人员迁来，尚能容纳。岩下街有家庭店数家，我们初到时物价低廉，一元钱可买猪肉七斤，三两天后即涨为五斤。”至于旅店规模与设施，也基本各说各的，前者称“房子都系三层楼，大抵的情形，下层系建筑在谷里，中层沿街，上层为楼，房间一家总有三五十间”，后者称“以铺板架成办公桌，公文木箱作坐凳，厅长室有一张方凳，几条板凳，设备十分简陋”。饮食方面的描述，也大异其趣，一个说：“客堂上早已经点起了两大枝红烛，摆上了许多大肉大鸡的酒菜，在候我们吃晚饭了，菜蔬丰盛到了极点。”一个说：“鸡鸭蔬菜很少，有‘鱼龙鸡凤菜灵芝’之说。”茹文所记为1938年12月浙江省政府初迁方岩时见到的情景，尽管时间方面要比郁文晚五年，但二人所见差距之大，还是有些出乎意料，让人莫择所从，不知该听谁的好？

从岩下街再往前走，基本就是上山的石蹬，具体情景如何，郁文没有交代，只好请写《游永康山水记》的明人黄绾来代为介绍一下：“路从削壁升，石阶八九转；末至，见崖端中开一门，既登，如行雉堞楼阛间。忽而青山蜿蜒，中藏寺宇，如平野，不知为方岩绝顶。世传有胡侍郎则尝读书其中，殁遂为神。”高度方面，县志给出的结论是两百余丈，考虑到古人爱说大话的特点，去掉一些水分，一二百米总是有的，对游者的体力而言，这显然是个很大的考验。但不管是走上去也好，抬上去也好，绝大多数人慕名至此，都怀有世俗的目的，就是为了到上面的胡公殿去烧烧香，许许愿，以求得尘世的平安。像郁氏那样专为当地绮丽的山水、丰厚的人文传统而来，毕竟只是少数。用他自己的话来说，叫作“至于我们的不远万里，必欲至方岩一看的原因，却在它的山水的幽静灵秀，完全与别种山峰不同的地方”。这或许也是为什么他来一趟就能留下佳构，为山水增辉，而像我们这样的人，只能写些应景文字，或用手机拍些照片证明自己已来过的更深沉的原因吧。

从山顶下来到南侧的五峰书院喝茶，是景区为游客安排的另一重头戏。郁氏称为“天造地设，清幽岑寂到令人毛发悚然的一区境界……不施椽瓦，而风雨莫及，冬暖夏凉，而红尘不到”。南宋几位大佬如陈龙川、吕伯恭、朱晦庵辈，当年就聚在这里谈经论道或忧国忧民。可惜顾祖禹《读史方舆纪要》讲的“有朱文公吕东莱讲读遗迹”，郁氏游时已未及见，现在就更难寻觅了。不过他当初来的时候，设施尚未有现在之完善。因而文章里多借题生发，而少具体描写。也情有可原。他认为“宋儒的每喜利用山洞或风景幽丽的地方作讲堂，推其本意，大约总也在想借了自然的威力来压制人欲的缘故；不看金华的山水，这种宋儒的苦心是猜不出来的”。这个见解实在高明得很。

晚宿岩下街程氏店，古名泒溪市，详见清宗源翰等所纂《浙江全省舆图并水陆道里记》，《民国永康县志》作金冈龙，当为俗称。饭菜的丰盛，前面已经说过了，酒自然也要喝一点的，同行的陈万里、郎静山两位先生是否也好此物，不得而知。就他本人而言，这习惯自留学日本养成后，至死也改不了。结婚后跟老婆第一次吵架，即因此而起。《王映霞自传》称在上海时有一天晚上他出去应酬，醉倒在所居嘉禾里弄堂口，次日早上被人发现才扶回来。不过这个女人谎言成性，对她的话我是不相信的。借用杜特尔特昨天在华演讲时的一句话来表达："我曾用体面的语言说过，后来被迫用粗话表达我的愤怒。"实际情景是当晚不过喝得稍有点过量，回来后王某不肯开门，时当冬暮，寒风一吹，酒性上来，遂醉倒在家门口而已。说起来，这还是在他们婚后次年所发生的事情，这以后两人关系就更不堪了，吴虞赠诗所谓"海边仙枣容狂啖，镜里名花带罪扶"是也。一代才子，有此恶妻，亦为前世孽缘。怪不得前几天在兰溪写的那首七绝"红叶清溪水急流，兰江风物最宜秋。月明洲畔琵琶响，绝似浔阳夜泊舟。"琵琶别抱的典故，用得酣畅淋漓，一点也不忌讳，看来自迁杭后事态又有升级，已不再怕别人笑话了。

次日目标为方岩西北的灵岩寺，古名福善，在陈亮祖居龙窟山腰，"系同方岩一样的一枝突起的奇峰，峰的半空有一穿心大洞，长约二三十丈，广可五六丈左右，所谓福善寺者，就系建筑在这大山洞里的"。这地方在古代是个神秘的所在，府志县志里有不少山，变换名目，实际上讲的都是它。南北对穿的大穴，还有个旁通的小洞叫小空同，为陈龙川年轻时读书的秘密地点。《浙江通志》卷十七灵岩山条称“其岩东西横列，紫色斑错，青藓枯木嵌之，苍藤倒挂，若画屏然。缘岩架石梁，曲折而上。有洞南北相通，高丈余，广五丈，深二十丈。形胜灵异，故曰灵岩”，当为其所本，可见家里藏蓄颇富。郁氏生平最大的爱好就是买书，为爱钱如命的王某所深恶痛绝。她倒不想一想，没有这些宝贝在关键时候派上用场，北新的小伙计又焉能按月赔着笑脸来送版税？书籍消费实为购买原材料，而大脑运作即为生产过程，只有两者的完美结合，才有银子哗哗进门，连这样简单的道理都不知道，可见这个女人实在是愚蠢至极。

下灵岩后没有走原路，是选择向西北方向绕道回去的，这前面他已经交代过了。从舆图上看，这条路与原路形同一个放大的 A 字，上为西，下为东，字的尖首为金山，下面一撇一捺为方岩与灵岩，即由撇笔而来由捺笔而回。至于具体路线，又有民国县志所附详细道里图，恰为他到永康当年刊行，也真够巧的了。此行终点黄岩口即灵岩所在，从那里回县城的话，途中须经过古山、市后、溪岸、杜口、金山、梅城六个村镇，其中金山、梅城因是交叉点的缘故，为两路必经。如果将上述地名与郁文“一路上尽是些低昂的山岭与旋绕的清溪，经过园内有两株数百年古柏的周氏祠庙，将至俗名耳朵岭的五木岭口的中间，一段溪光山影，景色真像是在画里；西南处州各地的远山，呼之欲来。过五木岭，就是一大平原，北山隐隐，已经看得见横空的一线”的描述对照一下，周氏祠庙在古山，一名当渡，《浙江通志》卷七山川永康县条下：“古山，石翁山，俱县东四十里。”《康熙永康县志》卷之三桥渡：“当渡，县东四十里。”《民国永康县志》卷二建置坊表:“当渡周宗祠,始祀濂溪。”三书所记相合。原来是大名鼎鼎写《爱莲说》的周濂溪的宗祠,而郁氏含糊言之,想来自有其为难处。五木岭,《浙江通志》作五木塘,按下文“十五里到永康”,则已近金山一带无疑。所称一大平原当为溪岸芝英杜口间的三角地带,即A字上半,古名大田里,这些大约都是没问题的。让人纳闷的是称北望可见北山,西南望可见丽水山,虽说当时坐在两个高大汉子抬的肩舆里,比常人要高一些,但丽水距永康最近为缙云,时在五六十里外,北山即高岭杳岭一带更当有七八十里之遥。再说他的眼睛也不好,自述“年未四十,而盘牙掉尽,眼睛乱视。近来且感到了时时的腰痛,本来是不大直的背脊,现在更驼得像督脉伤了的人”。(见次年所作《祝赵母王太夫人的寿》)想来想去,只能怀疑他是否因喜欢永康,爱屋及乌,无意中用上了《万历金华府志》“方山在县东南五十里,山最高,升其巅,下瞰缙云武义东阳义乌诸县山川一目可了”的独门手法。尽管如此,人家是在山顶上看,你是在平原上看,视野差别还是相当大的。不过因文采好,描述传神,因此相比前者,读起来就更像是真似的。

从金山到县城,一切又很快恢复了正常,刚才的错乱和幻觉,权当是电影里镜头不小心晃了一下。“十五里到永康,坐公共汽车回金华,还是午后三四点钟的光景”。文章结束时,郁氏这样告诉我们。在八十年前的20世纪30年代,汽车时速最快为每小时二十英里即三十二公里,考虑到回去坐的是公共汽车,不会开得很快,当以二十五公里左右为宜。永康至金华一百一十里,折合五十五公里,途中需两个多小时。到金华三点有余,四点不到，则当在县城吃了午饭才走的。至于是哪家馆子，点了什么菜，请他的是什么人，一概不详，行文似稍显匆促，与他的同类游记《钓台的春昼》《屯溪夜泊记》等相比，少了点绕梁的余韵。尤其当地胜迹如郭璞所记黄帝石城，郦道元所言越里大龟，《后汉书》说的乌伤侯赵昞寺，《续仙传》说的唐朝马自然天宝观，都未曾一游，实在可惜，不然以他的生花妙笔，写出来必定十分可观。但当时出来已有两天，或游兴将阑，或同行中有人急着要回去，身不由己，也是情理之中的事，不必过于深究。

这以后他又来过一次，则为前面说的1938年初春。《毁家诗纪》其四："寒风阵阵雨潇潇，千里行人去路遥。不是有家归未得，鸣鸠已占凤凰巢。"下有注云："1938年1月初，果然大雨连朝；我自福州而延平，而龙泉、丽水。到了寓居的头一夜，映霞就拒绝我同房，因许君这几日不去办公，仍在丽水留宿的缘故。第二天许君去金华开会，我亦去方岩，会见了许多友人。"不过这次的方岩之行与上次相比，心情方面则更为恶劣。时许王在丽水浙江火柴公司宿舍公开同居，郁氏在闽得讯心忧如焚，因匆匆赶来欲将家属带走。注语中所谓友人，即时居方岩石穴之省府诸公；所谓会见，实向省府要人告状，以求主持公道也。如此忧虑愤懑，彷徨无依之际，旁边的胡公殿，想来那天也该去拜过，以补上次之缺。至于写作方面，实在是有些顾不上了，家室已难自保，文章又抵何用？因此，虽说是刘郎重来，然春事已非，因无任何作品留下。这一点，尽管多少有些遗憾，想必永康人民也会原谅他的。

2016年10月重游方岩，适逢郁氏一百二十周年诞辰，以志纪念

在西塘想起尤西堂

整理书架时翻出一本菜谱，上面有新华书店的印章和年号，这才发觉自己初游西塘已是上个世纪，即刚知道有这么个地方时的事情了，当初肯定只是出于好奇，跟几个朋友跑过来一看，白墙黑瓦，小桥流水，不新不旧，符合想象中水乡古镇的样子。尤其下雨天在廊棚下随意走看那种味道，可以让人的怀古幽思得到满足，何况还有香喷喷的熏豆茶和粉蒸肉可吃，于是就在心里把它给认了，没事时总会想到要过来住上几天。喝喝茶，听听雨。有一次甚至还动过在当地住上一年半载，好好写点东西的念头，那是因为受尤侗的影响，他有一首诗叫《避地斜塘》，很偶然的情况下见到过，诗里说："江关鼙鼓压城闾，水竹村南问卜居。十里镜湖非诏赐，数间草屋即吾庐。相看藤甲争驰马，自着羊裘学钓鱼。莫使感怀成野史，闭门且著老农书。"最后两句应该用了当地的本事，是向明初西塘名人周伯雨表示致敬的。

文采一般，但表达的情感倾向相当令人神往。

不过那时候，我也只是喜欢这首诗而已，并没把作者身世跟当地联系起来。水竹村南就是水南，西塘古称，《苹川棹歌》有诗咏之，这我是知道的。斜塘为西塘别称，这我也是知道的，至少从宋代就开始这么叫了，无论方回的《听航船歌》还是陶宗仪的《南村辍耕录》，记载都十分明确，地方志就更不用说了。明代一度改称苹川，那是因正德五年析置嘉善，隶属有所变动的缘故。但没过多少时间，大约是有人嫌太雅了叫不顺口，又重新改回来叫斜塘，间或也有叫西塘的，一直要叫到进入民国时代才只称西塘，不称斜塘。至于原因是什么，这要去问其他地方新置的斜塘镇管文化的，我就不知道了。这几个交叉使用的地名是个整体，就像人的姓名字号一样不可分割。其中西是方位，因为镇在县城西北；苹同萍，就是沿塘广植莲藕；斜是河流走向，也是地貌特征，指的应该是东南连接枫泾那一段，俗称十里横塘。手头正好有明人查韬荒的《由西塘抵枫泾二首》，诗称“波涛十里横塘路”，又称“水蒗花外酒家楼”，干脆抄在这里，省得再啰唆。

尤某当年进出，走的自然也是这条路。此人虽说是清初文坛大佬，名闻天下，连顺治生前都是他粉丝，身世方面却诡秘得很。自称无锡尤氏后人，就是那个叫尤袤，号木石，南宋前期主修国史，跟周益公范石湖他们混在一起的。家谱说还有个叫尤焴的是他曾孙，也很有名，但周密《癸辛杂识》有“尤木石焴修四朝国史”之记（详《史浩传赞》条），则尤袤尤焴或为一人。又称自明代迁居长洲西禧里，至尤侗不变，好友兼四库馆同事毛西河却说他“家在东湖最深处，吴中筑室志未成”，等于有意出他洋相。目前的救命稻草就是朱竹垞为他写的那篇墓志，其中关键有这么几句：“先世家无锡，远祖衮，其后转徙长洲之斜塘；曾祖某，有隐德。”这个其后是什么时候？朱氏没有明说；这个某是尤氏哪一代，更不会让你知道，但最晚至曾祖时就已移家斜塘，四代居此，则是可以肯定的。而所谓西禧，即西塘之伪，因尤氏自己年谱里有个破绽，已没法补上：“顺治二年乙酉，年二十八岁，五月，予奉父母避地斜塘旧庄。”又有纪事诗云：“侬家祖业在斜塘，黄茅盖屋泥围墙。”又是旧庄，更为祖业，白纸黑字，铁板钉钉，因此，如果有谁想在这上面动脑筋，取消他的嘉善户口，只怕还真有些不容易。

现在的问题，就是前面冠的那个长洲，看上去颇有些吓人，实际上是个纸老虎，根本站不住脚。当今江南有多少斜塘不知道，但在朱彝尊所处的时代，天下只有一个，就是现在的西塘。这方面既有当地几百首斜塘竹枝词为证，有它跟县治魏塘，邻镇枫泾那个三角地貌的严格限制，更有乾隆御制诗的权威认证，诗云“西塘尚有沙涂护，既至东塘沙总无。石不能为柴欲朽，防秋要计可徐图。盐官从不晓迎銮，古朴民风致可观。却胜杭嘉多饰礼，彩棚鼓乐满河干。”诗是咏时浙江新筑海塘的，而且写了还不止一首。谁敢随便乱叫，那等于是拿自己脑袋开玩笑了。总的来说，水程十里，沿途芦花莲菱夹道，水面放养鸭子，两岸酒楼妓馆毗连，这就是它古代的文化地标，也相当于是身份证上的标准像，没有任何力量可以改变，最多只能搞点伪造家谱，添改偏旁之类的小动作。尤西堂不敢，因此诗里只能说

"十里镜湖非诏赐";朱彝尊同样也不敢，因此诗里也只能说"十里秋容倚桨看"。

朱竹垞这个人，本来是我年轻时候的文学偶像，因佩服他的本事，连受后人非议那些烂事自然也全包容了，如在皇家图书馆窃书被抓（年谱窃书作抄书，可以理解），学钱虞山玩双飞搞腐败染指妻妹冯寿贞，还有《经义考》的版权嫌疑，等等。后见他在康熙元年不到半年时间居然能脸不改色心不跳地连写两首洼樽诗，一首说其地在湖州，一首说其地在缙云，这才有所警觉和不满。包括上面引的这首《芦塘放鸭图为查大弟慎行题二首》，也相当可疑。芦塘就是斜塘，其第二首云"鸭头老绿鸭脚黄，十十五五沿斜塘"，相当于已自我招供，还有他这个小长芦钓鱼师所标榜的什么小长芦，实际上也是一回事，因画上另有王渔洋题诗，开头一句便是"横塘尽日雨蒙蒙"，想赖也赖不掉。可不知为什么，就是喜欢装风雅，玩噱头，变出无数的花样来自己骗自己，白白浪费高校的课题经费。我们怎能想象一个当时国家的文化泰斗，自己是嘉兴人，而且就寓居斜塘，却偏说斜塘是苏州的。因此墓志里这个长洲，我怀疑本字应该是长泖或长水，即嘉兴古称，秦长水县，汉称长泖是也。讹尚可恕，不过手民之误；伪则嫌疑犯罪，其心可诛。是不是这样，不妨请他自己出来走两步，《鸳鸯湖櫂歌》第三十二首有云："长水风荷叶叶香，斜塘惯宿野鸳鸯。郎舟爱向斜塘去，妾意终怜长水长。"诗后有自注："长水，秦时所凿；斜塘，地名。"既然态度不错，已交代得够清楚，我也就不好意思再说他了。

2015年10月，两年后改

松阳民宿里的比尔神父

使用一个确定的时间概念作为开头或许是突兀的，但也是有必要的，1934 年 10 月 3 日星期三晚上七点左右，阴雨不断，气候骤冷，刚被派到松阳任职不久的比尔神父挤出人群，去宿舍胡乱填了下肚子，回到教堂门口，重又被他手下的教徒们团团围住，期望从他嘴里获得一点新的信息。朴素的面容，焦急的眼神，拉丁语和西屏土话彼此交织，组成一片特有的风景。因早在三天前，一个特大喜讯就在当地传开，德高望重的加拿大神学院院长麦克瑞先生，将在斯金格神父和前松阳神父莫里森陪同下于当晚抵达这里，自午后时分起，就有不少人跑到南门渡口去等候。还有的在教堂及沿途布置迎接仪式，现在天色已经完全黑了下来，居然还没有一点动静，大家的心里真是担心死了。后来好不容易从渡口方面传来消息说，因为暴雨江涨，南门外的浮桥被冲走了，院长他们被隔在江的那边，今晚肯定是过不来了，这才强抑住内心的失望，恋恋不舍，逐渐散去，并相互叮嘱明天上午一定要早点过来，千万不能因疏忽而把尊敬的贵客给怠慢了。

这是一本跟松阳相关的书里的一个片段，书名叫作《亲历龙国》（文友马鸣谦翻译奥顿《战地纪行》作《近距离的龙》）。自早晨上高铁后，手里就一直拿着它，甚至下车后被安排在当地最有情调的民宿，等着登记的过程中依然舍不得放下。作者麦格拉斯（马鸣谦译作迈克格雷斯）为20世纪30年代天主教在处州的最高领导人，同时也是一位文笔生动的作家，通过他的观察和记录，传教士们当年的日常生活被真实地保存下来，包括当地的山水人情，民生习俗，均有不俗的描写。因此自1935年问世后，颇受读者喜爱。至少奥顿于三年后的1938年来中国战区采访，5月20日傍晚途经丽水与作者相遇时，获蒙馈赠的已经是它的第四版了。在当天日记里他写道："我们拜访了警察局长、市长和加拿大天主教传教团，加拿大主教迈克格雷斯阁下送了我们一本他写的关于浙江省传教事业的书，名为《近距离的龙》。"

让我们来简单回顾一下当时的背景吧，基督教进入浙南地区的历史大约始于晚清，眷顾的主要对象自然也是像温州、宁波这类港口开放城市，事实上丽水多年来也一直划归宁波教区管辖，直到1932年的春天才突然想到要将处州十县从宁波划出，正式设立了处州监牧区。本书作者加拿大神父麦格拉斯即为首任丽水监牧，领导他那由十八名资深牧师组成的强大团队驻扎在这里，并在松阳、青田、龙泉、黄坦（现属文成县）等地都辟有分教区。上帝自然是讲英语的，但为什么是清一色的加拿大口音，数量又是那么可观，甚至还没算上四位又会行医又会做饭的嬷嬷（修女），这让人纳闷。包括离去的时间，也相当集中，大约都在1938年以后，其中麦格拉斯本人是1939年走的。战争爆发尽管是一个很好的理由，但浙江省政府恰恰这年才迁到丽水，而日本人对当地的一次短暂占领甚至要到四年以后。更诡奇的是，无论市志还是县志，对此事都讳莫如深，没留下半点记录。

但相比此人造访给小城带来的精神喜悦，这些或许都是小事，不值一谈。不管怎么样，尊敬的麦克瑞院长第二天还是被他虔诚的教徒们等到了，不过时间已是当天下午。这自然是因修桥工作进展缓慢的缘故，后来实在不愿再等下去，才冒险渡江。令人意外的是这居然还不是他第一次到松阳，而是效前度刘郎重来。按书中所附比尔和麦克吉利弗合撰的《麦克瑞院长的处州之行》一文，那天傍晚在教堂相聚，院长向大家鞠躬、微笑，教友们都很开心，却也不无怜惜，因他们私下里的看法大致相同，就是院长比六年前为教堂祝福那次消瘦多了，人也老了不少。由于心里不安，就把自己的担忧悄悄告诉了比尔，感慨“院长这一路真是吃苦了，中国这么穷，没有像加拿大那么好的交通工具。我们真觉得对不起他，希望他能够看得上我们，祝福我们”。而后者基本赞同他们的观察的细致，并解释说“他的责任很重，你要为他向天主祈祷啊”。至于责任到底指什么，是日常宗教事务还是另有所指，文章里没有交代。但这些加拿大人在当地的活动踪迹可追溯至1928年甚至更早，却是可以肯定的了。

晚上客人们自然也没福气像我一样下榻当地的豪华民宿，不仅因为那时还没有，就是有的话，这些严肃刻板的天主教徒在美学意义——如装饰风格等方面能否适应，也是个问题，我想，如果教徒中不乏有如当地富人米商徐登清，烟草大王黄秋光这样的，家境优越，住所宽敞，那是最佳选择；如果没有，一定是两名松邑在职神父把宿舍腾出来让他们住，自己跑到某位教徒家里去将就了。但从性质方面来说。比尔和他的同行们当年远离故国，漂洋过海来到松阳，食宿问题大抵也以寄居民家的方式解决，与今天为时尚男女所追逐的实际上并无多大区别，不过一传统一现代，一住得差一点一住得好一点罢了。

说到民宿，据说这已是本年度最流行的关键词了，几年前当这一概念隐隐而起时，说实在的心里还真没把它当回事，而转眼间已如雨后山花，漫山遍坡，势不可当，尽显政策和经济的魔力。以至前不久八十多岁的老母亲在电话里聊完家事后，居然还问我民宿怎么回事。我告诉她说，就是不住宾馆，住在别人家里的意思。她想了一会儿说，那不叫个体旅馆吗，好多年前就已有了，怎么又改名了？我一时被难住，只能用她理解的语言跟她解释说，是一样也不一样，不仅住得更好，也更有人情味，比家里还像家里。比如这次到松阳住的云端觅境就是一个现成的例子，四十平方米的大房间，五星宾馆里的玩意儿应有尽有，更有差不多同样面积的面山的阳台，又岂是更好二字可以了得。

而比尔神父他们当年居住在这里的时候，生活条件自然是极其艰苦的。虽然他自己不说，亦可从傍人的记述里窥其大略。就拿教堂来说，书里附有一张让人看了颇有些触目惊心，甚至不无伤感的照片：破烂到无法形容的三间平房，以钉板条抹泥灰为假墙，垂直门面，上无屋檐，又低又黑，即那个年代流行一时的所谓“假洋楼”者也。而作者的说明文字是：“照片上这所建筑就是黄坦的教堂，楼下住着阿米欧神父和金神父。不过，这至少是我们教会自己的教堂，而其他的二十多处都是租来的房子。”青田景况如此，松阳这边就算有所不同，又能好到哪里去？县志所谓光绪二十三年德国教士廉和清置买民房创设，赵安怀扩充并改建洋房，比较此书所记，恐怕是有些过于乐观和浪漫了。比尔上任后曾试图让它变得漂亮一些，煞费心思进行了改造，不过性质不会改变，即堂址依然设在房东家里，而且，至少在此书初版本印出来时，这项工程还没有完成。

有关院长大人此行的另一个高潮发生在 10 月 7 日下午，尽管没有明确说明是欢送宴会，但客人们次日就要离去，厨房里也有难得一见的待上炉烘烤的肥鸡，加上时间刚好又是星期天，牧师们通常习惯把它称作“教徒们的大日子”，其热闹程度可想而知。在这次有许多外地人也闻讯赶来参加的隆重仪式上，据比尔自述，“莫里森神父做了告别讲道，受到大家的称赞；斯金格神父优雅地弹奏管风琴；麦克纳伯神父伴唱；我作为大弥撒的主祭；麦克瑞院长则在祭台上做辅手。”旗子、圣器、蜡烛、十字架，圣乐悠扬，经声洪亮，如此庄严而神圣的场面，对县城来说，除了从前令人怀念的叶法善时代，亦可谓是千年不遇的精神大餐了。

随后他们还去了属下的教会学校，具体情景在文章里亦有生动记载:“校长带领着男孩子们唱着圣歌欢迎尊贵的客人，之后由传道员念了一份用拉丁语和中文两种语言写的演讲。麦克瑞院长向他们的问候表示感谢，并敦促他们要虔心忠于天主，悉心听从神父们的教导。我尽量地用松阳方言一句句地翻译院长的话，摄影师用相片真实地记录了这次重大的聚会。”或许你会认为这样的学校在当时相当普遍，既然松阳都有了，那龙泉、青田等地肯定也有，作为教区主管所在地的处州就更不用说了。但据《在华基督宗教史料索引》，这是唯一的一所，奥顿在《战地纪行》里也说:“丽水的天主教神父们没有医院，只有一间医务室和一座学校。”话说得斩钉截铁，人又是世界级的著名诗人，应该可以信赖；而拉丁语在成功演绎成松阳方言后是什么样子的，亦颇令人神往。

此书的另一特色是通过摄影功能保存下来的当地真实历史，山水人物，风土乡俗，应有尽有，一个头戴瓜皮帽脸呈微笑的拉提琴的小男孩，一位挑着担子沿街流动出租蓑衣的聪明小贩，一头被捆绑得严严实实，“身上缠绕着的绳子看起来足足有四五英里长的大黑猪”，一辆因没有桥梁，不得不由竹筏载运过江的汽车。尽管丽水人方石丈早于此前二十年就在松阳西屏镇开设了全市第一家照相馆，但神父们的照片玩的可全是自拍，因他们自己手里就拥有这当时难得的奢侈品。其中最有价值的几张中，有一张是延庆寺塔的正面全景，被用作了此书初版本的封面。另有一张以松阳南门外古樟为背景，按行程推算，当为周日上午游玩时的即兴作品。主客五位于树下欣然合影，随意走看，其景其情，连一向严谨的比尔神父也忍不住激动起来，惊叹道："这是松阳传教区历史上第一次有五个神父聚在一起！"奇怪的是书中既称树龄千年，树身空心，与顾野王《舆地志》所记松阳"树大八十一围，腹中空，可容三十人坐，县因以得名"的记载全然相符，却又说此树在丽水城外，怀疑是否再版修改时弄错了。这样的例子在书里也非罕见，如莫里森神父为比尔前任，在丽水地区行教多年，书里却称新神父；又如前述院长一行在城外江边因暴雨桥毁阻行，而《松阳县志》该年条下的记载是："夏秋大旱，数月未雨，田地龟裂，有'甲戌年间断水流'之说，大竹溪等地农民为抢水发生械斗。"

最后分别的时刻终于到来，虽然彼此依依不舍，但也没有办法，而客人们提前离开的原因，是当时在丽水的教区监牧即本书作者麦格拉斯患了急病，"病情不能拖延，必须马上去上海治疗，所以院长来访的时间也临时缩短"，比尔先生这样不无遗憾地告诉我们。尽管如此，他们在松阳逗留的时间已有五天四夜，也不算短了。可惜周五、周六两天行程缺记，不知到底发生了什么事情，否则或许还会带给我们更多的惊喜。好客的比尔坚持要将客人们一直护送到丽水，在那里又待上一天，等院长处理完教区事务于周三一早带上麦格拉斯主教离去后，这才返回松阳。连续数天的接待奔波，自然够劳累的，等他钻进附于教堂的宿舍睡了个够，爬起来写这篇题为《麦克瑞院长的处州之行》的文章时，时间差不多已是次日中午了，在结尾处他深情地写道：

我们走下河岸给他们送别，四艘船离岸后，我们又跑到高处眺望。我们站在山上，看着他们的船在江上漂向远方。我们还可以看到麦克瑞院长站在船尾朝我们挥舞着他的帽子，我们也挥手回应。河流在前面拐了一个弯，船也就从我们的视线中消失了……

像一块水上的木板
漂浮在人生的沧海
它遇到了另一块木板
碰撞，又分离
我们也是如此
漂浮在人生无边的海面
我们相遇——相惜——又分离

2017 年秋写于松阳—湖州

小寒时节，最难将息

十二月一日

［明正德十年（1515） 松江］

进入小寒第一天，松江乡绅顾清在城南的小斋里敲冰煮茗，呵手读书，因为无聊，就顺手写了首诗向儿子通报自己的近况：诗题就叫《十二月一日寄书天彝有感，用煮茶韵》："一冬今夕始知寒，起斫清冰试小团。水品无劳问鸿渐，火攻聊欲效田单。肠间古字搜应遍，灰里仙书默自看。好办百株供岁晚，归期报与客心宽。"同一天，跟他隔了一条钱塘江，但隔了三百年的陆游也在写诗，却因那天气候晴暖，心情大佳，加上近日病情亦有好转，于是策杖出去散了一回步，有《十二月一日》诗自记其事云："病愈都忘老，晴和已似春。畦蔬青长甲，塘水绿生鳞。酒盌论交密，丹炉作梦新。穷居那敢恨，幸远庾公尘。"他的诗名比顾清大，又是主战英雄，爱国典范，是否气象部门对他有特别关照，亦未可知。而杜甫诗才更高，享受的级别自然更加不同。按专家考证，永泰元年他六十岁，携家小自同谷避兵剑南，同样也写了诗，而且诗题也叫《十二月一日》，诗云："即看燕子入山扉，岂有黄鹂历翠微。短短桃花临水岸，轻轻柳絮点人衣。春来准拟开怀久，老去亲知见面稀。他日一杯难强进，重嗟筋力故山违。"一路上不仅桃花流水，连燕子黄鹂也飞来了，好不热闹。当然，作为文学史上的大人物，一生谋官不成，生活环境改善一下，至少气候温暖一点，也是应该的。

十二月二日

［宋至道二年（996）、宋靖康元年（1126）　开封］

进入小寒第二天，是北宋的天庆节兼亡国日，因真宗赵恒生于乾德六年的这一天，以生日为国庆，是他家家法，不过遵祖制而已，也不算有什么特殊。《宋史·本纪》说他是太宗第三子，老妈李姓，品貌技艺不详，"梦以裾承日，有娠"，用现在的话来说就是体外受精，自然异于常人，不但出生那天赤光照室，害得开封消防部门以为皇宫失火，白跑一趟。而且"幼聪睿，姿表特异，与诸王嬉戏，好作战阵之状，自称元帅"。可惜他喜欢武功，他的子孙却喜欢文艺或文艺女青年。因此一百三十年后的这一天，驾幸城外驿舍，提心吊胆，一宿没睡的宋徽宗，终于盼来了和谈成功的好消息，"曹辅、韦寿隆、邵溥赍黄旗归报，倾城迎驾，数百万人自阙（皇宫）至南薰门（金兵大营），填咽不绝，至暮散归，皆以情乞诣军前献金帛牛酒谢过，敌人不纳。”（《靖康要录》卷十）记述彼时君臣百姓情状，相当真实，比司马迁强多了。其中和约签成市民不忧反喜，主动劳军，除了反映宋国人民爱好和平的美好愿望，亦有文化方面的因素在焉，因再过几天就是著名的腊八节，东京大相国寺里的八宝粥，那可是天下一绝，还有李和炒栗，宋嫂鱼羹什么的，让人一想起来就流口水，和议签了，至少保证今年还有得吃。因此，不管怎么说，这个冬天不算太冷。

十二月三日

［明崇祯十四年（1641）　苏州］

进入小寒第三天，在西湖边久候柳如是不至的李流芳，已变得不那么自信。“相期百遍总能过，一日愆期可奈何。妾自寻郎郎不见，段家桥外画船多。”在诗里他这样自我解释，又无法完全消除疑虑。加上陈寅恪教授怀疑的目光在锁定程孟阳以后，终于开始朝他这边扫过来了。于是胆战心惊，觉得还是走为上策。“辛酉（辛巳）腊月北行，意思萧索。到吴门，闻子将将来，迟之同行，因暂住虎丘之铁佛僧舍。比玉还白下，与予一路同来，乐酒晨夕。……女冠王修微数以扁舟往来山中，差不寂寞。然夜阑客散，辄苦无绪。或终夜不寐，无可自遣。灯下索墨汁作书及画。十二月三日灯下题。”在图册上他写了这么几句后，百无聊赖，早早上床。可哪里睡得着，脑子里一会儿是王修微，一会儿还是柳如是。尽管孤衾如铁，但枕上灯前，有这两位江南顶级女校书的倩影相伴，室内气温至少可以提高一些。

附注：李流芳图册所题年月或不足信，他的北行年月《檀园集》里相当混乱。如此知名之士，《明史本传》只得五十一字，连生卒年都没有，仅称万历三十四年举于乡，而汪纯翁《乡饮宾席翁墓志铭》明称“嘉定李进士长蘅”。仅举一例，其他可知。

十二月四日

［明天启四年（1624）　嘉兴］

进入小寒第四天，李竹懒一早起来，至晚不息，忙碌了整整一天。计划多年的旧居改造终于成为现实，虽是这几年做书画买卖，加上暗中参与《金瓶梅》出版，手里攒下了几个钱，更主要的原因还是年纪大了，不想再四处奔波，能改善一下生活，住得舒服一点，已成俗世最大愿望。如今理想居然实现了，怎能不让他有踌躇满志之感。晚上热闹过后，客人散去，于灯下写日记：“甲子冬十二月四日，春波旧居改构落成。移居之前一月，搬运大都书画十之九，床几琴砚奇石古敦彝十之五，而他物仅足用，亦先君旧器多破裂者，不忍弃也。余所贻后人者，书画二事，虽未能精丽，然亦麓足，备玩索矣。”末句口气或许稍大，然能有如此自信，《宣和画谱》里所记《消寒图》《岁寒图》之类，想必藏了不少。加上新糊的纸窗，案供的梅花，床角的熏炉，手里的茶壶，亦仿佛满室春气。

十二月五日

[清光绪七年（1881） 杭州]

进入小寒第五天，红豆词人杨古酝也未闲着。该年他在杭州太守幕中，为自己能生于西风东渐的晚清感到自傲，因此时刻注意与传统文人形象保持距离，除了出门喜欢搭炮船，还学袁随园收女学生，为提高妇女的社会地位做出了自己应有的贡献。包括多年坚持的日记，也写得跟人家大不相同，既有科学工作者的精确，亦有形式方面的创新，总体分天时、人事、酬酢、自修、函牍、出纳六个部分，每天像往六张信用卡里打钱一样，有则输之，无则免之。比如当天日记他是这样写的："光绪七年十二月初五。（天时）：晴，大热，夜小雨，雪珠。（人事）：以岳庙公言付有容斋刻，取回琴。季符送文二。闻徐福田病故。写协轩鲤门对。王妈来。（酬酢）：访松生、何七丈、介甫、鹤桥、荫侯。到晋壬处陪客吃中饭。梦薇、季符、晴江、秀峰、衡伯来。（函牍）：瑞初来信。（出纳）：收兑钱二千二百十。支洗钱百。支朱力钱百八十。支洋油钱百十八。支舆钱四百。支日用钱五百十。支修琴钱二百八十。"风格简洁，找不出一个多余的字。其中松生为丁丙，杭州文化大腕，八千卷楼主人，王映霞祖父王二南就在他手下打工。梦薇为王延鼎，《红楼梦》研究中的重要人物。"兑"或为"说"之简写，即讲经收入也。洗钱，非指参与金融犯罪活动，洗澡支付浴资也。朱力钱，朱，春秋朱方，今丹阳，修脚擦背为业，至今古风犹存，支付搓背费也。洋油钱，刚时兴之美孚灯，电费也。舆钱，轿夫，打的费也。文末日用开支与修琴开支并列，物质文明精神文明双丰收也。活得这样滋润的人，想要让他的生活里出现点寒意，还真不容易。

十二月六日

［南宋淳熙八年（1181）　绍兴］

进入小寒的第六天，因腊八节快要到了，老百姓日子过得怎么样，能否都能吃上是大事情，就任两浙常平提举不久的朱熹早朝刚毕，就带上手下几个弟子出皇城东青门（俗称菜市门），沿沙堤，过江涨，渡钱塘江去了对岸的萧山。年谱淳熙八年十二月六日条下记他当天“视事于西兴。先生初拜命，即移书他郡募米商蠲其征，及至，客舟之米已辐辏。日与僚属寓公钩访民隐，至废寝食”。但既然是圣人，饭可以不吃，觉也可以不睡，学问不能不做。于是晚上在当地书院跟学子们亲切交谈，授经解疑。有人问他，二十四节气的内涵到底是什么？月令称小寒以半月为期，初五日雁北乡，次五日鹊始巢，后五日雉始雊。大雁哪有这么晚才过冬，鹊巢也非天冷才有。《周书》又解释说雁不北向，民不怀生。鹊不始巢，国不安宁。雉不始雊，国乃大水，但读后反而更糊涂了。他的回答很爽快，说汉儒的东西大多是胡说八道，不必理他。天地是由大气层构成的，自今年冬至，至明年冬至，只是一气周匝。把来拆作两截，则春夏为阳，秋冬为阴。分作四截，便是四时。又分作二十四气，七十二候，皆自此始。你只要记住这个就行了。（详见宋鲍云龙《天原发微》卷三下所记）

十二月七日

［清嘉庆十年（1805） 沈阳］

进入小寒第七天，虽按《遵生八笺》所言，初七日不宜水陆远行。但朝鲜史臣姜时永和他的朝贡团队还是奔波在冰雪之中。“平明发行。过靠山屯，至二道井子午饭，适见店壁上有五言古诗一篇题留者。副使指示曰，此甚可观。其诗曰：妾着石榴裙，艳色侔花片。为郎作羹汤，点污几欲遍。未肯令郎知，弃掷复偷换。非不重罗纨，恩深命且贱。其下有‘泪泉’二字，未知何时何人所题，又未知何所托意，而字样墨痕，宛如昨日。……到小黑山止宿，亦是大都会，市肆闾阎，极其繁丽，不下新民屯。尝闻此地每患泥泞，而值冻，稳涉可幸。”至于晚上的居住情况，有热炕是可以肯定的，其他因书里没写，谁也不知道。（详《燕行录全集》卷七十三《輶轩续录》）

十二月八日

［唐开成三年（838） 扬州］

进入小寒第八天，是吃腊八粥的正日，可除了《东京梦华录》里说的“十二月，都城卖撒佛花。至初八日，有僧尼三五为群，以盆器盛金铜佛像，浸以香水，杨柳洒浴，排门教化。诸大寺作浴佛会，并送七宝五味粥，谓之腊八粥。都人是日亦以果子杂料，煮粥而食。”具体是怎么个吃法，尤其礼仪方面的要求，就是专家也说不上来。好在有日僧园仁的《入唐求法巡礼行记》，其开成三年十二月八日条下，有当天扬州名刹开元寺的整个行礼过程实录：“辰时，相公（市长李德裕）及军（当地驻军首长）入寺来，从大门，相公将军双立，徐入来。步阵兵前后左右咸卫，州府诸司皆随其后。至讲堂前砖砌下，相公将军东西别去，相公东，入东幕里；将军西行，入西幕下。俄顷，改鞋澡手出来。殿前有二砌桥，相公就东桥登，将军就西桥登，曲各东西来，会于堂中门。就座礼佛毕，即当于堂。东西两门各有数十僧列立，各擎作莲花并碧幡。有一僧打磬，唱‘一切恭敬敬礼常住三宝’毕，相公将军起立，取香器，州官皆随后取香盏，分配东西各行。相公东向去，持花幡僧等引前，同声作‘梵如来妙色身’等，二行颂也。始一老宿随，军亦随，卫在廊檐下去尽。僧行香毕，还从其途，指堂回来，作梵不息。将军向西行香，亦与东仪式同。一时来会本处。此顷东西梵音交响绝妙，其唱礼，一师不动，独立行打磬。梵休即亦云‘敬礼常住三宝’。相公将军共坐，本座擎行香，时受香之香炉双坐。有一老宿圆乘和上，读咒愿毕，唱礼，师唱为天龙八部等颂，语旨庄严皇灵，每一行尾云‘敬礼常住三宝’。相公诸司，共立礼佛，三四遍唱了，即各随意。于是日，相公别出钱，差勾当于两寺，令涌汤浴诸寺众僧，三日为期。”本来大家一天站下来，脚都有点酸，身上也有点冷，但有这难得享受的公费请泡，加上领导关怀及时，别说身体，连心里都是暖洋洋的了。

十二月九日

［唐开元九年（721） 山西］

进入小寒第九天，或许因粥里凝结着传统文化的精粹，强身健体，滋阴补阳，效果极其明显。据著名媒体《唐会要》报道，“开元九年十二月九日，修蒲津桥，絙以竹苇，引以铁牛，命兵部尚书张说刻石为颂。”王应麟《玉海》又补充报道：“旧制横絙百丈，连舰千艘。辫修笮以维之，系围木以距之。开元十二载俾铁代竹，取坚易脆。”后来刘禹锡长庆四年（824）出蜀时看到了，为国家建设事业的奇迹振奋，诗情勃发，可能其中“千寻铁锁沉江底，一片降幡出石头”这两句太有名，没过多久江水就改道了。至少日本僧人圆珍看到的蒲津桥，已俨然屹立长安城外，甚至还有更吸眼球的越国兵器专家莫耶墓，其所著《行历抄》大中九年（855）五月廿七廿八日记云：“出长安城，从春明之门指东渭桥行。过桥渐行从栎阳县至同州城，次渡蒲关，即到舜城，此河中府也。黄河两岸各有铁牛四头。以镤系脚，缚船为浮桥之基。便出府门，傍中条山向东而行，路侧见古剑匠莫耶之墓。”好在出家人不打诳语，相距不远就是少林寺，有个名叫神光的僧人，听说他崇仰的达摩大师就在寺里静修，“往彼日夕参承，师常端坐面墙，莫闻诲励。其年十二月九日夜，天大雨雪，光坚立不动。迟明（早晨），积雪过膝，潜取利刀，自断左臂，置于师前。师知是法器，因与易名曰慧可”。这就是著名的神光立雪的故事，载于佛典《景德传灯录》。和尚们身体好，内外兼修，据说主要是不结婚，体力消耗少的缘故。因此，无论小寒大寒，对他们基本不起作用。

十二月十日

［清道光十九年（1839）　镇江］

进入小寒第十天，逃亡中的龚自珍回到杭州家里依然感觉不很安全，只好四处流窜。其《己亥杂诗》第三百一十二首云："古愁莽莽不可说，化作飞仙忽奇阔。江天如墨我飞还，折梅不畏蛟龙夺。"下有自注："十二月十日，携女辛游焦山，归舟大雪。"历代注家都说他是带了女儿游镇江，显然不合常识。自己的命随时都保不住，哪会再坑害家人？这里的辛是假借，潜义为商，以商帝名辛故也，而女商即女伎。所谓商女不知亡国恨，隔江犹唱后庭花，亦自嘲反正死到临头，不妨苟且偷欢之义。别忘了他外公是注《说文》的段玉裁，他从小是得其亲炙的。再考前有诗称"设想英雄垂暮日，温柔不住住何乡？""青史他年烦点染，定公四纪遇灵箫"，坦白得已够彻底。至于注语里的雪是不是真的，也很难确定，看看他女友的《东海渔歌》被况周颐糟蹋成什么样子，他的遗稿落在魏源手里，又能幸运到哪里去？我们现在看到的所谓自注到底是魏写的，还是他自己写的，谁也不清楚，起码也是两人合作吧？因此，当天是否真有大雪，要看姓魏的是不是想下了。

十二月十一日

［民国二十五年（1936）　西安］

进入小寒第十一天，蒋介石飞临西安，“是晚召张、杨、于各将领，来行辕会餐，商议进剿计划。杨、于均未到，询之张汉卿，则知彼亦于今晚宴来陕之中央军政长官，杨、于先在西安招待，俟此间餐毕，将邀诸人同往也。汉卿今日形色匆遽，精神恍惚，余甚以为异”。临睡前他在日记里这样写道。事实证明他的感觉是对的，次日凌晨五点半，预谋中的政变就以一记枪声拉开了序幕，由于当天的日记至今没有公布，对此有兴趣的人，依然只能借助民国二十六年六月官方抛出的《西安半月记》，根据该文描述，危难中的总统，当然还如平时一样镇定，甚至比平时更镇定，判断情况，制定应策，奋勇突围，一切都有条不紊，即使被抓住时发现没穿鞋，而且脚上只有一只袜子，也可以解释是因气候太热的缘故，好在旁边就是唐玄宗和杨贵妃洗出一首著名长诗来的华清池，也不能说完全是说谎。

十二月十二日

［民国十五年（1926）　广州］

进入小寒第十二天，郁达夫对这一天的情况记得很清楚：“晨八时起床，候船不开，郭君汝炳以前礼拜所映的相片来赠。与阿梁去西关，购燕窝等物，打算寄回给母亲服用的。在清一色午膳，膳后返家，遇白薇女士于创造社（时总部在粤，沪为出版部）楼上。伊明日起身，将行返湖南，托我转交伊在杭州之妹的礼物两件。晚上日本联合通信社记者川上政义君宴我于妙奇奇酒楼，散后又去游河，我先返，与白薇谈了半宵，很想和她清谈一晚，因为身体支持不住，终于在午前两点钟的时候别去。返寓已将三点钟了。唉，异地的寒宵，流人的身世，我俩都是人类中的渣滓。”郁氏笔下之清谈，可媲美鲁迅之濯足，亦谓人间乐事。当然人多的时候不算，要两人单独相处时才算。谈得开心，天气再冷也就不觉得了。

十二月十三日

［清光绪二十九年（1903）　海宁］

进入小寒第十三天，王国维的老爸很生气，因《海宁县志》说了，当地农事活动有件大事叫藏蚕子，“腊月十二日，养蚕之家，各以盐卤茄灰，熏揉蚕子，藏之谷壳中。至廿四日则出之，浴于川，以待春至。”虽然早就吩咐了，昨天是道家三元君的百福日，光顾了那头，忘了再叮嘱一声，果然让下人疏忽了，是夜晚想起才补上的，不知当算作昨日还是今日。心情不好，日记也是一年来写得最短的：“连日纷纭不绝。早健安杭回，看其新小说。张闷复鼎，代付廿元；子云款。雨仅能湿地，故出须屐，畏亦不出访。约紫清理厂事。”（《王乃誉日记》手稿本，中华书局 2014 年 7 月影印出版）

十二月十四日

［清雍正五年（1727） 北京］

进入小寒第十四天，对《红楼梦》的爱好者来说，可能是个大喜的日子。因为雍正十天发出的将曹頫交部严审的旨意，已经获得执行。此后力度愈来愈大，至《雍正五年十二月二十四日谕旨》："江宁织造曹頫，行为不端，织造款项亏空甚多。朕屡次施恩宽限，令其赔补。伊倘感激朕成全之恩，理应尽心效力。然伊不但不感恩图报，反而将家中财物暗移他处，企图隐蔽，有违朕恩，甚属可恶！着行文江南总督范时绎，将曹頫家中财物，固封看守，并将重要家人立即严拿；家人之财产亦着固封看守，俟新任织造官员绥赫德到彼之后办理。伊闻知织造官员易人时，说不定要暗派家人到江南送信，转移家财。倘有差遣之人到被处，着范时绎严拿，审问该人前去的缘故，不得怠忽！钦此。"性质变了，相当于已从纪委转交法院。这样一来，贵族变成平民，满人改籍汉军，作品的思想性想不深刻也难了，而搭便车的胡适因而名闻天下，亦理所当然。不过他白话文第一人的头衔，可能要让贤于雍正才是。考旨内"不但不""反而""企图隐蔽""说不定"等用词，语言风格生动准确，朴素有力，可谓开一代之新风。而考之两百年后的《尝试集》增订四版自序："既已自誓将致力于其所谓活文学者，乃删定其六年以来所为文言之诗词，写而存之，遂成此集。"两相比较，高下立判。他的《日记全集》至今尚缺 1917 年 7 月 11 日至 1919 年 7

月 12 日这关键性的两年，有关方面迟迟不肯拿出来，希望不是因为这个原因。

十二月十五日

［清乾隆五十七年（1792）　广州］

进入小寒第十五天，跟着表妹夫徐秀峰赴粤经商的沈三白，途中于南安度过三十岁生日，终于在“腊月望日（即十五日）抵达省城，寓靖海门内，赁王姓临街楼屋三椽。”依托徐某在当地的人脉，居然不到半月，带去的货物就销完了，扣除成本，粗粗一算，竟赚有百余两银子，相当于他做幕三年的薪金。好在两人是亲戚，又为好友，因此不会说他搭便车，只强迫他坐瓜皮艇，并在舱内做了点不大不小的坏事而已。“除夕蚊声如雷，岁朝贺节，冇棉袍纱套者，不惟气候迥别，即土著人物，同一五官，而神情迥异。”这个“冇”字大概是新学的，即广东话没有的意思，可见他在语言方面有天生造诣，难怪留下的这部《浮生六记》能有这么大名气。包括他那位身材干瘦，牙齿外突的老婆，也被林语堂誉为中国文学史上最可爱的女人。这个字现在各种版本都作“有”，既与文义不合，也显不出作者的本事，顺便替他改回来。就这样，从陆游眼里的“塘水绿生鳞”，到三白笔下的“蚊声如雷”，这个传统的月令小寒算是太太平平过去了。

2017 年小寒前写